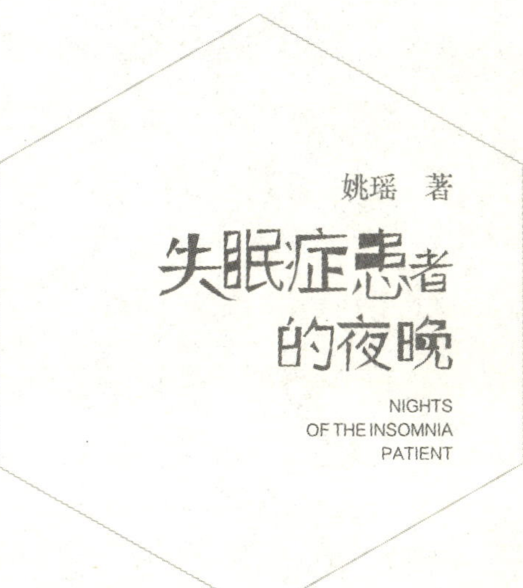

姚瑶 著

失眠症患者的夜晚

NIGHTS
OF THE INSOMNIA
PATIENT

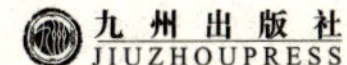

九州出版社
JIUZHOUPRESS

目　录 CONTENTS

目　录 CONTENTS

自序
后来天就亮了

有一段时间，我整夜整夜地睡不着。

这种睡不着，可以说完全是莫名其妙，因为并没有什么值得担心忧虑的事情，也没有迫在眉睫解决不了的大问题，可偏偏十二点躺下，五点还醒着。

失眠的痛苦不在于长夜漫漫无心入梦，而是明明很困很倦，却睡不着，连闭眼睛都觉得累，所以只能睁着眼瞪着天花板发呆。

七八岁的时候我失眠过一次，也是躺在床上看天花板，突然发现黑暗中有许多星星点点的光，悬浮在漆黑空气中，各种颜色，各种形状，变幻出庞大的图案，壁画一般浓烈。我睁大眼睛看，越看越清楚，越看越觉得有趣，就这样过了一夜。看过的奇诡景象无法与人描述，又是兴奋，又是寂寞。

写故事，大概也是这样吧。身体里涌动的情绪，需要找到一个缺口，无法当作谈资来说，只能写给你看。

所以，睡不着的那段时间，我只好爬起来，坐在床头，用手机写提纲，或者打开电脑写小说。故事里的人不用睡觉，也不知疲倦，他们被我在庸常日子里折腾来，折腾去，反正也无法开口抱怨，只能在故事中互虐，这是一个热闹的游戏。

写着写着，便想为什么不写写这毫无缘由的失眠症，就像生活里许多其他事一样，它的发生或者结束都毫无道理，说不出原因，又那么合理。于是就有了你手中的《失眠症患者的夜晚》。你知道，寂静的深夜，醒着的人，脑袋的状态也总有些不一样，青天白日里想不到的，月黑风高时都能想到。我问自己，失眠症算是病吗，那么多睡不着的人们，真的都有病吗？还有其他像这样没道理又顽固的疾病吗？我开始想。

这样一想，那些困倦、兴奋、渴望、拖沓搅拌在一起的夜晚变得好玩起来。我眼睁睁看着一个又一个可爱也可憎、平凡却独特的小人从我的手心里走出来，他们有各种各样的疾病，自知或不自知，自苦或自得其乐。比如说谎症、自卑症、模仿症、抑郁症……我们大概或多或少也遇到过相似的人，又或者我们自己的身上或多或少也有这些碎块，他们因此在自己的故事里，成了每个人的一张面孔。

其中的几篇发布在了各种不同的平台上，有人说看到了自己，有人问这是真的吗？

其实，这个问题，无须问。小说是假的，故事却只可能是真的。因为你不曾经历过的，可能此刻有人正在经历。这世界上的事本就是这样，不是在这里发生，就是在那里发生，而它究竟在哪里发生并不重要，重要的是，它被你读到。

不过更多的故事，是第一次被放诸白昼里，不知道看惯了深夜的它们会不会忽然不适应。可是天总要亮起来，日子也总要正常地过，不是吗？那段难受到绝望的日子，偶尔也会看两部电影或者看掉一整本书来度夜如年，但是大多数时间里，都是这些小人物带着他们的小生活，陪伴我随地球的阴暗面一起，迎接新一天的老太阳。

就像不知道为何失眠，我也同样忘了从哪一天起，我就不用再翻来覆去还等不来天亮，于是就好像从不曾失眠过。我们的善于遗忘，连身体也是一样，无论是快乐或痛苦，过去了，就好像从未发生。

于是也就有很长一段时间，没有再动笔，好像那时候满溢在心里的种种，已经悉数倾倒，需要时日，再慢慢续杯。

现在再想起苦恼失眠夜的心情啊，就像逃课睡懒觉的大学生想起高考前的天昏地暗，上班族想起校园生活的白衣飘飘，受情伤的人想起初恋的单车，功成名就的人想起辛酸奋斗史……不想再拥有，却一直会怀念。

那些仿佛永远也不会结束的长夜，我就像是钻进了另一个时空，一切都凝滞了，我走在失重的黑暗里，看到了一幕幕悲喜剧幕升又幕落，我看着一个个人物登台又挥手再见，像做了一场梦，醒来之后，把这一切说给你听。

二十个故事，二十个夜晚，愿你长夜安稳，一梦天明。

姚瑶

2015年夏，于北京

Chapter1

明日

有些人，他属于你，可你从不觉得会拥有。

而有些人，他不属于你，可你从未想过有分离。

雪花一团一团落下来的时候，我正和大成坐在东江港脏兮兮的沙滩上，专心致志地吃冰激凌。我们都不说话，大海轰鸣的声音遥远又寂寞。不远处有重型轮船进港，在铅灰色的天空下，我说，大成，我很想哭。

起初我们没有察觉，后来一口咬下去，尝到香草奶油有了冬雪的味道，才发现彼此的身上，都覆盖了一层精致的雪。

“我们都坐在这里不动，第二天会不会变成雪人？”

“那你就是哭的雪人，我是笑的雪人。”

“……”

“码头那边好像很热闹。”

“哦。”

我不喜欢码头，也不喜欢轮船，那不是个好地方。那是通往世界的入口。一朵又一朵海浪轻而易举地分割了时空，让音信杳渺，容颜模糊。

我喜欢做一些与季节逆反的事情，比如冬天吃冰激凌，光腿穿雪地靴，去刺骨的海水里游泳，三伏天连吃一个星期火锅，空调开暖风把身体里的水分一点点蒸干。这些矫情又不可理喻的事情，都要和大成一起做。他总说我在过爸爸的季节，我绝不承认。甚至和他在一起的时间，多过同爸爸在一起的时间，对他的了解，多过对爸爸的了解，他是我最喜欢的男孩子，没有之一。

“你最崇拜的人是谁？”

“没有……”

“你最喜欢的人是谁？”

“妈妈。”

“还有呢？”

“还有……大成。”

一路长大，一路被不同老师用同一个问题困扰，我在他们面前对大成告白了无数次，只是他从来不知道。而我知道，在他们的心里都有一个标准答案，我最崇拜的人应该是爸爸，最喜欢的人也应该是爸爸，因为他是极地科考船工程师，被称为对祖国有贡献的科学家，他得过的先进比我见到他的次数还要多。

但是我不喜欢他，因为我和他不熟，你会喜欢一个和你不熟的人吗？每一次，他回到家，总要问我几岁了、上几年级，乐此不疲。我都是哼一声去找大成哭，问他，你爸爸也是这样吗？每一次他都说也是这样。但后来我知道，他是骗我的。

并且，人生中第一次觉得丢脸，也是因为，爸爸。

可能是一个月，也可能是一个季节过去，风的方向也改变了，衣服添一件，再减一件，邮递员会突然送来一捆信件，一百多封，全都写着妈妈和我的名字。

小时候，妈妈一封信一封信地，把它们当作睡前故事念给我听。

而那些信里，也真的有很多很多故事，都是王子公主的童话，被写在信纸上，装在粗糙的牛皮纸信封里，关于白雪公主、小红帽、灰姑娘、蓝胡子。而后我信心满满地在公开课上讲述我听过的故事，英俊王子的灵魂被困于魔镜，落入恶毒王后手中，他爱上了善良的白雪公主。森林里的七个小矮人是被施了咒语的十字军骑士，最终他们将王后骗入林中木屋，白雪公主给她吃下有魔力的苹果，驱赶她邪恶的灵魂，也驱散她恶毒的魔咒，她变成了最善良的继母，所有人快乐地生活在一起。

“不对，不对，不对！”全班哄堂大笑，连听课的老师也忍不住笑着拍手，语文老师面色尴尬，黑着脸让我坐下。自习课我躲在操场的角落偷偷哭，只有大成没有笑我，蹲在旁边看我哭。我哭了半节课还是停不下来，他说，你等我一下。跑开又再跑回来，手里拿了一本从阅览室借来的格林童话：“你看看这个，但是，我更喜欢你讲的故事。”

那天晚上，我一口气把格林童话看完，觉得自己被骗了，里面的每一个故事都和我听到的一样又不一样。我哭着去问妈妈，她只是笑，说：“傻瓜，那是你爸爸写的童话。他每天在船上，白天很忙、很累、很脏，晚上坐在甲板上想念我们，每晚写一个故事，然后投进船上的邮局。可是只有经过有陆地的地方，邮局才能把信寄出来。那是他写给你的，独一无二的童话。”

随同这些故事的，还有南半球星空的照片，字迹摇晃的日志，海上日出的铅笔速写，漫长的极昼与想念。他细致地描述了科考船上的音乐会、篮球赛、鲜有人去的世界尽头，描绘了科考船上一个独立又特别的社会。可是在隐约知道有种概念叫爱情的年纪里，我不明白一个一去就是大半年、杳无音信，有时休息不上十几天就要再度起航去为全人类做贡献的男人，到底能给妈妈怎样的爱情？

连童话故事的结局，都是王子公主幸福地生活在一起，不是吗？生活在一起。

他像历经艰险的奥德修斯，在海洋上遭遇最美的景致与最致命的危险，他是别人眼中的英雄，而英雄，只存在于遥远的史诗与《一千零一夜》的神话中。

所以邻居家的大成就好像是我们家里唯一的“男人”。我们一起上学，一起放学，一起吃饭，一起睡午觉。我会在他的脸上画乌龟，往他微微张开的嘴巴里挤牙膏，或者偷偷给他换上我的袜子，让他的脚踝边挂着蕾丝花边去踢球被嘲笑。但他还是会和我一起睡午觉，妈妈打发我去买的油盐酱醋也都是他飞快地跑去买，我坐在巷子口吃冰棍喝奶茶。

我不明白老师们为什么都那么热衷让我写有关爸爸的作文，也总在班会课上让我分享，除了那些写给妈妈的信和编给我的故事，我根本不知道可以写什么。他有多高，手掌有多宽，喜欢喝什么酒，是不是懒得洗澡，我统统不知道。于是大成就一篇一篇帮我写，写得道貌岸然又大公无私，里面充满了“理想”“抱负”之类远大的词汇，总让老师们很满意。

而我总是在大成的自行车后座上，反复问他，你也崇拜我爸爸吗？你喜欢他吗？

喜欢。

为什么？我喜欢班长的爸爸，他是银行高管，每天可以开车接他回家，带他吃必胜客。我喜欢班花的爸爸，他是电视台主播，每天都可以在电视上看到。我也喜欢你的爸爸，是优哉游哉的公务员，到点儿下班，还会做好吃的大螃蟹！

可是你的爸爸，很爱你们。

这个对话总是一再被重复，就像每天放学经过的海河，一成不变，迎着夕阳，还有晃眼的倒影，细碎的光在小腿边漂流过去。每当大成这样说，我就会沉默，对这个形而上的结论嗤之以鼻，但是次日还要再让他说出来。

一直到高中，我们都在同一个班，我的物理极烂，在分科前一天，我和大成坐在海河边看人钓鱼，我哭了很长时间，第二天选择了学理科。可是大成只是笑，每次我哭的时候，他都拍着我的脑袋，笑得阳光灿烂。

有些人，他属于你，可你从不觉得会拥有。比如妈妈爱的那个男人。

而有些人，他不属于你，可你从未想过有分离。比如我喜欢的这个男孩。

天渐渐黑下来，我们背起书包，拍拍屁股站起来，冲着和沙滩一样脏兮兮的渤海湾伸了个懒腰，转身要回家。

其实看到爸爸在身后，我一点儿也不惊讶。

每一次回家来，他都会先来沙滩上走一走，静静地看看大海。有时他要从广州回来，有时是上海，还有些时候，船会沿着长江入海口逆流而上，去往内陆沿江地带。他总要再转飞机或者火车回家来。回到他第一次离开家的港口，抽一根烟。烟头被小心地掐灭，包在纸里，离开港口再扔掉。

妈妈做好一桌子饭菜等他进门，可是我很别扭，吃饭的时候有他，睡醒的时候有他，回家的时候还有他，是一种浑身的不自在。

这是第一次，他的科考船在天津港靠岸，他可以穿越热烈的围观人群，远离媒体记者，在早早初雪的冬日傍晚，安安静静地回家。

大成的脸上有识破我心思又不想说破的笑容，他掸了掸我头发上薄薄的一层雪花，费力地从沙子里拉起单车，礼貌地说了一声“叔叔好”，骑上车子，在越来越密集的雪花里离开了。

“我们去吃面。”爸爸笑了笑，把烟头包起来，揣进口袋。

我不知道该怎样解释自己阴暗的小心脏里跳动的那么多的复杂情绪，讨厌他，亲近他，好奇他，疏远他，但还是乖乖地跟着他，去了一家清真面馆。

“你妈妈是回族，以前总在这里吃面。现在牛肉比以前少了，只有这几片。”

“妈妈做饭了。”

“爸爸饭量大。刚才那个男孩子，是隔壁大成吗？一年一年你们都长得飞快，不天天看照片都怕认不出。你是不是喜欢他？”

我愣了一下，不留神醋就放多了。

爸爸笑了笑，胡子拉碴，鬓角还有掺杂的白发。他把我的碗挪到自己面前，把自己拌好的面给我。我想起每次我和大成一起吃馄饨，我都会把吃剩下的一碗烂馄饨皮推到他面前，大声说，哎呀，你吃东西真恶心！

“不要担心，我不会告诉你妈妈的。他对你好不好？不好爸爸去修理他。”

我不说话，低头吃面。和活了十五年只见过十五次、加起来相处的时间不超过一千个日夜的爸爸讨论“早恋”问题，是不是有点不合时宜？

“看来还没有捅破窗户纸。这年头的男孩子都不太主动，女孩子主动一点儿也没什么。如果觉得他好，就告诉他，以后可以一起去上大学。有些度自己把握一下就好，但是，把握自己喜欢的人和事情更重要。”

爸爸一点一点把话说出来的腔调，很像他写来的每一封信。小时候妈妈给我读，后来我会自己去看。一面看一面腹诽，再嫌弃地丢回去，可是好多句子，却记在了心里。

“只有海水，一天又一天、一夜又一夜的海水，即使会在这里永远睡去，也不会害怕。”

“真希望你们也在我身边，天空里有南十字星。”

“我远离地面和热闹人群太久，但是因为你们，我有勇气重返社会。”

“南极是无法被想象的。寒冷是无法被想象的。最美的风景，永远不在人的头脑里。”

吃完面，爸爸扔给我口香糖，而后若无其事地回了家。我借口作业多，钻回了房间，但是爸爸好像一直和妈妈吃饭聊天到很晚。如他所说，他很能吃，第二顿饭也吃得仿佛饿了好几天。隔着一扇门，我抱着膝盖坐在木地板上，像以前每一个他回家来的夜晚，在一盏台灯的幽微光芒里，听他讲述海洋的深情与绝望。

而这一次，他也一样，十五天之后，再度起航。他保证说，下一次再回来时一定争取休息半年。妈妈半开玩笑地说，等你休息了，女儿已经离开家，去读大学，去工作，去嫁人了。

可是我背靠冰凉的门，想的是，妈妈已经不是和他去清真面馆约会的少女、不是等待丈夫的少妇了，她正一天天老去。

我从没有看见她哭过，说起爸爸来，她总是眉开眼笑。我总是和大成猛烈抨击这种看起来道德又高尚的婚姻。大成依旧是笑，像隔了一层雾霾的太阳，笑得朦胧温暖，他说，那你想要什么样的爱情？

在身边。不离不弃。触手可及。没有陆地与海洋的距离，要看到一样的星空，感受一样的风，在同样的季节，穿一样多的衣服。

他还是笑，低下头，看海河的水，把冰激凌的包装纸撕开给我。

“喜欢就告诉他，和他考一样的大学，没有什么不好意思。”爸爸临行前，突然弯腰凑在我耳边，说得郑重其事。

妈妈说，你们什么时候变得有悄悄话可讲了？爸爸只是眨眨眼。

那一天，码头如他回来时一样热闹，有人拉横幅欢送，有记者做现场连线，而我，还是和大成一起坐在沙滩上吃冰激凌。我什么也没有说。

从不识字的孩童，到不着调的少年，他是我的，我不需要像爸爸那样，使劲去表白。不是吗？

半年之后的高考，我们说好去北京，我们说好去留学。他说，我们一起去看看你爸爸看过的更广阔的世界。结果我却还是因为理科太差留在了天津，读一个勉强收理科生的新闻专业。

连高考都是大成骑车送我去考场，挥手再见，再去自己考点的。如果你要问我哪个男人更重要，显然我会把大成排在爸爸前面。

每周末我回家一次，如果有爸爸的信，妈妈会像孩子般雀跃。曾经我以为她会在对一个男人无用的等待中一点点老去，为此我躲在屋里哭，拖着浓重的鼻音给大成打电话，但是现在，我却忽而觉得，她没有老，却在一点点变小。

我知道爸爸到了澳大利亚，我知道破冰船要开始在极昼里艰苦作业，但是他却不知道我的高考成绩；不知道我在哪里读书；不知道我喜欢的男孩子去了北京也同样每周回来。

大成还是和我一起，大冬天里下海游泳，坐在海河边吃冰激凌，光着腿、穿背心，深夜里跑上十公里。他给我买车票，在北京站等我，带我去南锣鼓巷喝酒通宵，借同学的单车从西三环骑到“798”，在小胡同里一起抽烟，像爸爸一样，把烟蒂包好，丢进遇到的第一个垃圾桶。

可是大一下学期，当我在非线编辑室，为了剪片子靠咖啡和烟熬过第三个通宵时，大成给我打电话，说他要去美国交流。

那时候我脑袋里蹦出了一个小人，长着爸爸的脸，双手叉腰，瞪着我说，你还在等什么！

他说，对不起，不能在身边照顾你，等我回来，好好学习。我想成为像你爸爸那样的男人。

我不去送你。

嗯。

挂了电话，我一个人去了东江港，在燥热的暑气里，坐在满是垃圾的海边，放声大哭。要是我听了爸爸的话，从高中起就告诉他我们永远不分开，结果会不会不同?

这个夏天，大成去了大洋彼岸。有时我站在海边，视线越过苍茫大海，觉得自己可以看到美国东海岸。

这个夏天，爸爸再度回来了。这头发半白、军人出身的老工程师，有了长达一年的休假。

这个夏天，我在家过暑假，所以爸爸很快就发现了大成的消失，但是他什么也没说。他傍晚带我去海河钓鱼，周末全家去郊区烧烤，开车去承德避暑山庄，妈妈说不如直接去北京，爸爸摆了摆手，说，不好玩。

这种默默的体贴只会让我觉得可恶。所以再开学后，我不再每周都回家。因为时差，和大成聊天也没有那么多，他说学习很忙，语言关要恶补，活动很多。偶尔会收到他与同学一起去美国各地旅游的照片，还有盖着奇形怪状邮戳的明信片。

直到又一个学期结束，他破天荒给我打了一次国际长途，说，其实，国外很寂寞，没有文化认同感。留学生都开玩笑说“国内好脏好乱好热闹，国外好山好水好寂寞”。我没有抵抗住寂寞，我有了女朋友，我们一起住，这样每个晚上，才能觉得没有那么孤独。

原来怕孤独的人，不止我一个。原来你也是脆弱的，大成。

大成，我想哭。

我挂掉了电话，却没有哭。

后来，大成有女朋友的事穿过了大成家的门，飘进了我家的门。妈妈一直碎碎念，说，你看大成，再看你呢，让你爸给介绍个好的。

可是爸爸却放下自斟自饮的小酒杯，说：“我们全家一起去旅行吧。”

“好呀，去哪里？”妈妈还是那个欢呼雀跃的小姑娘，可是我觉得自己的心一下子就变得不再轻盈，也不再想做那些无聊而叛逆的事情了。

“都别问，我来安排。”

就这样，我竟然在开往南极的游轮上度过了十三天，这是第十四天。

“我以为你深恶痛绝南极，好不容易要旅行，竟然又来。”

“那是我最熟悉的海水，最熟悉的极昼，最孤独的日日夜夜，我想让你也看一看。虽然没有机会上科考船，但是游轮更舒服。”爸爸说着哈哈笑起来。

在海上的每一个夜晚，最清楚的两样东西，就是星光与心跳。

大口大口呼吸清冷的空气，我和爸爸一起躺在甲板上，一个一个地数南天星座，孔雀座、剑鱼座……爸爸伸出手去就知道明天是晴天还是多云，知道风从哪里吹来，知道可不可以看到企鹅。

可是我想念的男孩子，却和我不在一个半球，不在一个季节，看不到同一片星空，也不会再在我哭的时候，露出明眸皓齿的笑容。

爸爸说："你看，那么多星星连成了那么多星座，可是它们每一颗之间都那么遥远，看不见彼此，感受不到彼此，也影响不到彼此。但是它们会被联系起来，成为有关系的两颗星星，这多奇妙。"

"所以呢……"我知道，这是老工程师要开始讲他的人生哲理了。

"这个世界上，没有人理所当然要陪在你身边，也没有人会永远等你……"

"所以我早就说，你和妈妈不是爱情。"

"但是……"

"我最讨厌转折……"

"但是，你总要相信，浩瀚星空，茫茫人海，总有一个人会一直等着你，而那个会一直等你的人，才是今生会在一起的人。比如爱人、家人。"

我躺在甲板上，闭上眼睛，随洋流轻轻摇晃。天地有大美而不言，四时有明法而不议，万物有成理而不说。我知道这是爸爸最喜欢的一句话，而我还有好多好多年的时间去懂得。

Chapter2

神明

人生还长，我们都是用漫长的一生，在不断失去又不断寻找。

坐在静安寺门口的台阶上，我听到了钟声。抬头望一眼晴朗的天空，我想，神明就在那里看着我吧。因为这么看着我，所以我才会找到庄琮。因为我们之间，隔着那么深，那么宽的一片海。

在来静安寺的旅游大巴上，我的印度客人问我，你有信仰吗？

我想大多数人在确定自己喜欢什么不喜欢什么之前，都是随波逐流，以免自己显得愚蠢和落伍的。

信仰，也是一样。

在我所生活的小城里，人们普遍信仰天主教，周末教会做弥撒，逢节日有演出，能领到面包、糖果与橘子汁。虽然幼年的我并不明白圣咏里“那含泪播种的，必含笑获享收成”是什么意思，但我坚信那是真理，因为它会带来热闹、愉悦、欢聚与美食。

我很怕与别人不一样，怕被人群遗忘，因为我深知自己的乏味，所以恐惧他人的厌倦。有时我会想，如果我是庄琮，还会这样吗？

第一次在网上看到她的相册时，有一张照片的注释是——就算我喜欢，一旦你喜欢，我不会再喜欢。

过了油菜花疯狂盛开的时节，南方的夏日就变得漫长而湿热。我就是在这样的季节里，第一次从翻出的影集中，看到了一身戎装的爷爷。

爸爸是中学地理老师，他拿来地图册，翻开到台湾岛的那一页，对我说，爷爷在这里。

“爷爷为什么不回来？”

“因为，爷爷已经忘记了以前的自己。”

现在我才觉得爸爸的回答矫情得要死，但那时，我睁大了眼睛，在窗外灼热的夕阳和寂静的水声里，听说了一个过去的故事。

爷爷跟随大部队登机撤向台湾，小战士飞奔回来告诉奶奶收拾行李随行，可是当奶奶带着大伯和家当赶往临时机场时，飞机已经消失在了响彻防空警报的天空里。

“为什么奶奶没有带上爸爸？”

“因为爸爸当时在奶奶的肚子里。”

“所以你从来没有见过自己的爸爸吗？”

“嗯。从来没有。”

后来我去北京上大学时，爸爸说，当年我们家在北京有四十九间房，可是奶奶听了奸商危言耸听，所以一哭二闹三上吊逼着大伯卖掉了房子。每说到此，他都要用力一拍大腿。

本来我对于自己奋斗一辈子也未必能在北京买个阳光普照的房子不怎么在意，但是自从知道这件事情，我就变得仇富以及耿耿于怀。

就是在那种不知该把北京当故里还是当他乡的情绪里，我第一次看到了庄琮的笑脸。

那也是我生平第一次收到远方寄来的信件。在西城区一间老旧的办公室，因为一个陌生电话，我匆匆赶去，填写了很多表格，领取了那封来自台北的信件。

坐在灰头土脸的胡同口，我拆开那封已经投递出半年之久的信，在掉落出来的照片上，我看到了爷爷老去的面庞。

明朗的小院里，一家人坐在榕树下，爷爷戴着宽边帽，穿着毛线背心，拄着拐杖，挺拔的鼻子两侧布满皱纹，眼窝深深凹陷。他的身边围绕着一双子女，还有一个我差点儿以为是自己的姑娘。

不长的信件是由那个姑娘书写的，她的名字叫作庄琮，而我叫庄瑾。我们有四分之一相同的血液，我们都长得像爷爷，在家谱里，我们都是玉字辈。她是我的姐姐。

她说，爷爷的部下因母亲重病，欲偷渡回福建，迫于军规，爷爷一枪打死了自己的部下，在照顾未亡人的三年之后，终于有了照片上的这一家人。这是奶奶离世后爷爷才开口说起的过去。

她说："无从寻找当年的地址，我依照爷爷的依稀记忆，寄往了北平旧址。也许你们不会收到这封信件，可是他希望家人知道自己一切都好，儿孙满堂。"

我从钱包里翻出了爷爷年轻时的黑白照片，好像突然明白了小时候读余光中的诗里，小小的邮票、窄窄的船票、浅浅的海峡，为什么是一条那么久远的回家路。

我在电话里把信件读了一遍，爸爸沉默了很久很久。

也许对于太过平凡的我们，这些久远的故事，显得那样不真实。

那张全家福被我放在了床头，有时我会想，会不会有一天醒过来，我就躺在了台北的床上，与庄琮互换了身份？

她是什么样的女孩子呢？她的繁体字写得很清秀，笑起来露出洁白牙齿，比我笑得好看。她的小腿很瘦，她的指甲短短的……因为看过太多遍，所以我像个变态一样偏执地记住了那些细节。

在有了搜索引擎这种存在之后，我的第一反应，就是能不能在网络上找到她的蛛丝马迹，完成一场迟到了半个世纪的相认。

这时，距离我收到那封信件，已经是五年之后了。我大学毕业后，住在了简陋的半地下室，在旅行社找了地接导游的工作。

我抽到的第一根烟，是来自一个美国姑娘的万宝路。因为她抽烟的侧脸非常好看，所以我错信了所有女人抽烟的时候都会很美。后来我常常对着镜子看自己抽烟的样子，否定了这个假命题。

那天回去的路上，我在门口的报刊亭买了一包万宝路，坐在床上抽烟时，又看到了那张照片："庄琮，你也抽烟吗？"

于是，我打开电脑，在搜索栏里，输入了"庄琮"两个字。

我烧完了手里的一根烟，把每一条搜索结果都翻过去，一无所获。

后来我就养成了习惯，每抽一次烟，就去网上搜索一下，直到又一个夏天过去，我突然在第一页，就看到了繁体的"莊琮"两个字。

这是一个高尔夫球俱乐部的圈子，她是活跃成员，所在地显示为台北。虽然她的头像有硕大墨镜遮脸，嘴唇鲜红，我还是知道，我终于，找到了她。

我翻看了她的每一张照片，有参加化装舞会的大烟熏，有去加拿大读书时候的外国男友，似乎是最近才迷上了高尔夫，她戴着帽子穿运动服笑起来的样子，和照片上，一模一样。

她说想变成独一无二的自己，所以每天都像狗熊一样一路掰着玉米棒子在奔跑。

她的日志都写得非常简洁，连简洁都不足以形容，我猜她大概很喜欢日本俳句，每一篇只有一句话。

“我喜欢吃莲雾的理由，是因为，它比较贵。”

“失眠了，台北有雨，明早我会告诉你，一共下了多少滴雨。”

“深夜旅馆有情侣吵架，睡不着的我，更精神了。”

“又失眠了，我。”

“请叫我少奶奶好吗？”

手里的烟兀自烧光，烧到食指，留下了小疤痕。我给她留言，对她说：“我是庄瑾，我们有同一个爷爷，我想和你联系，想让他知道家人都好。”

我留下了一切联系方式，等待她与我联系。可是后面的一周里，没有任何消息，我有点泄气，或许，她是把我当作骗子了吧。

周末带完团，我坐在护城河边吃甜筒，还在想庄琮的事情，突然就接到了她的电话，简直措手不及。

她说：“你是庄瑾吗？我是庄琮。你好。”

声音温柔，像麻薯团子一样糯糯的普通话。她说：“是庄瑾吗？”

“哦哦……我是……那个，我不是骗子。”

她在电话里笑起来：“我刚从印度回来，所以才看到你的留言……”

我一直都记得，那一天的夕阳，被湮没在灰色的云层里，河水上，有粼粼的白光浮动。我们说了很久很久的话，说前因后果，说来龙去脉，说到挂断电话，才发现甜筒已经化了一手。

后来我就收到了她寄来的恒河沙，名为“金刚砂”，镌刻六字大明咒，我放在耳边轻轻摇晃，听见里面传来沙石摩擦的声响。

她在MSN上给我传了爷爷的照片。我们的奶奶都已去世。都带着一个关于生离死别的梦，睡在了远去的时代里。

一直到离开这世界，她们都有各自永远也不会知道的真相。

爷爷看起来更老了一些，微微驼背，坐在廊檐下，望着远方，目光浑浊而模糊。

她说自从奶奶过世后，爷爷常这样坐着，一坐就是一下午。哪里也不去，也不说话。每年只出一次远门，就是去陵园看望故友。他杀了很多人，每一个都是朋友。

“爷爷现在时而清醒时而糊涂，大多数时候已经认不清人了。”

我突然想到小时候爸爸说，爷爷已经不记得从前的自己了。

一语成谶，命运早已把结局告诉给我们。

有时我又会闭上眼睛，想象如果我是爷爷，在垂垂老去之后，再回忆前半生的战火纷飞与辗转流离，会是怎样的心情。

所以庄琮问我有什么爱好时，我思索了一下说，嗯，冥想。总有一天能与神对话，知道一切想知道却不知道的事情吧。

她发了整整一行的“哈哈哈”过来，然后说：“为什么你这么相信有神的存在？”

为什么呢？我又很认真地思索了一下。

小时候，住在学校分给爸爸的宿舍里，三层小楼，没有灯，过了傍晚，楼道就变得昏暗。黑暗带来的恐惧，又被恐惧本身无端放大。

伴着如影随形的恐惧，每上一级台阶，我就会拍一下手，一边拍，一边走，仿佛一场仪式，后来有人说，拍手也是驱魔的方式，唤醒沉睡的神明，让自己勇敢一点点。

庄琮说，原来记住一些小细节，也可以很有意思。

我想她的世界大概很大。毕竟，高尔夫、赛车、爵士舞这些运动，离我就像西天一样遥远。

她说拿了我和家人的照片给爷爷看，爷爷看着就傻呵呵地笑，说阿琮啊，你怎么跑到画片里去了。

我不知道，他的心里有没有一刻回放出，离开的那一天，舷窗外掠过的匆匆白云。

我们约定，一定要见面，她说，我有一些耗费心神历时弥久的棘手事情需要处理，处理完，我争取去大陆。

而这一约，又是三载过去了。

我从地接导游变成领队，会带着来自世界各地的客人从北京去往全国，走很长的路途。

离庄琮最近的一次是在鼓浪屿，很多夏令营的孩子对隔海相望的隐约岛屿挥手喊话，我的心，却静得只听见海风的呼啸。

好像听一首歌的时间就能抵达的地方，却只能站在远处，默默地相望。

世界在三载时光里，又发生了许许多多的变化，比如爸爸终于可以往爷爷台北的家里打去电话，可是爷爷已经说不出完整的话来了。

庄琮每一次在网上匆匆和我说完话，都会说，我去看你，于是，就说到了去往静安寺的长途车上，印度客人们昏昏欲睡。她打给我说："我在上海，你这几天可以来吗？我不能久留。"

我突然笑了："我会去静安寺。"

"在那里等我。"

所以就这样要见面了吗？我有点措手不及，连忙打开车窗，对着反光镜看了看自己的脸，看有没有北漂青年的窘迫样子。

我会不会哭？会不会语无伦次？于是我找司机又借了纸巾塞进包里。

结果，我那包面巾纸派上了很大用场，却不是用来擦眼泪，而是擦庄琮五岁的儿子晕车吐了一嘴的牛奶。

场景是这样的，一辆吉普车停在我面前，车窗摇下，一个五六岁的小男孩从后座探出脑袋，对我挥手："小姨！"

而下一秒，他就狂吐不止。

庄琮取下墨镜，尴尬地笑了笑，招手让我上车。

她用了橘色的唇彩和甲油，在方向盘上显得非常扎眼。

我偷偷地观察她，觉得她有如水温柔的外壳，包裹的却是网络上我所看到的一颗轰轰烈烈的心。是不是台湾人都只是看起来比较温柔呢？

她说我来变卖一些房产，然后带着孩子移民，去加拿大。我想走之前，去一下普陀。你可以同去吗？我求肚子里的孩子平安，你求姻缘。

我一时语塞。

如她所说，三年里，她唯一在做的事情，就是离婚。

在我找到她的时候，她去了印度，加入了一个禅修班，然后用了一个月的时间，下定决心放弃这段婚姻。

她说，有些命题是很可笑的。比如最初与他在一起时，是真的喜欢他，与他的家产没有任何关系，两个人一起开车环岛旅行，一起生活，也没有过多花销。可是最后要分开了，斤斤计较的，只有钱财，心中顾虑的，是如何生活，如何收支。

"三年的时间里，我们的战争并不是在清算可不可以将就，是不是还能在一起，还有没有足够的感情，而是，我的名下有几处不动产，你的存款应当分我多少。算啊算，当然，是我算计他，最后算得筋疲力尽。"庄琮说完就笑了，然后透过后视镜看了小不点一眼。

对于婚姻我没有经验，二十九岁的我依然单身一人，每一段感情的结束都有各种各样的原因。

这个世界上的人再多，也没有人们为自己找的借口多。

可是庄琮说：“就算到六十岁，遇到喜欢的人，我还是会要和他结婚。我从不觉得自己是失败者，人生还长。”

人生还长，我们都是用漫长的一生，在不断失去又不断寻找。

我不能离开旅行团太久，明天我们要辗转周庄。可是我总觉得，下一个周末，我又能再看见她。

在去往普陀的渡口，她取下腕上的菩提子，戴在我裸露的手腕上。

我把爷爷年轻时候的相片从钱包里取出来，放进她的口袋。

我们一起站在渡口边抽了一根烟，谁都没有说话。我不知道她有没有像我一样想起席慕蓉的诗句，而明日，明日又隔天涯。

然后，我抱起那个最让我意外的小家伙，亲了亲他温软的脸蛋，把他交还给庄琮。

庄琮戴上墨镜，拉着他的手，走上渡船。小家伙一直在喊：“小姨再见，再见。”

而我们都知道，再见，对于我们，是最难的事情。可是还好，对于他来说，一生还长，不是吗？

我轻轻抚摸手腕上的菩提子，每颗珠子上都刻了一个字，连起来是：一物一数，作一恒河。一恒河沙，一沙一界。一界之内，一尘一劫。一劫之内，所积尘数，尽充为劫。

我轻轻拍了一下手，夕阳正好，庄琮，我们再见。

Chapter3

硬糖

可是生活不会讲道理，不是你一直哭诉自己的辛苦就会垂青你哪怕一点点，也不会因为你一直轻松让人羡慕，就给你三灾五难。

说实话，接到硬糖约我见面的电话，是有些诧异的。

我们住同座城市，也几乎是彼此一直以来最要好的朋友，但是一年半载也见不上一面，这原因，当然都在硬糖。

与其说她太宅，不如说是那两层小楼的家已经满足了她对这世界的一切奢望。这是她写在婚后第一部绘本里的原话，我因此笑话了这个曾扬言要独身一辈子的清秀姑娘很久。所以，我几乎很难再像从前一样约她出来逛街喝咖啡，听演唱会或者结伴旅行。偶尔露面，她也常常会从好吃的海鲜里抬起头，笑眯眯地说："要是我们家老周也能吃到就好了。"

忙着为人妻，倏忽缩小自己的圈子，也是人之常情。幸福有时候就是那么狭小，拒绝着一切。说着想要独身的她，恐怕比任何人都会更小心翼翼地对待"爱情"。

电话里，硬糖的声音还是很温柔，带着点调皮的笑，她说："哎呀，我还是不会开车，所以只好挤地铁过去了。不会让你等很久。"她是个非常爱迟到的家伙，但是当我稍微提前一点下班，推开公司楼下比萨店的玻璃门时，我看到穿着米色开衫和碎花裙的硬糖，她已经坐在角落靠窗的沙发上，吃下了一半冰激凌。

我走过去时，她抬起头，弯起温柔的眼睛笑嘻嘻冲我摆摆手，瘦瘦的手腕上还是那串绕了很多圈的新月菩提，在我第一次见到她时就戴着，后来也一直没有摘下过："你是不是又瘦了？"

"也许吧，你说我是不是甲亢，每天吃很多，也不见胖。"

我白了她一眼，抓起菜单。

她抿了抿嘴唇，她在犹豫或者紧张的时候，就会抿嘴唇："那个，你上次不是问我要不要给你们画营销用的漫画吗？现在答应还不晚吧？"

"咦？"我有些吃惊地看了她一眼，"你不是说在赶新的绘本已经很累，还嫌我们给的价钱低吗？"

确实，我们给的合作费用不算高，虽然活儿多稳定，但绝不轻松。我想着肥水不流外人田就问了硬糖一嘴，心里也知道，这个根本不缺钱花的小女人百分之百是要拒绝我的。

"此一时彼一时啊。"她用小勺一个劲儿戳着面前的冰激凌球，"我离婚了，昨天。"

我愣了一下，目光从菜单挪到她的脸上，又挪到了那串菩提子上："为什么？"

"说起来真是丢人，老周也变成了我们最讨厌的那种猥琐大叔呢。"硬糖露出了戏谑的笑容，"怎么可以和讨厌的人一起过一辈子呢？当然不可以，对不对？"

她的声音被自己修饰过了，粉饰掉了痛苦或者难过的部分，只剩下模模糊糊的遗憾。说完她点了烟来抽。这么多年他们一直没有要孩子，所以她也一直都在抽烟，一切都如同我第一次见到她时一样。

是啊，时间里，我们会不停地改变自己，也许老周变成了猥琐的中年大叔，可是硬糖，依然还是原来的硬糖。

硬糖是我住进芙蓉里当天认识的第一个房客。

大学毕业，初生牛犊，懵懂无知，什么都担忧，什么都害怕，所以后来回想，能够遇到硬糖，并且成为十年的好友，我其实没有什么资格抱怨自己的坏运气。

“一桌麻将凑齐了。”硬糖叼着牙刷，穿着吊带和碎花小短裤，跷着二郎腿，坐在客厅的沙发上看着我把半年的租金交到中介手里。

“我不会打麻将。”

“没有比我更好的老师了。”硬糖说着话，嘴巴里冒出三两小泡泡。

“我看过，学不会。”

“学不会的都是装清高。我帮你收拾东西吧。”

硬糖一点儿也没有客气，哗啦啦漱了口，就帮着我把行李箱拖进屋里：“你藏尸体了？这么重！”

“是书。”

“所以说，假清高的书呆子。”

硬糖的话总让人接不下去，后来她也一直是这样：“来来来，这是我的屋，欢迎参观，毫无保留。”

我小心翼翼跟在她后面进去，那时候也觉得这姑娘一定是有甲亢。

“不要一脸进了黑店的样子。我一星期也未必出一次门，所以见到人特别兴奋，你体谅我一下。”硬糖把满地揉成团的纸和摊开的杂志，还有各种铅笔头、烟头踢开，给我让出了一条路。

于是我只好小心翼翼地沿着辟开的小径走到硬糖的工作台前，

墙上贴满了各种铅笔绘制的脚本、人物关系图谱，电脑绘图完成了一半。我说，你是漫画家？

“不用坐班的报社小记者而已，画画是爱好，你愿意叫我画家也行。”

墙上还贴了很多照片，旅行、音乐节、夜生活、轰趴，看起来，硬糖去过很多地方，也交过很多朋友，生活昼夜不停，风雨不歇。

突然，她跳跃的表情下沉了一点儿：“我觉得一定有很多人像我一样，以为自己很清楚自己要什么，但其实一直都过得稀里糊涂。有时候我想把自己心里的感受画下来，可是，我根本做不到。也许一辈子都做不到。”

“有很多人都想做喜欢的事，过自在的生活，不坐班不打卡，却做不到。羡慕你的人一定很多。”比如我。

我一直没有告诉硬糖，那一大包书其实全部是漫画书，可是我放弃画画也有很多年了。

当时是四个人合租，因为有硬糖，所以大家的关系其乐融融，经常晚上在屋顶点炉子烤肉，周末去郊区骑车，能一个晚上把五道营的每个酒吧喝一遍，然后勾肩搭背唱唱跳跳地走在漆黑无人的大路上。

她很爱笑，有很多朋友，说话呛人，总把不恋爱不结婚挂在嘴上，但骨子里温柔，笑起来的时候仿佛天地缱绻，什么都可以被原谅。后来连她自己也嘲笑那样的自己真是个讨人厌的女人，但在我们的眼里，也算是合情合理，因为她就是那样的女生，可以任性妄为，可以永远不要长大。

所以，她终于搬出芙蓉里的那天，我一直都记得。她坐上老周的车，摇下车窗来，探出半个身子使劲儿冲我们挥手，我看着她的笑渐渐融化在夕阳里，在心里默默说了声，再见，硬糖。我真的像所有的傻闺蜜一样，以为她从此向她认准的幸福一往无前，不能打扰也不用牵挂。

她是在去深圳出差的时候认识老周的。好赖也都是缘分，注定要遇到，也注定要受伤。

那是我们住在一起快一年的时候，刚刚入夏，她接到报社的任务，去采访一位在国际上获了某个桌游金奖的男人，那个桌游的名字我们到现在也没能熟记到脱口而出，只知道是牌类游戏，她在网上研究了很久做功课，还拉着我一起玩，结果自然是没怎么玩明白。那个男人，就是当时的青年才俊老周。

她一共去了三天，回来带来了很多糯米糍荔枝，都是老周送她上飞机时执意给她托运回来的。晚上我们俩就跑到天台上，一面坐着吹风，一面剥荔枝，一面聊天。她说起深圳的好天气，干净的道路，特别有爱的自行车道，还有高高的亚热带植被，以及老周。

琐琐碎碎说了很多，最后得出的结论就是，那个桌游太高端，但是把这个高智商游戏玩得所向披靡的男人，却很爱笑很温和，有踏踏实实的上进心，普通得不能再普通，一点也不像智慧到狡黠的样子。

可是，就是这个普通得不能再普通的三十岁男人，在两个月之后，带着一只行李箱，一份offer，一枚戒指，和一份购房合同，出现在了芙蓉里窄窄的小路上，说要娶硬糖。现在看，他当时在东郊买的两层洋房，真的是远见卓识。那时候的北京，没有限房，没有摇号，没有限行，没有公交涨价，一切都欣欣向荣没有限制，就像年轻时候的爱情。

硬糖并没有马上答应他，但是在我看来，也就是小女人故作姿态罢了。在二十多岁的姑娘眼里，能够像老周那样不问退路准备万全，问一句“嫁不嫁我”的男人，简直就是靠谱中最靠谱的，何况担任着广告公司的总监，还天天中午开车来给宅得要死的硬糖送爱心便当。

第一次去看老周的房子，硬糖抓我一起，虽然没有装修，但是小院和露台一看就是女孩子喜欢的样子，硬糖一直眼里闪光地说，这里可以做成这样，那里呢，可以做成那样，指指点点，直到老周突然把钥匙塞到她的手里说：“把它变成你想要的家吧。”

就这样，小记者硬糖结婚了，抛弃了反人类的不婚宣言，抛弃了她的酒吧夜店故作无谓的挥霍青春，婚礼上，老周把银行卡交给她说：“从今天开始，你安心在家里画画，成为你喜欢的高木直子。”

硬糖当然没有成为高木直子，但是因为老周，她辞去工作，坚持画绘本，画插画，最后也因老周的牵线搭桥，开始出版系列绘本，慢慢小有名气，参加各种沙龙活动，接受高价绘画邀请。她的每一点点成就，都会和我分享。虽然婚后的她一头扎进二人世界，宛如变了个人，我很少见她，但依然最了解她。

有时候，我下了夜班，坐在出租车后座上，发现曾经自己奢望的生活，都在另一个人的身上实现了，这滋味，也真是难以言说。如果有一天，我也遇到一个初见就肯倾听我无聊梦想的男人，会不会也能有硬糖一半的运气?

可是生活不会讲道理，不是你一直哭诉自己的辛苦就会垂青你哪怕一点点，也不会因为你一直轻松让人羡慕，就给你三灾五难。所以，硬糖一直都是十年来朋友圈子里被羡慕的典范。

“我没有告诉别人。”明明在说伤心的事情，可是她还是用那样软塌塌的声调，带着点甜糯的跳跃，“大概是觉得太丢脸了吧。”

所以，生活终于还是公平了一回吗？这个想法在我的脑袋里瞬间闪过，只是瞬间。

“是不是你太理想主义了，还是因为孩子？”

十年来，他们默契地没有向彼此提过对孩子的要求，也许这就回答了彼此，他们其实都是更自私的人。

蜜月去了夏威夷，晒得黑黝黝回来的当天，在自家院子里捡到一只黑色皮毛黄色眼睛的流浪猫，像神怪小说里才有的小东西，硬糖当即决定养起来，并取名“松露”。

她和老周说，松露就是我们的女儿了。她一直都记得老周蹲下来摸摸松露又摸摸她，笑得一切都好。

他们不仅养了松露，还喂着徘徊在房子周围的流浪猫。有些捡回来养两天，再寻找愿意收留它们的朋友。我也被硬糖软磨硬泡怂恿过好多次，但我总觉得单身女人养猫略显诡异，搞不好会更嫁不出去，就一直在拒绝。

我也反问她既然那么好心，为什么不都收留在家里养起来，反正你们一个商人一个艺术家，不差钱也不差时间。

硬糖很坚决地说，她的女儿只有“松露”，绝不会让任何其他的活物来分走女儿的爱。听起来根本毫无道理，但也无言以对。

没过两年，松露不知道和哪只野猫滚了一晚上，生下了同自己长得一模一样的猫儿子，硬糖管它叫“松茸”，但是显然，她对松茸的爱依旧不及对松露的一半。

十年里，外面的世界天翻地覆，可在硬糖小房子里，她瓶中水一样的心，把生活印照得一切还是老样子。直到上个月，老周以公司搬到了昌平、离家太远为由，在公司附近租了房子，而硬糖恰好把刚动完手术的妈妈接到身边来，所以就没有去看过老周。

仅仅一个星期，周末老周回来，她无聊地翻他手机，突然看到相册里存了很多小鹿犬的照片，老周这才坦白，说自己无聊，养了只狗。

那恐怕是他们婚后，最凶猛的一次争吵。她气得浑身发抖："你知道我最讨厌狗！你怎么可以不爱猫女儿，你怎么可以养狗！"

可是老周淡淡地说："你已经三十五岁了，怎么还像个孩子一样不讲理？"

硬糖一下子哑口无言，眼泪汹涌出来，就是在那一句话里，她大概就看到了之后那个悲伤的句点。

也是在他说那句话时不咸不淡的表情里，她第一次觉得，他老了。

四十岁的男人，原先的好身材早无踪影，因热爱美食所以圆圆的肚子像怀胎的孕妇，发际线渐渐高上去，为了越来越好的生活，电话簿里越来越多的联系人、越来越多的饭局、越来越多的虚情假意，十年里的每一年，甚至每一天，他都在变成他应该变成的样子，只是她被与世隔绝的幸福蒙住了双眼，不曾看见。

狗血的结局，就是她反思良久，还是放下自尊心，做了许多他爱吃的番茄牛肉，坐长长的地铁去看他，结果敲开门，发现有两只小鹿犬正愉快地玩在一起，她在他慌乱的眼神里，发现了洗手间垃圾桶里的卫生棉。

后来，她已经不记得那一瞬间脑袋里在想什么，只记得放下了给他带的饭，转身就逃，也不知道他到底有没有追上来。

怕被妈妈看出什么来，硬糖不敢马上就回家，一个人莫名其妙晃到了芙蓉里，坐在路边的铁板烧摊子上，哭到了大半夜，可能哭得太吓人，所以也没有无聊的路人敢来招惹她。

"那个女孩是他们公司的模特，一起出差，然后……因为她养了一只小鹿犬，老周觉得可爱所以……前两天那个女孩甚至直接打电话来要我和他离婚，我简直不敢相信这会是发生在我身上的事情。而且，他所谓的逢场作戏，并不只有这女孩儿一个人。也不是刚刚开始。他都四十岁了，也不帅，也不是土豪，你说那些小姑娘图什么呢？”硬糖的表情，就好像是在发愁别人的事情。

“如果说他的出轨对象是你，老婆是小模特儿什么的，我大概会觉得你们是真爱吧。”我喝光了柠檬水，觉得需要用胃部消化一下。

“也许你觉得我早就是胸无大志的小女人了，可是，还是要离婚。那已经不是我的老周了，是另一个人。我不要和陌生人继续过下去。”

“他没有挽留你吗？”

“有……可是那已经不是爱情了。”说到爱情两个字的时候，她的眼睛里还是有十年前的闪光。

“我从来不觉得你是小女人，二十五岁的你，赌上了全部，就算输，也漂亮。”

“虽然他把房子给我了，但是，我不想要。我又不是不能赚钱，只是，不能像以前挑肥拣瘦。我也想像你一样，有自己的房子，不是谁的，只是我的。”她的脸上竟然也流露出了一点点的羡慕来，这让我吃惊良久。

“我明天尽量和老板争取再加一点稿费，这周签合同。”

她长舒了一口气，好像和离婚比起来，这才是她最担心的事情。

吃完比萨，我们决定回芙蓉里，回当初租住的那栋楼。两个三十出头的女人，趴在当年的公寓门口贴着防盗门听墙根，隔壁人家开了门出来，就手拉手逃进安全楼梯，又爬上了一起吃过很多美味的天台。

因为白天风很大，所以意外可以看得见星星。

我说如果早知道今日，那一天，你还会跟他走吗？

她抬起头，眯起眼睛，叹了口气：“我也问过自己，答案竟然没有改变。”

就像每一个失去了爱情的女人，硬糖也问了自己无数遍，“我到底做错了什么？”“问题到底出在哪里？”“是不是当时没有那样，或者做了什么，一切就会不同？”可是这些问题，她永远也不会有答案。

她没有少流眼泪，甚至把一直保养良好的大眼睛哭出了许多细纹，一天之内也像老了好几岁。她翻出了他们过往的照片，短信聊天打印的小册子，旅行买回来的纪念品，明明有那么多的好时光，明明曾经那么好。

“可是有些事情，就算想一辈子也想不明白，而有些事情，其实就在那一瞬间，就全都已经明白了。”

“所以？”

“那是爱过我，我也爱过的人。后来他不再爱我，我们都可以，重新开始，无论他已老去，还是我依旧没有长大。”

她低下头去的时候我不知道她有没有湿了眼眶。

星空下听到的这一句话，却像是关于幸福的誓言。

十年前，硬糖二十五岁，结婚了，我二十二岁，没有男朋友，很羡慕。

十年后，硬糖三十五岁，离婚了，我三十二岁，依然单身，依然，羡慕着她。

Chapter4

演员

他们也同我一样，在扮演一个不是自己的角色。

我叫记者，他们叫幸福一家。

“生活是一出写好的戏，谁快活，谁触霉头，早被安排好了，你只负责演好你的小角色。电视剧哪有现实精彩，生活那么狗血，电视剧还能给一个光明的尾巴，宽慰一下我观尽世态炎凉的心。”

这大概是刘黎说过的最有哲理的话。而她的真理，只会出现在嗑着瓜子，看着狗血剧，被我鄙视后奋起反击之时。

这种时候，她大概会想起自己八十年代的大学生活，想起自己挥斥方遒的二十岁。

我曾问过她，为什么我会有李软软这么个奇怪的名字，她说因为你出生时皮肤红如火，头发硬又长，不用打屁股就自己哭得起劲，一看面相就知道是个任性固执的主，所以防微杜渐，从小把你叫软了。

我知道，她在自欺欺人，因为我们是一路打着架共存到今天的。晾衣杆、筷子、菜刀，都是她追杀过我的武器，而每一次都是以我逃进书房把她关在门外死不开门告终。

后来她搜查我窝藏起来的数学卷子时，才发现书房门后，被我用粉笔写满了“刘黎大坏蛋”“刘黎神经病”“刘黎最讨厌”，而她闷不吭声把自己的名字擦掉，全都换上了“李软软”。

她说这叫己所不欲勿施于人，并且恐吓我说口出恶言要下地狱。我指着“李软软”三个字说，请问这又是什么意思？她说，我怎么忍心看你一个人下地狱。

我的爱好是蹲在街边看人。人群可以解决我的一切问题。

沾沾自喜的时候，看着满街行人都貌似幸福洋溢，觉得自己的骄傲其实很微小，谁也没空看你表演。难过的时候，傍晚坐在小区里看一个个窗口，觉得每盏灯光里都有故事，那么多灯光，隐藏了那么多眼泪，于是，我就平衡了。

所以我一直觉得，这是一个特别有用的爱好。

刘黎的爱好是剖析人性。她似乎永远都能剥开你一层层粉饰过的话语，找到你没有表达的核心，而在你不曾在意的小细节里，她早已从中看出隐患。

所以，我成了记者，对人的兴趣仅止于了解。

而她是公务员，可惜没有具备一颗与头脑匹配的野心，因此我失去了成为官二代的机会。

我们的性格始终背道而驰，我也从不想成为她，但是我很信任她，超过信任自己。

她说过最狠的话是，只要你想到人总是要死的，就没什么可难过了。

那时候我确实很难过。因为发现生活就和刘黎看的电视剧一样，家长里短，充满了狗血。

离开工作近两年的平媒后，我初入地方台，做了民生新闻记者。生活节奏突然天翻地覆，每天睁开眼的感觉，就像要冒着枪林弹雨不知道能否再有机会回到自己的床上。

经常半夜从郊区和摄像一起往回赶，连天加夜班做好片子，却被告知，不用了。

制片人推了推黑框眼镜，说，以前我当记者的时候，几天几夜做的片，说不用就不用了，都不会有领导像我一样给你做什么解释。干这行，要特别不把自己当回事儿。

我说这个本事，我倒是从小蹲街边给蹲出来了。

她说那就好，我最见不得女记者比爱惜新闻素材更爱惜自己的劳动力。

周舟说自从你换了工作，我的工时也要自动延长五小时。

有时候做完片子，我从吸烟室的窗户往下看，看到他停在楼下的车，车窗外有明灭火光。

我告诉过他，工作和你，是我与这座城市唯一的关系。

我们曾供职同一家平媒，这是我毕业后的第一份工作。在我过年回家的一个月里，他从家里搬出来，租好了房子，说他可以睡沙发。

我们在一起两年，许多朋友陆陆续续离开这座城市，每送走一个人，就要一起喝一次酒，一个又一个燥热的夏夜痛饮之后，只有我孤零零地留了下来。

他们走之前都会说，快结婚，我们再回来喝酒。

几乎所有的朋友都站在他的阵营，但是请原谅，我依然还没有找到婚姻的意义。

而在这件事情上唯一不着急的，就是刘黎。她说一个可以给全组同事带一年早餐，十年不联系的同学突然张口借钱马上答应，谁求他点事儿都当大事儿的好男人，不一定就是好男人。

但是我来不及和她讨论这个命题，来不及思考两个人的未来，也来不及体谅周舟的心情，因为我每天大部分时间，扮演的，都不是自己。

第一次暗访任务，是在某品牌售后服务店，我心惊胆战携带针孔摄像机潜伏进去，故作镇定，四处闲晃。突然周舟的电话打来，问我人在哪里，我脱口而出，出来采访呢，瞬间就有几个店员把目光锁定在我身上，于是我只好灰溜溜地落荒而逃。

这件事情成了全组的笑柄，还被写进了新员工培训材料。

后来我成功演出与饭店分成的导游，曝光旅行社与餐饮业同宰外地游客的勾当，这才一雪前耻。但是那一次我将工商局某官员那一句“我不懂怎么执法，你教我怎么执法”只字未剪，做进新闻，害主任被请去喝茶。

接着我又扮成无知少女，去药店涕泪涟涟买验孕棒，拼命忍住不笑场，再按照药店员工的介绍，拽着一男同事去私人医院登记人流。当然我有艺名，叫李小强。为此还特意办了一张假身份证。

当然这一次我没敢告诉刘黎，但是节目播出第二天她就一个长途给我扔过来，“难道不拍脸我就听不出来你的声音吗？如果你想做正义使者，因此遭遇危险，我都不会阻拦你，但是，做任何危险的事情都要让我知道，否则我只会更加担心。”

这是我第一次觉得她有点像个正经的母亲。甚至有一点儿我不要你死于一事无成的那种大义凛然。

其实我从来都没有什么英雄梦，我想那些参与黑幕报道，甚至被送出国躲风头半年之久的记者们，也未必就认为自己是超人化身。也许只是因为选择了这样一份工作，拿一份工资，付出一份劳动，这些危险，也都是分内之事而已。

就像汶川地震时丢下孩子逃跑的老师，求生本能无可厚非，但你是老师，桃李满天下是你的荣耀，那么保护孩子，就是你的责任。

每天睡下之前，我都和周舟说，你说明天，我又该演什么呢?

短短半年时间里，我扮演过咖啡店员、KTV侍应生、饭店服务员，配合英勇男同事偷拍各种黄赌毒，当然，我是躲在外面随时准备报警的那个。

也见过砍死父母的儿子，为了一间房打得头破血流的亲兄弟，农民工丢了工资坐在街边号啕大哭，寻找女儿的妈妈每天堵在电视台门口。

周舟说你们的生活太惊心动魄，我说我从不觉得惊心动魄，只觉得锥心刺骨。

这世上最重大的新闻不在政治，不在战争，就在市井坊间。

我越来越觉得人是最可怕的生物，恶与冷漠，是这种生物的本来面目，就像最简单的草履虫一样，趋利避害，是唯一的条件反射。善者伪也，这话没错。

主任大概是看我拍完火灾现场连线，回来之后抽空了三包小熊猫，精神极度委顿，于是拍拍我的肩膀说，这周你来做晚间送礼吧。

于是我就提着谷物大礼包，和摄像一起开着车，流窜了一个又一个小区，敲开了一户又一户陌生的人家。

突然有了一种闯进曾经只能默默偷看的，别人家窗口的感觉。

有怒气冲冲的男子在打开门的一刻看到我伸上前贴着台标的话筒，立刻换上笑容，招呼神色有点尴尬的太太来接受采访。

我看到了他们的灯光，只照亮笑容，愤怒与悲伤藏进阴影。

他们也同我一样，在扮演一个不是自己的角色。我叫记者，他们叫幸福一家。

周舟依然坚持来接我，有时候他会迷路，我就在小区门口找一家小店，吃一碗面等他，放很多很多辣椒。然后辣到突然想哭。

我突然很想刘黎，想念她看完电视剧，评头论足，头头是道的样子。其实我总是很想她，只是形式不同，最多的方式，是拒绝和周舟回家。我想我是嫉妒他，想回家，父母近在身边。

送礼的最后一个晚上，和摄像分手，我买了一杯热奶茶，蹲在街边，看夜色一点点蔓延，等待停在我面前的一辆车。

手机有消息。我翻了半天，才确定是哪一部手机。我有三部手机，一部常用，一部刘黎专用，一部电视台专用，我最怕的就是后者。收到短信不回复、三次未接电话，扣钱。

用生命在赚钱，说的是我们这些做民生的小记者。

是我的常用手机，陌生号码，说，管好你的男朋友。吴然在周舟那里实习你知道的吧，还用我多说吗?

吴然是我的师妹，是刘黎朋友的女儿。大三那年，在刘黎的热情参考下，她考来我所在的学校，要我多照顾。

我跑了好几个宿舍楼才找到她，一起吃了饭。是个大眼睛、乖巧内向的姑娘。我总和人夸她，把自己最好的朋友介绍给她。对她说，有什么事情都可以找我，我是姐姐。

其实她也没怎么找过我。

她想进学生会找过我一次，我给朋友打电话，她进了宣传部。

后来就是她想来我所在的平媒实习，找过我，我和周舟打了招呼，她便来了。

这以后的接触才慢慢多起来，一起逛街，看电影，有重要采访都会带着她。有转正机会我也使劲儿帮她推销，结果主编不堪骚扰连续装死一周。偶尔带她出去吃饭，她说起寝室的女生孤立她，针对她，说起那些看似很好的朋友其实都是有事儿才找她没事儿不理她。我说，好姑娘，过好自己的生活就行，不用在意无聊的其他人。

她就说，还是你好，有周舟，就算不工作，没朋友，也无压力。

后来她要考研，不再实习。我来到电视台之后，也帮她投过校招简历，没有通过。

再后来就是她告诉我考研成绩出来，进了复旦面试。说想回来先实习。我自然希望她来电视台，但是她说不熟悉，想回周舟那里。

后来就没有下文了，她再也没有找过我。

紧接着又来了一条信息，生病了送回学校，手机丢了买手机，聊天不断，吴然都是很被动的，考虑到和你的关系，她很为难。我不想她受伤害。

我喝完奶茶，打了一个电话，周舟的车停在了我的面前。他说，你怎么了，看起来心情不佳?

我把手机举到他面前，说说看吧。我给你一个说实话的机会。

我想他大概做了很久的心理斗争，最后说，我本来想，瞒过去就没事儿了。

有事儿还是没事儿呢?

没事儿。

那到底是什么事儿?

不知道这一刻是刘黎的智慧附体，还是平时采访总是一个故事听三四个版本，我习惯了拼凑完整的事件，甚至觉得我应该拿一个话筒对准他。

他是一个不会说谎的人，所以我知道，这一刻，我能够得到真相。

他说，我就是帮朋友一个忙，没想别的。过年时候她发短信祝我新年快乐，我记得你说她要考研，就聊起来了。你之前说，不希望友情爱情亲情混为一谈，你需要不同的圈子，我怕你不高兴，就没提。

后来她说其实和你不是很熟，不算是朋友，也问起我们两个的情况，我就把不愉快的事情都说了。觉得自己在忍，不知道你什么时候能为我也付出一点儿，能顾虑一点儿我的感受。因为说得多了，就觉得算是好朋友了。后来她就说考研没考上，想来实习，父母不同意，自己坚持回来找工作的。她也不好意思和你说没考上。实习的事情也没告诉父母。

结果第一天就生病了，下班来我跟前，话都说不出，我说那我送你吧。再来上班是一个星期以后，公交车上手机丢了，找我哭，说不敢告诉爸妈，不敢要钱，怕被骂。我说那我先借你，等你找到工作再还我。那天她已经下班，过了四十分钟发消息说等公交还没来，冷死了，这意思就是让我送啊，那就送呗。

我说，周舟，这件事我很伤心，伤心在我是农夫，遇到了一条蛇。

我说完推开车门，打电话给主任请假，买了当晚回家的机票。

也许这是第一次，我觉得我和这座城市，也许只有一条纽带，就是周舟。

在我敲开家门，放声大哭的时候，刘黎说，单纯、善良、对谁都好，是你最开始喜欢他的地方，也一定会是你以后最讨厌他的地方，我早和你说过。

我说，你这是什么态度，是安慰自己女儿被人伤了一地玻璃心的态度吗?

她白了我一眼说，这样一个不聪明的男人，你自己愿意操心受累，我说你听吗?

我说，老李还不是一样，是谁被借了十万块钱十年都没还？不是你老公？

其实在他来之前，我已经给吴然打过电话，她矢口否认，并说那个人一直追她，她只是拿周舟做挡箭牌，没有手机的事情，并且用极为难听的话咒骂她口中的那个人，说他不是第一次做这样的事情。而我，四年来，第一次听见她说出那么多脏话，仿佛从不认识她。

好像是偷来的一段时间，晚上和刘黎一起看自己的节目，有录播的系列视频，从电视里看着自己，好像看到了两年来自己走过的每一步。我没有什么太大的成就，我只是个小记者，但是每一步，都是自己的努力。

我说，刘黎，你女儿没长歪，你得庆幸。

她说，我这么善良的人，怎么可能生得出贱人？

刘黎每天带我去不同的火锅店吃饭，请假陪我去郊区爬山钓鱼，骑车烧烤。她说这叫庆祝我分手快乐。

在假期的最后一天，周舟捧着一束盛开的向日葵出现在我家楼下。

我从没有想过他会在这种情况下和刘黎见面。

而刘黎，显然对他打印出来的聊天记录比对他本人更感兴趣。她粗略地翻了翻，说，吴然这丫头，何其冷漠，何谈感恩。都不用心寒，以后叫她吴良心。

我说我从来不知道你心里有那么多不满。

他说，我以为和别人抱怨完，就不会和你吵架，我不愿意和你吵架。但是我错了，这样不会解决矛盾，只会埋下炸弹。

我说，说实话是我的底线。

他说，我没想到事情会这么严重，我忘了尊重两个人的隐私。

我说，我对她的好，帮她的忙，你全都知道。

他说，我对她说已经告诉了你，她问我为什么。我说你的前男友那样骚扰她，应该和她道歉，她问我为什么。我突然之间不知道如何回答。好像，不认识她了。

而那个她，才是本来的她吧。撕下人皮，才让你发现，你从未认识过她。

我说，又是一出好戏，不是吗？连她口中的那个人，究竟是谁，我们也都没能够听到真话。

可是他，突然眼睛红了。他说，对不起，我从来都不想在你的戏里扮演不堪的角色，跟我回家，好不好？

好像大幕拉开，我突然退回到观众席的位置上，看着自己与周舟的对手戏。

我才突然明白，每个人都是演员，每个人都在演戏，你看到的生活，永远都是被表演出来的，你认识的那个人，也绝不会是那个人。

我说，周舟，我好像成了自己的新闻素材，触摸到了生活最俗气的一面。也好像明白了，为什么每天电视台的热线都响个不停了。

那天晚上，老李照例在外面应酬。我和周舟陪着刘黎看电视剧，她说电视剧里的坏人都有逼不得已的理由，在伤害了最亲近的人之后，会最终痛哭流涕求得原谅。但是现实中从来不是这样，人们只会竭力掩盖自己的错误，并奋起反咬他人。

又过了一会儿，她说，不过，做个好人，总没有错。

“这世界上真的有好人吗？”我打了一个哈欠，“有时候，我恨不能把话筒当锤子，把我的采访对象脑袋砸开了花。有时候，我真希望那个一直偷我采访稿替换我素材的女人赶紧得重病！有时候，我会以为这次回来，我坐的公交会把吴然撞死。我，也是这么可恶的人。”

可是刘黎却笑了笑，说：“只要你想到人总是要死的，就没什么可难过了。”

从此以后，比我大三岁的周舟，再也不敢在我的面前，说自己是个成熟的男人了。我想，大概是刘黎吓到他了吧。

Chapter5

病人

世界已经跨越世纪末，进入了新的千年，可是属于她的时间，永远停在了这一分，这一秒。

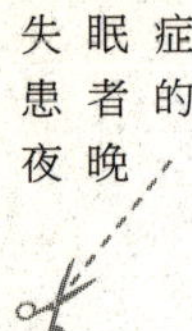

在我决定要同石琢做朋友的时候，并不会想到，若干年之后，我可能会是最了解她的人，却永远也不会成为她的朋友。

我说不上来石琢有哪儿不太一样，但就是，不太一样。

我曾很认真地思考过这个问题。她的脸没有什么特点，平坦柔和；身材没有什么特点，略高且稍稍有点肥，性格也没有什么特点，没有脾气。如果一定要说她有些什么的话，大概就是，没有朋友。

她像空气里的一团影子，你不能说她不存在，也不能肯定她存在。

刚刚升入初中的半个学期里，她没有同任何同学说过任何一句话，面对课堂提问，也始终一言不发低着头，直到哭出来。作业簿、考试卷，大半都是空白。起初，男孩子们欺负她，可是那个年纪的男孩通过欺负这个动作，渴望得到的是眼泪、尖叫、咒骂、追打这些刺激荷尔蒙的反应，可是石琢永远低着头，面无表情，对于砸在她身上的石块、被扯掉的头发，一点儿也不知道叫痛。

无论做好事还是做坏事，得不到回应，都会偃旗息鼓。

身体上的暴力渐渐转换成语言暴力，这个最不起眼的人，却拥有最多的绰号：白痴，早产儿，弱智，傻大个……她一定都知道，却像那些发肤之痛一样，毫无感觉。

某日早读，刚刚接触英语的大家学会了“fool”这个词，于是全班目光转向石琢，所有人都冲着她不断重复这个单词，声音越来越大，越来越整齐，仿佛掀起的巨浪，要淹没一座孤零零的小岛。

我啪地把书摔在讲台上：“都给我安静！”

教室里瞬间鸦雀无声，我看着所有人的脸都向我扬起，流露出了无奈、不甘，甚至不服气。我本来也许不会那么生气，但是在那一刻，我觉得他们是在同我作对。

我想说出去跑操场十圈，我想说统统回去给我写检查，我想说一个个去跟石琢道歉，但是我深吸了一口气，告诉自己，我是老师，不是一个在赌气的中学生：“我们学个新词吧，friend，朋友，石琢是我的朋友，Shizhuo is my friend，念。”

跟着念的声音参差不齐，无精打采，但学生总是无法反抗老师的小伎俩。我对这个结果还算满意，看向石琢，她的头却埋得更低，恨不能钻进面前的单词表里。突然间，我很好奇，这样一个女孩子，面对着所有人的敌对，却没有掉眼泪。

也许，她真的需要一个朋友。

我知道石琢中午都是在教室里吃饭，这也很奇怪。这样的小地方，学生们的家都不远，中午放学都欢腾地飞奔回家看电视、吃饭、睡觉，谁也不愿意多在学校逗留片刻。

下课铃就仿佛是猎人的枪声，一枪之后，鸟兽散尽。我在空旷而寂静的正午推开了教室门，独自坐在位子上的石琢抬头看了看我，又迅速低下头去，面色绯红，手里的饭盒盖子有点慌乱地掉落在水磨石地面上。

没错，她从不和老师打招呼，不懂礼貌，更不聪明，与其说乖不如说呆，所以，她当然不是我喜欢的学生。但她是个不太一样的学生，对于一个刚刚毕业的年轻老师来说，这个理由，就足够了。

我走到她跟前，伸手摸了一下她的饭盒边缘，冷冰冰的，应该是红烧土豆，米饭看起来也很硬。

“我带你去吃饭吧。”

石琢没有说话。

如果她说好，我可以欢欢喜喜地带她吃饭聊天，如果她说不好，我可以问为什么，但是她不点头也不摇头，于是我敲了敲她面前的桌子：“跟老师一起去吃饭，这是命令。”

好在，她善于顺从。

从学校到附近巷子里的小饭馆，她一直跟我保持着一米的间距，坐下来等菜时，她的双手显得紧张而僵硬。

我很想问她一些问题，说一些类似于可以把老师当作朋友之类的话，可是，看她埋头吃饭的样子，我一句话也说不出来。好像除了那些能够被她吞咽下去的饭菜外，其余一切都不会被她吸收。

石琢的饭量大得有点惊人，她吃了很多排骨、很多鸡肉，芹菜和豆腐也几乎是她一个人在吃。三碗米饭下肚后，大半盆番茄蛋汤也被她打扫干净。我想起了教室里属于她的不锈钢饭盒，按照今天的饭量来看，那些饭菜不可能填饱她的肚子。

“能吃是福，你以后会长高，会很有气质。”我笑着看她，可是她的眼睛始终没有看过我。

第二天上课，我发现石琢的脸上有若隐若现的巴掌印，右脸颊略微有点红肿。她一直把英语书竖在面前。

课间操时，我把她留在教室，问她是否被同学欺负，让她告诉我谁打了她。

“妈妈。”

我愣了一下，愣的原因，一是这么没脾气的孩子我不太能想出被打的理由，二是妈妈这个词从她嘴里说出来，好像同一个陌生人的名字没有什么区别。

“妈妈为什么打你？”

“饭没吃。说我浪费。”

原来起因在我，我突然有点愧疚起来：“放学以后我跟你一起回家，我去和你的妈妈解释清楚，让她不要责怪你。”我想这样可以了解一下她的家庭状况，或许可以帮助她更融入这个集体一点。人与人的接纳总是相互的，石琢显然有一半的责任。

石琢的家，近得出乎意料。郊区的农场被回收征用后，许多人迁入了不大的城区，而就在距这所中学两条街的地方，汇集着庞大的城中村。

污水、垃圾、麻将、台球室、游戏厅、发廊……石琢在公共浴室门口停下来。出来倒垃圾的中年女人看到她，又看到我，皱了皱眉头，她很瘦，瘦得没有一丝水分，所以面部的皱纹清晰而深刻。她用下巴指了指我，问石琢：“谁啊？”

“老师。”

女人大吃一惊：“是不是她又在学校犯什么错了？石琢，你说你干什么了？老师都找到家里来了！”说着她就举起扫帚往石琢的身上打过来，我连忙抬起胳膊挡开。扫帚落下来的时候，我以为自己的骨头要断了。

可是石琢就那么愣愣地站着，一点儿没有躲闪，也没有因我而流露出感激。我突然有些委屈，我从师专毕业，才十九岁，从小到大，我的妈妈也没有这样打过我，那么狠，那么疼。

石琢的妈妈与石琢截然相反，如果没有人喊停，我想她可以一个人说上一天一夜的话也不会累。

“我去看爸爸。”石琢进了家门就丢下书包，推开最里面的卧室门，又很快关上。

妈妈对着她的背影白了一眼，招呼我坐下，又是端茶，又是递水果，又是道歉：“就是不懂事，怎么说都说不明白，和她爸一个死样。”

“那个……她的爸爸……”

“有病，这儿有病。”她用手指了指自己的脑袋，“我看小的也一样，都有病。”

我一时语塞，不知道该接什么好，不知道她说的是实情还是气话，不知道自己再问下去，是否合适。

可是，小臂的隐痛提醒我，都替人挨了打，怎么能空手而归：“其实，石琢挺好的，只是，有一点儿孤僻，和同学交流少，我希望能帮助她……”

“没有用。要我说，早就不该让她上学，出去随便找个工作。都是那个死老头，非要让她上学，糊涂得日子都记不得了，就知道上学上学，也不知道浪费那个钱要干吗，拿来烧还能烧开一壶水喝掉。”石琢妈妈的两片嘴唇飞快地开合，仿佛有一百年没有同人说过内里辛酸，抓着我的手，一直说到月亮悄悄爬上来。

石琢的爸爸出身于知识分子家庭，曾是建筑系的高才生，年轻的时候写了许多美丽的诗句，留过洋，“文革”时被打成右派，每天挂着牌子跪在高高筑起的台子上接受公审，接受围观的目光与砸在身上的碎石块。后来被下放到这小城市边缘的农场，每天翻地喂猪，躲在漏风漏雨的瓦舍里，不出门不说话也不再看书写诗。年过三十，才娶了活泼干练的石琢妈妈。

“你以为谁想嫁给这么个知识分子臭老九，还不是都嫌我瘦，说我不能生，老大不小嫁不出去，才嫁给他？和嫁了一个死人差不多。后来越来越离谱，今天忘了关煤气，明天把钱全都剪碎。我说你想死自己死，我还要活。要带他去看医生，他就发老大脾气，恨不能把家都砸了，我打了120才把他捆走。也查不出什么病，就当痴呆来治，后来又犯癫痫，抽烟凶，又犯肺病，我看就是精神病。要不是当时有了石琢，我就和他离了。

“石琢生下来就不会哭，三岁了不会说话，也不知道正眼看人，开水烫了不知道疼，让她买个东西分不清五毛一块。我一打，她爸就护着，我要带去看医生，也不让，我看这两个就是一样一样的，都有病。有时候我看着她，就是她不认识我，我不认识她，我要这么个女儿有什么用，累赘。”

杯中茶渐渐冷却，里屋的两个人没有一点儿动静，我想说，你别这么说；我想说，我们可以帮石琢。可是，我有什么资格，有什么立场去说呢？

我想起了石琢被同学扯头发、丢石块、奚落嘲讽的情形。时代不同了，可是时代里的人，却似乎没有一点儿改变，连自相残杀的方式也不曾变化。我想起高尔斯华绥说，世上只有两种动物会残害自己的同类，一是蜘蛛，一是人。

我摇了摇头，觉得自己很矫情，不过是一群孩子，我一定是读书读中毒了。

“石琢的名字是谁取的？”

“还能是谁，还不是那个臭老九？”

玉不琢不成器，我看了一眼挂在墙上的黑白照片，照片里石琢的爸爸有一张诗人一样忧郁的面庞。

这是1999年的深秋，离那个疯狂的年代，已经有点遥远，又血脉相连。

从那天之后，我每天带饭来，在教室同石琢一起吃。

她的妈妈说过，是她不让石琢回家吃饭：“给她一口饭吃就不错了，什么也不会，不晓得有多能吃，吃吃吃，我一个人累死累活赚的钱都被她吃掉好了。中午我都不做饭，反正死老头也不吃。”

我每天都带肉菜，带多一人的量，分给石琢。以至于妈妈以为我交了男朋友。

石琢的学习能力确实很差，我努力给她补习，哪怕她只有微弱的进步。

年级主任找我谈话，说有学生家长告状，说我私下收钱给学生补习。我说石琢的情况有点特殊，我想帮帮她。主任叹了口气：“你帮得过来每一个孩子吗？你还是先顾好你自己。”

终于，石琢的英语成绩及格了，但是所有的同学都围着她，用尚且稚嫩的食指戳向她，吵嚷着作弊、泄题、偏心。我站在教室门口，觉得很难过，我想安慰石琢，可是似乎，我得先安慰自己。

我在课堂上，用了很多旁敲侧击的方法，想把关心一个非亲非故的人的心情传达给这些十四五岁的孩子。到最后我终于明白，就算我把石琢的故事告诉他们，他们也只会有短暂的同情，只要给他们一个机会，石琢依然是他们发泄的对象。这让我怀疑起了自己的职业。

也许你认为，石琢会渐渐接纳我，同我敞开心扉，把我当作朋友；又或者换作你，你会对这样的老师感激涕零。可是石琢并没有，她依旧是那个不会说谢谢，也不正眼看我的石琢。

初二下学期，她的爸爸突然病重，她休学回家帮忙照顾。我每月去看她两三次，帮她带一点书，带她吃饭，讲讲外面的世界、报纸上的新闻。我相信她听得懂，她只是在拒绝。

妈妈也说我何苦，爸爸说我善良，可是我觉得自己和所有人一样，没有那么善良，也不愿意认为自己善良，我宁愿是因为石琢是我教师生涯中的第一个学生，才这么做。

班里的同学很快将她遗忘，因为所有的东西，包括人，都能找到替代品，所以集体攻击的对象也不例外。

因为我同他们差不了几岁，和其他老师不太一样，反而和他们更像同龄人，所以常常有女孩子来同我谈心聊天，告诉我班里的分帮结派，告诉我每个人心里的小九九。他们会排演英文话剧，会集体给我过生日，会在我布置的英语周记里写我是他们最喜欢的老师。

曾经我希望能够在石琢身上实现的这些方式，最终，在其他人身上，在那些欺负过她的孩子们身上实现了。

可是，看着空出来的位置，我却总有那么一点儿难过。

后来呢。

后来石琢继续上了中专，又上了大专，是在她爸爸的坚持下。去看望她已根深蒂固地成了一种习惯，连我自己也不明白为什么。

时间与生活在某些人的身上永远也不会起变化，她的爸爸看到她就笑，看到他人永远面无表情，随时可能癫痫发作，口吐白沫昏倒在地，口齿不清，记忆衰退。她的妈妈永远在打她，骂她，也骂他。而她，还是呆呆的样子，还是吃很多，还是只愿意待在爸爸身边。

我也在一年又一年地当老师，直到她大专毕业，家里托熟人给她找了工作，我想要帮她庆祝，却接到了她妈妈的电话。

我接起电话，只听到断断续续的哭声，还有断断续续的一句："石琢跳楼了。"

那是石琢第一天去上班，早上在家吃了很多饭，一直吃，却不愿起身离开，妈妈连骂带赶她也雷打不动，直到爸爸说，石琢去上班，赚钱给爸爸花，她才从餐桌旁站了起来。

她说没有吃饱，让妈妈给她钱买油条。妈妈用力打了一巴掌在她脸上："吃那么多还吃，除了吃你还能干吗？赶紧走，赶紧走。"

于是她就走了，去了单位，从十二层的顶楼跳了下来。

"不要让她爸爸知道，不能让她爸爸知道，老糊涂了，早上石琢一走，就吵着找女儿，不能让他知道。"

挂断电话，我看着桌上那只手表，那是我想送给石琢的礼物。

世界已经跨越世纪末，进入了新的千年，可是属于她的时间，永远停在了这一分，这一秒。

Chapter6

小山

她记住了自己的英雄岁月，殊不知她被别人记住的，却是主教学楼大厅里一场惊天动地的争吵。

据说婴儿时期的小山是个坏脾气的小孩，曾经一夜哭得满头小发丝都根根竖起来，于是怒发冲冠被剃成了小光头。

大人们迷信，认定胎毛剃光光，女孩子就能长得温柔可爱，若不剃则会成为厚脸皮的泼妇。

这也不能怪大人们，因为在不记得有没有自我认知的那些时候，她确实不怎么可爱，新玩具一拿到手里就站在三楼阳台上往下摔，摔得越碎越拍手笑。还不懂得分享，邻居爷爷讨她手里的糖吃，她一把扔在地上，用笨拙的小脚使劲儿踩，一边踩一边说："你是坏人！我不给你！"没错，她几个月时就会说话，一岁过后嘴巴的发育程度远远超过大脑，喜欢顶撞所有成年人，吵闹乖张，所以怨不得长辈们什么救命稻草都要抓一把，再不舍得她那一头天生浓密的头发也只能一刀下去。

只是头发虽剪了，禀性却难移。小山总是在妈妈怀里哭闹要外婆，妈妈抱她去外婆家，刚进门又哭闹要回家。一个中午能折腾上一代母女十几个来回。外婆每每做饭只好把小小的她五花大绑在藤椅里，不然她一定上房揭瓦闹得鸡犬不宁。

在她对自己的行为没有半点儿意识的岁月里，忧心忡忡的妈妈觉得自己养了个讨债鬼。

五岁的小山是个逆来顺受的小姑娘。

在小小孩童缓慢的成长中，小山变得不再乱发脾气，面对陌生人也知道害羞地笑。也许是因为妈妈给她读的童话故事里，温柔善良的公主最后都能获得幸福；黄金时段的电视剧里，只有内向甜美的女生才能当女一号，享万千宠爱，幸运一生，若是骄纵蛮横聒噪不堪，那就是注定的悲剧女二号，落得灰姑娘的姐姐们一般的下场。

性格好坏就等于是好姑娘或者坏姑娘。她没有做过选择，但五岁的她是前者。

幼儿园的午睡床铺，她在靠窗的上铺。对于不喜欢午睡的小山来说，再也没有比这更好的位置了，可以一直睁着眼睛看外面的阳光、天空、稀疏的人影、空荡荡的游泳池，想着放学后就能冲下高高的白天鹅滑梯。

一日中午，小山慢吞吞吃完午饭，慢吞吞拉了个屎，再慢吞吞回到自己的小床边，然后傻眼了。床还是自己的床，可是被子不是自己的被子，枕头也不是自己的枕头，床上已经躺着另一个小朋友。

“我的床呢？”她疑惑地看着床上的女孩。女孩说，你自己找啊。

她便真的去找，满屋子打转也找不到，急得哭了起来，这才有两个小朋友过来带她到房间最角落的下铺说：“我们刚刚自己把床都换了，这是你的床了。”

小山一直到躺下，好像都还没有明白发生了什么。长大以后再想起这件事她总是有点惊讶，不是惊讶自己没有哭着告状，而是惊讶五岁的女孩们就懂得掌控他人与世界。

还有两件事她也一直记着仇。其一是有个总腻着她的小女孩叫乐乐，无论她手里拿了什么乐乐都要抢去玩，小山发狠说，你再抢我东西我就咬你了。结果，有大半年的时间，每天下午小山趴在二楼小平台的栏杆边望眼欲穿等妈妈来接，乐乐就总会被自己的妈妈领着来到她跟前。小山喊，阿姨好。乐乐的妈妈便说，小山啊，你怎么能说要咬乐乐呢？小朋友之间要相互友爱才对，你要和乐乐道歉说对不起。于是小山就懵懵懂懂地说，乐乐，对不起。

这一幕日日重复，且她还能在第二大就拉着乐乐的手说，我的玩具给你。长大后回想起来，真想回去痛打自己一顿。

第二件事，则是电视台来录制节目，老师挑选了包括小山在内的几个小朋友参与录制，小山妈妈特意给她穿了崭新的公主裙。却在午睡的时候被其他小女生把蕾丝全都扯烂了，老师因此没有让小山参与节目。当时她不太懂，为什么妈妈说老师做得不对。

十二岁的小山，成绩单上的班主任寄语是，戒骄戒躁，得饶人处且饶人。

不是有个词叫作触底反弹吗？幼儿园同小学不过一墙之隔，越过了这道墙的小山，忽然变成了厉害的女同学。

都说幼年时期的际遇会给人的个性带来难以预估的影响，但是小山的妈妈并不认为女儿拿教鞭打不听话的男同学，把招惹了她的同学一把推到地上，还把人家的书包从窗户丢出去这些行为是因为幼儿园被人欺负的阴影，她说你这是解放了天性。

小山觉得自己只是腻歪了千篇一律的童话，也看腻了妈妈沉迷的琼瑶剧。她迷上了课本里的抗战故事和武侠片，小家碧玉那一套即刻被抛在一边，满心的代表月亮消灭你，为世界和平而战什么的。写作文《我的理想》，大家不外乎当科学家、医生、老师，只有她写，我的理想是做个好人，成为正义使者。

怎么做个好人呢？首先要广交天下好友，不能小家子气。那怎样才能交朋友呢？一天中午，她吃完饭便做了个决定，下午上学路上遇到的第一个人，就是她的朋友了。于是中午一点半，她背着小书包踏出单元门，就看见一个年纪相仿的女孩，戴着红领巾从眼前走过，她想都没有想就一个箭步冲上前去："同学你好，我们交个朋友吧，我是小山。"

女孩显然一时没有反应过来，愣愣地说："你好，我是叶子。"

而后两个人就一起聊着天上学去了。小山想，原来交朋友就是这么简单。

还有一段时间她比较热衷给陌生人打伞，下雨天里，上学路上，看到没有带伞的同学就上前给人撑伞，看到每个人脸上的惊诧，她都笑得比砸在地上的水花还灿烂。

还有一次她放学路上经过离家不远的车站，有个比她还要大一些的女孩突然拦住她说，同学我坐车回家的钱丢了，你能不能借给我一块钱？小山身上从不带钱，所以她说你等着，我回家给你拿。女孩的眼里写满了"你不想借我就算了，干吗骗我"这句话，她只是笑笑飞奔回家，找妈妈要了一块钱又气喘吁吁地跑去车站，把钱塞进了女孩手里，女孩惊讶地看着她说我一定会还给你，可是她跳上了车，并没有和小山交换任何联系方式。

妈妈笑话她，她觉得无所谓。她记住了自己的英雄岁月，殊不知她被别人记住的，却是主教学楼大厅里一场惊天动地的争吵。

起因颇可笑，只因她素来讨厌那个面色惨白阴阳怪气自以为是的同桌男孩，所以放学时，跟她要好一些的女孩随口拿她同他开玩笑，气得她直跳脚，说了好几句讨厌他的话，恰好被从她身边走过去教室接宝贝儿子的同桌妈妈听到。

于是，她便在放学时分最热闹的大厅被拉着儿子下来的妈妈一把拽住："我儿子怎么惹你了？"而后再说了些什么，小山一个字也记不得了，只记得她枯黄的脸上纠结着干巴巴的凶悍，薄薄的嘴唇一张一翕……这场景大概同幼年时期的傍晚平台重叠了，她只觉得内心压抑不住地气恼，张口就顶撞了回去，一边哭一边声嘶力竭地同一个年长她三十岁的阿姨猛烈地吵了起来，大厅里迅速围拢起一个圆圈。

她被老师批评得很惨，但是，她自始至终没有道歉认错。因为妈妈说，要我去和一个十岁的小朋友吵架，简直丢死人，是不是啊。

十五岁的小山，想过白衫蓝裙的青春，却成了一只短发学霸。

小山没能抵挡住自己内心的叛逆，发疯一样想在曾经梦想的十五岁里做一个特别的女孩子。要怎么特别呢？自然是白衬衫，蓝裙子，骑着自行车，有好看的长发和明媚的笑容。要有喜欢的男孩子，暗恋也好，早恋也罢，总之不能白白辜负了青春两个字。

但是渐渐地，她发觉和周围那些幼稚的男孩子相比，她更喜欢自己的名字在每次考试后公布的年级总榜上披荆斩棘，一路杀到第一名。

每个人闪耀的方式不同，小山在名次里找到了自己的存在感。并且，一头长发，也因为某个奋笔疾书的夜晚她解不出一道数学题，在那又闷又热的六月，她觉得一定是这头长发困住了思路，像捆缚自己的恶灵，硬是大晚上跑出去，剪成了男孩子那样的短发。第二天去学校吓到了许多人。

那会儿高中毕业很流行写同学录，男生们给小山写的几乎全都是高山仰止、只可远观不可近玩，说她的好，她的安静，她的沉默，她的距离感，恨不能写上好几篇《爱莲说》。

可是，她并没有因此感到高兴，也并没有觉得不食人间烟火是多么值得骄傲的事情。很多时候，她在晚风里塞着耳机，坐在回家的公交车上，会突然希望永远也不会到家门口的站台。在学校和家之间，在上课和复习之间，只有这段二十分钟的公交，是她一天中最喜欢的时间。

老师宠爱，父母满意，同学羡慕，然后呢？这就是自己吗？有时候她看着镜子里短发的自己，觉得讨厌得要死。也只有在这样的时候，她才会承认，她羡慕那些可以坐在男朋友自行车上晃悠双腿的姑娘，羡慕那些偷偷涂了指甲油和粉底、哪怕套了校服也分外显眼的女孩，她们的身上，有叫作"青春"的那种东西，而她没有。

十九岁的小山，当够了乖乖女，决定重新做人。

青春是个让她执念的词，或许因为太苍白，所以反而注入了太多的想象。热烈，放肆，叛逆，投入，她统统都想要尝试一遍。

反正告别了故乡，告别了熟悉的城市和人群，她一定要不负青春。

去染了努力蓄过肩膀的头发，夏天穿黑色的背心和短裤，踩厚底的高跟鞋，夜晚在教学楼顶一个人默默学抽烟，听摇滚，泡酒吧，迷恋上喝得烂醉的感觉。

大概大学毕业的时候，再不会有人为她写《爱莲说》了，那些用来形容窈窕淑女的词汇和她再也没有半点儿瓜葛了。她成了一朵妖冶的黑色大丽花，褪掉了局促与羞涩，能搂着男生的肩膀摇骰子，大声唱歌，恣意跳舞，轧着凌晨湿漉漉的马路，放心大胆地走在浓重的夜色里。

谈恋爱也不能落俗套。她爱上春风得意的中年画家，拿出了甘愿等一辈子的赤子心。也许没人相信她什么都不图，可一直到分开，她都没有拿过他的一分钱。她只是觉得有种炽烈的、必须要宣泄的爱，要给一个特别的人。他很特别，和妻子分居，爱她也一样热烈，她一头戳进去，像深陷泥淖。

她逃课，逃避老师、父母和同学，随他去云南，在深山里日出而作日落而息，看他画画，也让他画自己，与世隔绝得恨不能来一场大地震，让世界只剩下彼此。

后来，她发现自己怀孕了，他却再也没有出现。

像一场梦醒了，但并没有回过神来。她从此变得更加放纵，不断地换男朋友，不断地夜不归宿，一晚上喝完这杯酒就倒在不知道谁的床上，也不断地抢着别人的男朋友，再甩掉。她抽烟抽得很凶，好像这样才能宣告给全世界，我和你不同，你们谁都不懂我。

那些睡过的男孩或者男人，没有一个真的在一起过。

在一起过的人，她也没有真的好好珍惜过。

日子过得兵荒马乱，只在深夜绽放，就像嗑了一枚致幻药，陷在某种自以为是的满足中。

就这样暗无天日地摇晃到了大学的最后一年，还是同样的深夜，还是一样喝得烂醉，凌晨四点，她拎着高跟鞋，踏着一双磨破皮的脚，站定在过街天桥的当中，马路空旷，灯火暗淡，对面的学校里已是一片漆黑，她突然难过地蹲在原地，哭了出来。

二十四岁的小山，变成了刚正不阿的道德卫士。

毕业后的小山，没有完成小时候的任何一个梦想，而是去了广播电台，稀里糊涂地踩了狗屎做主播。从一档辛苦的清晨节目开始，每天五点半就要从租住的小公寓打车去上班，准备直播。

城市还没有醒来，尤其是在冬天，灯火在黎明前的黑暗里闪烁，她前所未有地觉得自己是真的一脚踏进了成年人的精密世界里，从此孤立无援，高速运转。在成年人疲于奔命的世界里，她想起一年前的自己，觉得真像个纯粹的傻瓜。

她觉得什么“谁年轻的时候没有爱过两个人渣”“谁年轻的时候没有傻过”这种话根本无法安慰自己。台里稍微有点红起来的女主播被爆出裸照和各种负面黑历史看得她心惊胆战，连高中时抢了同学男朋友这种事都被挖出来吐口水。虽然她就像不喜欢任何一个竞争对手一样不喜欢那个女主播，但看到网上铺天盖地的谩骂，她好想替她骂回去。她常常想会不会有那么一天，当自己的工作有了起色时，众口铄金，毫无还手之力的自己也会被黑成如此。

曾经短暂交往过的男孩之一毕业后去了外地，因她一直不再理他，便发各种变态骚扰的信息给她，让她不胜其烦。与其说是烦他，不如说是烦自己。

小时候，她并不相信所谓什么年纪做什么事情，她以为想法这种东西，是一劳永逸，永无变更的。可是，她错了。她已经长大了，大到可以否定一切以前的自己，嘲笑她，痛斥她，她可以删掉曾经一起醉生梦死的朋友们的联系方式，断绝所有的身体关系、精神依赖，却无法摆脱曾经脱轨的自己。

这就导致了她开始疯狂讨厌那些看起来像自己，或者说是曾经的自己的女孩，组里的实习生、正式工，谁是绿茶，谁是婊，谁用了什么小心机，谁说话是为了什么目的，她全部清清楚楚，并且从不装聋作哑，戳穿得毫不留情。帮同事打过小三，为同事鸣过不平，台里说起小山，都说简直就是工作狂、女魔头、女版超人，谁都别惹她。

参加完第一次听众见面会，看到有人在台下举着她的名字为她呐喊，还冲上台来拥抱她，她一时没忍住，当众掉了眼泪。但是只有她自己知道，那眼泪里，不只有欢欣，还有担心。那天她为了锻炼是骑自行车来的。回去的路上，借着晚风，她心里欢喜又惆怅，因为只有她自己知道，她有多普通，多混蛋，多傻瓜，多没有主心骨。

那天晚上，她第一次特别认真地回忆了自己的小半生，竟然无法总结自己究竟是怎样的一个人。但她知道，如果以后有一个女儿，她一定会告诉她，你可以早恋，你可以叛逆，但你不能出格。秘密就留在心底不要分享给任何人，一定要相信妈妈的话，可以失败可以受挫可以疼痛但不要做一个自以为很酷的傻瓜。

二十九岁的小山结婚了，退居幕后做编导。

三十五岁的小山有了自己的女儿，相夫教子，是个温柔的妻子和严肃的母亲。

…………

然后呢，然后她怎么会有自己的人生呢？她的心被从身体里拿了出来，悬挂在了另一个小小生命的身上，从此不再属于自己。

她的人生，已经结束了。

Chapter7

长夜

他们的车堵在环路上，那么多车，那么多人，修再多的路也没什么用。那么多人，那么多爱，也一样，拯救不了谁。

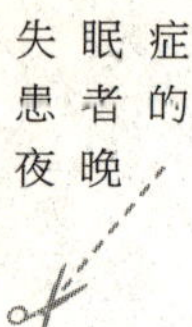

起风的夜里，成若突然醒了，看到窗外红色的月亮。

耳边是轻微的鼾声，她翻了个身，却睡不着了。

若是平时，她可能会往小林那边靠一靠，会把脑袋塞进他的怀里，或者抵着他的肩膀，然后继续这被打断的好眠。可是今天，她却转过身，背对他，看着窗外的红月亮，想起来白日里的那张脸。

那张脸和列车外动荡的风景，共同构成了一幅不那么真实的画面，咔嚓，咔嚓，咔嚓，咔嚓，他趁她看完窗外扭过头时，迅速地吻了她，他滚烫的手掌托住她的脸颊，她的呼吸变得急促，却没有推开他。

没关系，她有很好的借口。那就是一切都太突然了，她根本无法有恰当的反应，就只能任他吻了她五分钟之久。

五分钟之后，车门处开始聚集等待下车的旅客，他们被围堵在人群中，他不声不响勾起了她的手，还是滚烫的。

她清楚地听到了心脏在黑暗的躯体中跳动着，像列车穿过最后一个人工隧道的行进声，咔嚓，咔嚓，在缓缓减慢的速度里，她看到了站台上的小林，那时他还勾着她的手指。

车门打开的一瞬间，她突然害怕他会不会不松开手。还好他没有。他像什么都没有发生一样，帮她拎着行李下车，和来接站的小林相互拍了拍肩膀，开着玩笑，还约了第二天的晚饭。后来他就独自走了，无比自然。

这天晚上小林再吻她的时候，她生怕他觉察出什么异样。还好他没有，他只是如常吻吻她，说出差这么久，累了吧，好好睡一觉。而后他就比她更快入睡了。

几乎每一个夜晚都是这样开始，也是这样过去的。

第二天晚上，成若调休在家。晚上七点，她直接去吃饭的地点，小林和陆已经到了。小林看到她的时候，眼睛里流露出了一些惊讶，一面起身让她到靠窗的位置，一面啧啧赞叹："今天打扮得这么漂亮，真给我面子，是不是啊，陆？"

幸好成若不是容易脸红的人，否则现在她一定会满脸通红，虽然她确实把衣柜翻了底朝天，还化了一个小时的妆，每一根长发都认真地卷过，但她绝不想在陆的面前被戳穿。

他们三个是大学同学，都参加了慢跑社团，当时每周一期跑两三次长途的十几个人关系都特别好，毕业这几年，也从没有断过联系。陆是队长，比较受欢迎，当时的女朋友是他们的队花，只是毕业就分开了。陆有很多女生追，所以基本没什么空窗期。

毕业四年，当年那群人也散得差不多了，成家的、立业的、抱娃的、出国的，陆陆续续离开，依然留在这里还能偶尔聚一聚的，只有他们三个了。

曾经成若和陆算是铁哥们儿，陆有什么烦心事儿也会和成若倒苦水，成若有什么麻烦事儿也都会毫不客气地麻烦陆，但是大二那年，林把成若拿下，从此她也就没什么秘密可同陆分享，也没什么麻烦事儿可麻烦他了。只不过陆有时候还是会拿女人的问题问问成若的意见，比如送什么礼物，怎么道歉之类。

相识八年，从来没有这样如坐针毡地吃过饭。

这次也是巧合，成若去给山东一家公司做审计，正好陆也在同个城市开会。是座滨海城市。陆特意换到了成若的酒店，晚上一起在海风里吃海鲜烧烤。大概他们三个特别要好一点，也是因为都贪吃海鲜。

海浪隔着防波堤在黑夜里哗哗地涌着，两个人比着吃虾、吃生蚝、吃海胆、喝扎啤，最后成若喝得身上过敏起了红斑。说不上为什么，成若那天特别想喝醉，搭着陆的肩膀回酒店的时候，她说真怀念以前的日子，以前一群人无所顾忌的日子。不怀念我们两个抽烟喝酒逃课的日子吗？陆带着点戏谑的口吻说。当然怀念啊，都是值钱的青春。成若笑起来，不知道是他乡遇故知，还是别的原因，总之心情好得能飞到海上去。

回了酒店还是不想睡，两个人在成若房间里聊天。电视里放着台湾综艺节目，有杂音和雪花点，空调吹着冷风。陆问，你们什么时候结婚？她长长舒了口气，皇上不急太监急。

婚还没结，她和小林就已经过了七年之痒，那么到底该什么时候结婚呢？恋爱谈久了真的一点都不好，久成了习惯，久成了老夫老妻，却根本就不是夫妻，说散，明天也就能散了。大概就是想着这些乱七八糟的事情就睡着了。等成若再醒过来的时候，陆已经把早餐拿到房间里来了。

是年纪和处境，以及小林，让两人共处一间房变得有些微妙且尴尬。

一夜过去，成若腿上的红斑都已经消失。她虽然喝得多，但知道自己也没失什么酒品。可是，偏偏就是有了那么一点点莫名其妙的尴尬。只是她小心翼翼地藏好，当作一切如常。

但一切已经不如常了。因为她知道，他们谁都不会把昨天晚上的事情告诉小林。

亲密关系中一旦有了和第三者的秘密，任何成年人都知道这意味着什么。

回来的列车上，小林一直在微信群里要陆照顾好成若，说自己在忙什么，何时出发去车站等。陆一向是很会说笑话的，就在群里各种说笑话，一路上成若虽然没有特别和陆聊什么，但看群里的笑话，就笑了一路。这点小林就很不一样，小林是当时他们一群人中最认真最有志向的一个，一直在很努力地过着生活，很少嬉皮笑脸，心理年龄成熟度不输同龄少女，对自己要求严格，也同样严格地要求成若。

“你有不开心的事啊？”陆突然问她。

她连忙摇摇头：“没有，就是，工作累了。”

“走吧，快到了。我们先去车门口，清静。”

其实成若有一瞬间的疑惑，要清静做什么？不过她很快就有了答案。

吃的还是海鲜，还有成若最喜欢的龙虾刺身，可是成若有点食不知味。

小林说，你今天调休领导会不会不高兴？

那怎么办，我累了啊。成若懒懒地应。

明天还是去公司吧，不然你在家睡懒觉也是一天。

可是我有想看的电影，我明天调休可以带你表妹去看。

你有时间看电影不如好好考考证啊，你周围的人不是都评了比你高级的职称了，你不着急啊？还有啊，丹丹要准备期中考试，你可别诱惑她，她本来就不爱学习。

两个人你一言我一语的，陆突然就笑了。他说，你们还是老样子啊。我说成若，你是怎么忍了这个人在你耳朵边说教了七年啊，不烦吗？

之前陆也会这样说他们，可是今天听起来，却仿佛若有所指，后来小林又说了什么，成若都没有听进去。

驱车回家的路上，成若收到陆的微信，他说，如果不是你那么快就和小林在一起了，当年我一定会追到你。明天我接你看电影，我也调休。

成若连忙灭了手机屏幕，专心致志地盯着挡风玻璃前闪烁迷离的车灯，努力掩盖自己的慌乱和愤怒。愤怒是因为，陆毫不客气地把“to be or not to be”的问题甩给了自己，但是愤怒之余，那一点点的激动连她自己也不想面对。

怎么会，要和陆有一腿还用得着等到现在吗？难道自己也成了饥渴的中年女人？仿佛是为了确认自己，也为了忘掉这该死的困境，那天晚上她表现得很疯狂，一直拼命地索取。小林说，你今天还真是奇怪，休息一天就这么精力旺盛？她粗暴地说，别废话！接着就只剩下寂静中的一呼一吸。

可是第二天，她还是调休了。当陆发来微信说“我已经在你楼下”时，她根本已经打扮妥当，只差这一声召唤，就踩上高跟鞋出门了。

陆没有说别的，似乎一切都自然而然。他为她系好安全带，带她去吃烤肉。没有任何需要她动手的地方，他一个人包揽全部，她只要负责拿起生菜裹好的烤肉吃掉就可以。连大麦茶也不用她吭声，他随时都能注意到是不是要加水。

“做了这么多年朋友，今天才觉得受宠若惊。”

“平常都是你这样照顾他吧？”陆笑了笑，似乎在他们之间谈起小林，并不是什么会造成不适的话题。

他说得对，但成若并不想回答。

其实大学的时候也是，她总是屁颠屁颠地去图书馆占位置，给小林打饭，约会的时候也是她在他楼下等的时候多。两个人需要花钱，也是成若去做些兼职，因为小林会用一切的时间来好好学习。成若承认自己是有点崇拜他的，所以愿意为他买毛线织围巾，借研究生姐姐的宿舍煮关东煮给他惊喜。

而小林则是个不太懂得浪漫的人。为什么喜欢上他呢？踏实、可靠、目标明确，长得好看也算吧，总之是能让女生非常有安全感的男生，可能这样也就不能够要求他是很有情趣的人了。成若毕竟也有小女人心，所以吵架闹分手在所难免，但无论如何，两个人坚持走到现在，不知道被多少人羡慕，何况小林的上进心有目共睹，事业蒸蒸日上自不必说。

一切都不必说，一切都水到渠成，可是，却被一个意外的吻，彻底打乱了。

看电影的时候，陆于黑暗中攥住她的手，放在手心。一小时四十分钟的电影，他一直没有松开过。

她很想问问他说的是不是真的，当年如果再慢一点儿，他是不是真的会追自己。然而她已经不是二十岁的小姑娘，她控制住了自己的傻气。虽然差一点儿有要谈一场新鲜恋爱的感觉，可这其中的规则，她虽没有实践过，也到底心知肚明。

因为小林太工作狂了，加班是常态，所以偌大的夜晚，成若有了人陪。

他们又这样看了几次电影。陆是独居，后来的约会，他就亲手做海鲜给成若，还买了烤箱模具做点心给她。

只是他没有再那么贸然地吻过她，只是喜欢牵牵她的手，捏捏她的脸，还是像原来要好的时候一样。不同的是，成若知道自己有了其他的反应，每当他有些亲昵举动的时候，她的手臂上都会冒出一片密密的鸡皮疙瘩来，连心脏上似乎也会长出来，她无法抑制地觉得自己可悲。

虽然没有结婚，可是她和小林的相处模式像极了合情合理的夫妇，男主外女主内，激情消失，只剩琐碎牵绊。这原本也没什么，可是，却突然冒出来个男人对她这样好。好得让她忘掉了一切的琐碎，连续一个星期没有给小林做过夜宵，没有洗的衣服也堆满了洗衣机，连盖子都盖不上了。

“你怎么回事啊？”小林找遍衣柜找不出一条能穿的内裤，有点恼火。

“什么怎么回事？”成若知道自己这几天的心情有点飘飘然，自然就更要装作一如往常。

“你工作偷懒也就算了，家里不能也偷懒吧。衣服全都堆着，连口热饭也没有。”

“谁说我工作偷懒了！”

“你没有上进心，天天想着逃班，这是事实吧。”

没错，这也是让成若特别气恼的地方。小林总是在某些方面深刻地藐视着自己，无论自己怎样加班加点做表格、做PPT，怎样和女同事发生不愉快，怎样在开会的时候和客户斗智斗勇，他都看不见，他从大学时候就给她定了性，懒散、没有野心，所以他从来看不到她的努力。

“不想光着去上班就自己洗内裤去！”成若撂下这句话，摔门就出去了。

说起来她也是没有出息，在门口整整停了二十秒，一秒一秒地数过去，结果小林还是没有追出来。

过去这些年里，她也离家出走了无数次，他最多也就是说一句不许出去，便再没有别的行动。事后他会严肃地教育她，“你这是任性，孩子气，并不能解决问题。”可是她总想，如果当时你追出来，甚至连问题也不会有。可惜，他比她还固执。

就像是找到了一个恰当的借口，她拦了一辆车，去了陆的公寓，车上给陆发微信，说我去找你，如果有其他的女人请赶走。陆说只有你一个女人。鸡皮疙瘩又纷纷地冒了出来。

车到楼下，陆已经等在那里，直接拉开副驾驶的门付了车费，再护着成若下车。他还带了泡好的面和一瓶果酒下来，带成若去了小区的喷泉边上，哄着她吃。万家灯火倒映在喷泉池一潭死水里，就算只是一碗方便面，成若也觉得胜过人间无数。

她知道自己完了，在她洗完澡套上陆的大T恤，他迎上来的时候，她就知道，没有退路了。

第二天，她甚至开玩笑地问小林，说我要是在别的男人家过夜，你也不担心吗？

小林说怎么可能，少胡说八道。

和成若预想的反应差不多。他知道她不会乱来，不会无理取闹，总能安全稳妥地再回来，一直不都是这样吗？

可是，那道安全的墙被推倒了，就算心已经不能折返青春，可是身体被再度点燃，反而看小林都不那么讨厌了。她的心思飘走了，飘去熟悉又陌生的隐秘之中。

大概是太久没有体验过浑身战栗地做爱，所以她终于还是问他，为什么要这么做。

他说没什么，不想给自己留遗憾，也想让你快乐一点儿。我知道你和他在一起没那么快乐，可那是你的选择。而且，我不会去毁了你们的关系。

一句话让成若后悔自己开口问那个没有意义的问题。她说，没错，我不会和小林分开的。

陆的脸上挂着了然的笑容，低下头去再吻她。

但是这段关系并没有持续多久。陆的聪明，成若一直都是知道的。所以他选择和成若还有小林一起吃饭的时候宣布了自己要出国进修的消息，这样，就算成若心里有再多暗流冲撞暗礁，都只能笑着举杯，说一路顺风。

他甚至没有给成若留下任何质问他的机会，第二天就奔赴了美国，从此隔着十二小时的时差，连聊天都变得困难。

他们也深知保持联系的风险，所以就这样，退回了各自的位置。

但是奇妙的是，成若竟然没有多少愧疚之心，她甚至摘下了小林送给她的戒指，当然是在她哭闹数次之后才买的，她的心，好像年轻了一些。

办公室的男同事不知怎么就发现她摘掉了戒指，特意问她是不是分手了。

她半开玩笑地说，是又怎么样？

他说，那就给我个机会。

那一刻，成若觉得自己坏透了，可是她说，你争取一个给我看看啊。

她完全没想到，男同事当晚就约她吃饭，并且她赴了饭局才发现，竟然还有男同事的妈妈。

他在饭桌下使劲儿扯她的手腕，说，拜托拜托，就帮我骗我妈一下，就说你是我刚交的女朋友。

晚上吃了饭，她又跟着去男同事家坐了坐，陪老人家聊了聊，大方得体，深得老人家欢心。

这种半真半假的角色扮演反而让她很新鲜，说着不需要负责的漫天胡话，许着明天就会忘掉的未来，所以男同事送她回去的时候，她还一直在笑。

男同事说要不你真的做我女朋友吧？

这可不算争取过了。

我一直都挺喜欢你的，我知道你有男朋友，所以也没想过打扰你。

我现在还是有男朋友。

男同事愣了一下，但是马上就反应过来："是我自己一头热，你别往心里去啊。"

可是已经往心里去了。不知道为什么，成若就是想和他逗下去。她转过身来看着他，目不转睛地，一步步朝他靠近："怎么办，你要怎么办？"

这回，是成若先吻了男同事，简直像中了邪一样，心里有一种戏谑的自我放弃般的渴望。果然人心脆弱，毒品碰不得，她沾染一次，就缴械投降，连反抗的力气都不曾有。

第二天早上她一去公司，就发现桌上放了全麦面包和水果沙拉，还有香蕉牛奶。不用说也知道是男同事。中午他们避人耳目步行去了较远的地方吃川菜，他说我知道你特别爱吃辣，这家很好吃。

哪怕是浪子呢，哪怕是玩玩就算的浪子呢，那她大概也能保持清醒，可是，偏偏又是一个温柔体贴知道怎样爱护女孩子的男人，简直就是她的死穴。她有点恐惧，恐惧这样下去自己会变成网络游戏里那种恶心的怪物，只为了吸取某种精元，无论对象是谁，只要缠上去吞噬掉就好。

男同事有些不好意思地说，我妈真的特别喜欢你，还让我带你回家呢，昨天晚上回去叨叨了半宿结婚的事情，所以……虽然很不好意思，但是如果你愿意，我们也许真的可以交往看看。

就好像是上了五天课，终于等到了双休日，她没想到自己会脱口而出，没关系，我可以先假扮你的女朋友，一直到你妈妈回家。其他的事情，我们先不讨论，好不好？

男同事笑着给她夹菜，她仿佛已经看到了他一步步掉入陷阱，粉身碎骨的样子。

想起来也好笑，和小林在一起这么多年，她都没有见过他的家人。其实她也知道，不能全怪小林，当初也是两个人的共识，条件具备再结婚，花自己的钱，过自己的人生，不给双方父母插手的余地。当年立下这个志向，自觉感天动地，全然是鞠躬尽瘁死而后已的革命爱情。之后他们也确实在一点点实践着这个人生理想，毕业第一年就买了代步车，第二年开始规划买房，成若的工作一直是和财务打交道，所以把两个人的理财也做得有条不紊，只等第五年的完税证明……

可是，她竟然如此荒唐地就以女朋友的身份，见了别人的妈妈，还有说有笑地吃着人家的饭菜，参与着人家的未来。男同事的妈妈临走时，还特意送了她一条蓝宝石的项链。好像生怕她担忧一样，一直拉着她的手说姑娘你放心，虽然我们是单亲家庭，但是你们结婚你们就自己过，我不来凑热闹，我还是喜欢在老家待着。成若都差一点要假戏真做，仿佛明天就可以去领证了。

小林看到了项链。

其实成若是坚决要还回去的，但是男同事还是强迫她留下了，说的情话也动人。他说，如果你有一天真的分手，就戴上这项链来找我，我们就去结婚。

但是成若又矫情，觉得男同事一定是太急着结婚，反而体现不出自己的重要。因此毫无愧疚地享受男同事的温柔讨好，也觉得是两不亏欠。

小林说，什么时候买的？两个人在一起久了，一个细微表情其实就知道对方是高兴还是不高兴。成若说，你从来不给我买，难道我自己还不能买吗？小林的回答丝毫不出预料，瞎花钱。就不能买点更实用的东西？

她说，那如果是别的男人送我的呢？

我看你最近越来越喜欢胡说八道了。上学那会儿都没人觊觎你，更别说现在了。小林说完就继续钻研他的编程书。要是往常，这就是一场无休止疯狂争吵的开端，但是成若只是在心里暗自冷笑了两声。她没有笑出声，却分明听见了自己充满寒意的笑声。

她甚至可以光明正大地和小林说周末团建，然后就去了男同事家，睡两个晚上再回家。陌生的身体带来的刺激像生活的镇痛剂，什么都可以被忘记，什么都可以不计较。周末傍晚回家的路上，她还能去超市买一条小林最喜欢的鱼，回去做丰盛的晚餐，做饭的时候哼着愉快的歌。

如果不是男同事的妈妈直接打电话到她的手机上，这段关系可能会耗到两个人都离职吧。毕竟每天去公司都有现成的早餐，还有天天不重样的午饭和隐秘的约会，让她根本没时间烦心原本的生活，何乐而不为？只是这通电话，让她认真地想了想。

还好她反应快，和小林两个人面对面吃晚饭的时候接到电话，她一秒钟都没耽搁就提高声音说："找谁？谁？打错了，真是的！"而后迅速挂断电话并将号码拖黑，顺便给手机静音。或许世界上并没有什么高智商罪犯，犯罪的时候智商迸发大概就是人的本能。

小林果然没有在意。饭桌上又安静了下来。现在如果没有特别的事情，两个人相对无言坐一整天也不成问题。可是，她真的可以就这样和他分开，然后迅速嫁给另一个人吗？不可能。她悄悄地看他，也许在别人眼里，他从少年到青年，样貌改变了许多，但是在她眼里，他从来没有变过，干净利落的短发，棱角分明的脸，像个儿子般需要照顾，又像个严父般决定着一切大小事。她对他的爱成了根深蒂固的习惯，或许，她只是希望其他男人的浪漫和宠溺能附着在他身上一点点。

也好，因为这通电话，她有足够的理由和男同事撂下脸来说个清楚明白，并且把蓝宝石的项链也还了回去。至于他要怎么和自己的妈妈解释，或者把自己说成贱人也没有关系，成若对自己的铁石心肠，也有那么一点惊讶。但又觉得，变成自己讨厌的人，不就是一个成年人应当做到的事情吗？

不过还是像失去了一场爱情一样，她和女伴晚上去泡吧，和好几个不认识的男人跳了好几段舞，女伴们都以为她是和小林分手受刺激了，只有她知道，只是自己从深潭静水，变成了开闸的洪流。水还是一样的水，只是给她的河床，变了。

又有了新“男友”的时候，她可以很自然地谈论起小林。她说那已经是自己的家，回到他身边就像回到家里，回到自己狗窝里，这特别重要，但也仅此而已。

她频繁地更换着伴侣，有些她伤别人，有些别人伤她，在各种搅拌的情绪里，她获得了一种新鲜的满足感。有人说失望与稳定才是爱情，可是新鲜、刺激、伤害、背叛、兴奋，也同样是爱情。她为自己编织了牢靠的理论依据。

有时候她深夜约会回来，看着已经睡着的小林，也会有一刻的怀疑，他会不会什么都知道，只是在等自己坦白？又或者，他也同自己一样，有了新鲜的关系。这个想法突然闪过，当即被她牢牢抓了回来。

她翻出他的手机，发疯似的检查他所有的社交软件，微信、QQ、短信、通话记录，把所有异性一个个地找出来，一个个地看，一个个地研究，竟然就这样在床边坐了整整一夜。她知道自己生病了，病入膏肓。

小林早上醒来看她呆滞地坐在床边，吓了一跳，问她，怎么了，是出事了还是生病了？

她摇摇头说，没有，该去上班了。

他说，我送你。他从来不送她，因为这样会耽误自己上班。这是他的原则。在他的世界里，原则是不能被其他任何理由打败的。这是三年来的第一次。大概也是因为成若从来没有委屈过自己，难受着还坚持去上班。这也是成若的头一遭。

他按电梯的动作、开车门的动作、打火的动作、调整后视镜的动作，每一个动作，她都熟悉得闭起眼睛也能看见。

阳光真好，好得把一切都照亮，也让阴影无处逃遁。

她很困，可还是用手遮住阳光，说，小林，我们结婚吧。

没想到最后还是她开口求了婚。

因为她知道自己输了，输得特别惨。

她根本没有办法改变自己的爱情，无论是勇气还是能力她都不够。她都明白的，连七年的感情都不能让她满足，换一个人，结果又怎么会不同？与其那么麻烦，不如打安全牌。

小林在跑团的群里公布了两人决定提前领证的消息。

陆很快私信成若，我下月回国述职，要不要我给你最后的单身狂欢？

这时候的标准答案，应该是沉默。

成若沉默了一会儿，还是点回了对话，她说，好，回见。

他们的车堵在环路上，那么多车，那么多人，修再多的路也没什么用。那么多人，那么多爱，也一样，拯救不了谁。

她说，小林，我们就这样过下去吧。

小林说，当然，我爱你。

我也爱你。

Chapter8

换季

热热的，只有手心才能感受到的热，就像，只有妈妈才有的那样的爱。

邵邵在郝明家的厨房里接到邵老板电话的时候，她愣愣地看着窗外的大雪，一句话也没有说。雪静静地落在这山间的小小平原，仿佛永远也不会停下，这是除了季风再也没有谁能够到访的安全感。

可是，邵老板竟然来了。前两天新闻里才播报了多地列车因暴风雪被阻断在路上，全国交通大面积瘫痪，数十万人被滞留在旅途中，可是，邵老板就是来了。

邵邵擦了擦手，说郝明，我爸来了，我去接他一下。

郝明吓了一跳，你早就知道吗？怎么突然袭击？我爸妈都没准备。

当然不知道。大概是家里没什么生意太无聊了吧。

可是……那我陪你去接他，我给二叔打电话把车开来，我就说应该先去你家嘛，不会是要来把你带走吧？

十分钟后，邵邵一个人坐在破旧的小巴上，慢吞吞地挪向县城外唯一的公交站。或许还是怕尴尬，所以说服了郝明，放了自己独自出来。路上几乎没有什么人，除了卖爆竹的小店铺还在营业，其他统统拉下了卷闸门。萧条的样子让她想起了自己的家，冬日里空城一般的北方海滨度假城市，邵老板每天都叼着烟跟人下象棋，无所事事地晒太阳，等待着夏季的再度来临。

北方陆地的边境与海岸的边境，大雪封山与近海浮冰，有时邵邵想，大概和郝明就是这样边缘的缘分吧，在世界最寒冷的角落里，不被关注，也不被打扰。

下了车，她看到窄窄的马路对面，被积雪掩埋了一尺深的公交站牌下，邵老板裹着保安才会穿的那种大棉袄，手里拎着两个被撑得鼓鼓的旅行包，被冷风吹得满脸通红。

她记得妈妈在日记里写过，邵老板第一次去家里提亲，也是在一个冰天雪地，拎着大包小包的年货站在院子门口，一直站了两个小时，外公才终于开了门放他进去。妈妈写得很清楚："北风吹红了他的脸，我们要结婚了。"

自邵邵记事起，她的生活中就只有海边开旅馆的爸爸，她同旅客一道叫他邵老板，关于老板娘，就只有厚厚一本日记，记录到去世前半个月的某一天，那一天是邵邵三岁的生日。

她跨过羊肠般的公路，走到他面前说，你怎么找来的？

废话，姑娘要嫁人了，报警也要找到是谁给我姑娘拐走了！

她已经有三年没有回过家了，换句话说，也就是有超过1095天，没有让邵老板看见过自己了。她避免看他的脸，大概是回避那些白发与皱纹，回避一种心软的可能。

坐上进县城的小巴，邵老板开始喋喋不休起来，他说你知道我在火车站窝了两天两夜才上车，我做了海鲜带来的，怕坏，可担心死我了。地图上看也不远啊，怎么路这么难走，火车站出来看见好多个毛子，都不像在中国了。你怎么就能嫁这么个鬼地方。你看你爸我多厉害，换成别人根本就摸不来……那小子家里人不能欺负你吧？我可跟你说……

邵邵也不说话，就扭头看着窗外凋敝的街道。这是她从小与他相处下来的经验，不搭理他大概能说上二十分钟，如果搭理他一个小时也停不下来。就在这一瞬间，她透过脏兮兮的玻璃看着他不停说话、胡子拉碴的厚嘴唇，突然觉得，那些漫长的冬半年，他是不是太寂寞，所以才不停地说话。

转念又想，这个不甘寂寞的老男人，怎么可能寂寞，他寂寞个毛。想着就用力吸了一下鼻子。

以邵老板现在的样子，大抵是看不出曾经也是八十年代烫卷发、穿喇叭裤，拎着收音机去海边踏浪的时尚小青年了，他真的年轻过，也时尚过，写过诗，唱过歌，还参加过中央台的知识竞赛，所以吃饭看新闻的时候，邵邵每每气闷地针砭时弊抨击一通他都呵呵地笑，笑出一副过来人欠揍的样子，抽上两口烟说，年轻傻啊年轻好，年轻好啊年轻傻。

年轻时候的邵老板据说也是愤世嫉俗得可以，外公给他找了门路进政府单位，要他写份材料，内容不外乎美化项目成果，堆叠空话套话，可他洋洋洒洒写了四五千字，浑然魏晋风骨，唐宋遗风，末了还拍拍屁股说这种工作谁也不稀罕，把外公气得恨不能让妈妈当即就跟这没出息的臭小子离婚。

婚自然是没离，邵邵从日记里看得出妈妈对邵老板的爱，那直白的爱里，甚至还有不曾被隐藏的崇拜。有时邵邵去同学家，看到同学父母因为莫名其妙的小事情就吵架拌嘴，妈妈们总是理直气壮地数落爸爸们，战无不胜、攻无不克，那样的时候她总会想起黑白照片里妈妈温柔的笑容，如果她还活着，大概永远也不会那样数落爸爸吧。

日记里写：他果真辞掉了厂子里的工作，每天在医院又是照顾我又是照顾孩子。所以，我也就知道，我的日子快到头了。真舍不得离开他们。

所以，妈妈离开前两个月，邵老板寸步不离，每天做饭喂饭，天气好的时候推她去海边，带着收音机放她喜欢听的越剧。邵邵偷偷在草稿纸上画下过那样的画面，觉得美得像外国的电影。

家里的滨海旅馆也是妈妈走后才开起来的，正好赶上了九十年代的经商热潮，也就这么稳赚不赔地维持了下来。当然，这些段子都来自“下棋大叔俱乐部”的玩笑和妈妈的日记，邵老板很少说起，邵邵就自己按图索骥地找，像拼图一样，一块一块地把过往找回来。

小时候的邵邵因为没有妈妈，也和邵老板不知道闹过多少回。

念幼儿园的时候，女孩子都有妈妈买的漂亮裙子穿，她一个星期就穿一件白色汗衫，沾了各种脏兮兮的东西也不换，胸前别着的手帕也不是花朵或者娃娃的图案，而是爸爸用过的蓝色格子手帕。她自己倒不觉得怎样，只是游泳的时候，女孩子都穿着胸前有蝴蝶结的好看泳衣，她则像男孩子一样光着身子就跳进池子里，被老师骂得很厉害，当时她根本听不懂什么“男女有别”“羞耻心”这样的话，只知道从那天起，女孩子们见到她就喊她“脏小孩”“没羞没羞”，围在一起笑话她的汗衫、凉鞋和手帕，还有短短的假小子发型，谁也不愿意跟她一起做游戏。

终于她在吃晚饭的时候忍不住，坐在高高的木凳子上哇哇大哭起来，“我要妈妈！我要妈妈！我要妈妈买裙子给我穿！他们都有妈妈！”

那天晚上到底是怎样才不哭的，长大后的邵邵已经不记得了，但是根据后来的经验，应该都是邵老板一言不发回到卧室关着门任自己哭，哭累了哭睡着了，第二天就当这件事没有发生。邵邵每每想起就恨得牙痒痒，尤其是在交男朋友之后更觉得如果他也是这样对妈妈的，那么爱他的妈妈一定是瞎了眼！

虽然邵老板不太会哄人，但他会打人。

打邵邵就不用说了，本来脾气就和邵老板一般倔强，父女俩硬碰硬挨上三两顿打简直太正常了。但是他不仅打邵邵，还打别人。

那是邵邵上小学的时候。她当时才二三年级的样子，因为声音好听擅长朗诵，又总是考双百分，所以学校里的演讲比赛自然也是派她参加，特别叮嘱了她要好好准备，穿好看的衣服。她回家告诉邵老板，邵老板说我们家邵邵是有真才实学的，不需要靠打扮，穿得干净整齐像个好学生就对了！于是那天，在一群花枝招展身着公主裙的女孩子中间，邵邵还是顶着短发，穿着表哥淘汰下来的紫色T恤和球鞋，被结结实实地嘲笑了一通。

“你看她穿的什么啊？难看死了。”

“不说话还以为是男生呢。”

“要我都不好意思上去，亏她还能讲得那么声情并茂。”

所以邵邵觉得自己真的是天生一颗过硬的心脏，能支撑着自己无视台下的嗡嗡嘲笑，完成演讲内容，并且在后台站着被班主任批评数落，说她不重视班级荣誉之类。

放学后邵老板见她迟迟没有回家，便来学校寻她，发现她一个人在教室里打扫卫生，吃力地蹲在窗台上擦玻璃，一边擦一边哭。原来是被班主任处罚了。

“老子找他算账！”邵老板一般不骂人，这是邵邵第一次听他说粗话。他一把将邵邵从窗台上抱下来，一路拉到教师办公室，把邵邵的手甩在一边，一步冲上去，就把二十出头的男班主任提着领子从座位上拽起来一拳打到地上去了，办公室里的女老师开始结伴尖叫。

“你是怎么为人师表的？我姑娘哪里做得不对了？我送姑娘来学校是让你教她爱慕虚荣的吗？这么小的小姑娘，你也能让她在三楼的窗台上擦玻璃！摔死你赔给我啊？！”

邵邵从来没见过这样的邵老板，有客人喝酒闹事都没见他红过眼，他咆哮动粗的样子吓得邵邵一边哭一边发抖，最后是有女老师报了警，邵老板和班主任都被带去了警察局，是外公来把邵邵领回家的。

好几天邵邵都没缓过劲儿来，看到邵老板都有点儿害怕。直到周末，他吃着吃着饭，突然说，那个，你吃快点儿，下午带你去做个裙子穿。

邵老板就是那么认识了柳姨。打那个周末下午之后，邵邵离开家前的每一条裙子，都是在柳姨那里做的。

那个下午，太阳斜斜地炙烤着水泥街道，暑气把人都哄赶到了海边，柳姨的裁缝店开着两台电扇，她的女儿守着其中一台，一直对着飞速旋转的扇叶“啊……啊……”唱着。

邵邵不知道自己为什么突然扭捏害羞起来，在柳姨拿着一根皮尺给她量尺寸的时候，她手足无措动弹不得。

柳姨的身上有花露水的味儿，脸上化了淡淡的妆，穿着白衬衫和水红裙子，高跟鞋在瘦瘦的脚腕上围了一圈细细的带子，特别好看，邵邵搜肠刮肚也只能想到“特别好看”四个字。她不由自主地想起了只活在旧照片里的妈妈，妈妈要是穿这样的大人衣服，一定也是特别好看的。那么，到底是鹅蛋脸的妈妈好看呢，还是瓜子脸的柳姨好看呢？自然是不能承认别的女人比妈妈好看的。

等她乱七八糟地想了一圈之后，柳姨已经量好了尺寸，挑好了几款绵绸的料子让她选，她看来看去也不知道要怎么选，于是还是邵老板做了决定，大手拍在一匹碎花布料上说：“就这个了！做个简单的连衣裙就行。”

穿上人生中第一条裙子的时候，邵邵看着镜子里瘦弱的小姑娘，觉得那头碎乱的短发煞风景极了，简直配不上这条好看的碎花裙。柳姨说，来，我给你修修头发，修可爱一点儿。我家小萝的头发都是我修的。哦，柳姨的女儿原来叫小萝，有妈妈的孩子，连名字都要格外好听一点儿。

突然穿裙子去学校，邵邵心里特别不踏实，其实只是她自己多虑了。学校里的女孩子们都穿着各种各样的裙子，并没有人真的在意她是邋遢还是漂亮。虽然这样也好，但无论如何也希望有人说一句，呀，裙子真好看。可是没有，连邵老板都没说。

不过，邵老板从此每个月都会带着邵邵去做裙子，冬天也做，着了魔一样。邵邵从此有了许多裙子，但那条款式简洁的碎花裙她一直穿到了五年级，猛然窜了个子，短得不像话了，才终于肯脱下。

也是五年级来了例假。早上起床匆匆忙忙坐在马桶上，发现血流了一片，好在她生理卫生课上得认真，竟然一点儿也没有慌乱，自己换了内衣，从厕所钻出来。反倒是邵老板进了洗手间，看到纸篓里全是血吓得直喊：“邵邵你怎么回事啊！是不是你流血了啊？啊？”

邵邵一阵脸红，只好硬着头皮说：“哎呀，你别管了！是女孩子的事情！”说完早饭也没吃就冲出了家门。可是她该怎么办呢？烦躁地走着，又生怕不断涌出的经血染红了裤子，不知怎么的就摸到了柳姨的裁缝店里，吞吞吐吐地说明了缘由。

柳姨哈哈笑起来，说邵邵长大了呀，有点早熟哦，难怪你爸总说你鬼点子多。说完就带她去了内室，帮她处理干净，又塞了卫生棉给她，还说女孩子家不好意思自己去买，来找我拿就行。

那天晚上放了学，邵邵回家看到柳姨在自家厨房里忙活，小萝在饭桌边坐着吃蒸蛋，以为自己看错了。柳姨冲她眨眨眼说我都给你爸交代清楚了，以后啊再也不会发生他以为你胸口长了瘤子带你去医院，结果医生说是正常发育这种笑话了。

可恶的邵老板，怎么这种窘迫的事情也要和柳姨说，真讨厌！邵邵起初觉得柳姨真是多管闲事，可是晚饭过后，邵老板说，以后，我们和柳姨就做一家人了好不好？

也许就是同小萝一起分享一个房间一张床的晚上开始，邵邵第一次想要离开这个家。

为什么要和这个一点血缘关系也没有的小丫头分享属于自己的一切，包括邵老板和邵老板赚的钱？为什么要摘下妈妈的遗像换成和柳姨的合照？本来好看的柳姨突然变得面目可憎起来。最重要的是，从前无论在外面受了什么委屈只要回家就统统自在起来，现在就算学校里有了开心事儿回了家，面对突兀地多出来的两个人，也觉得别扭万分。

邵老板并没有同柳姨结婚，所以下棋的大叔们总拿这事儿取笑邵老板，“我就说你怎么能守着这么多年的？”“就是，就你年轻时候那个风流劲儿，早该娶了。”“终于重拾当年风采了？”邵邵听在耳朵里，都觉得分外刺耳。难道邵老板年轻的时候就是个到处拈花惹草的坏男人？可是，妈妈日记里的邵老板，明明深情又专一。

所以高中时候，邵邵就选择了住校，带着妈妈的日记本一起，难过的时候就晚上坐在操场上抱着日记哭一哭。后来想想，大约是太年少，所以爱把喜怒哀乐都表演得惊天动地才罢休。虽然总骂邵老板，但最期待的是周六邵老板来接她，一起在外面撮上一顿。有时因为柳姨或者小萝有事情，邵老板不能来接她，她也能独自哭上很久。

所以，当小萝要去学什么播音主持，邵老板取钱给她交昂贵的辅导费用时，邵邵第一次摔了筷子说，她爸爸又没死！为什么不让她爸爸给她钱！

没错，邵老板又打她了，重重的一巴掌，她抓起钥匙就跑，从小区一直跑，一直跑，跑了半个小时跑到滨海旅馆。那也是她第一次遇见已经读大学，同朋友们一起来度假的郝明。

和迎面跑来的邵邵撞了个满怀的时候，郝明一行人正准备去海边放焰火，邵邵一边哭一边冲郝明发火，还是服务员小哥来劝了半天，说是老板的女儿，准是父女俩闹别扭了，一闹别扭就跑来撒泼打滚，让郝明他们别介意。郝明看到灯光下邵邵脸上的巴掌印，想了想说，和我们一起去海边吧。

虽然住在海边，可是邵邵一直很少来，也许是熟悉的地方没有风景，也许是觉得大海的样子太悲伤，所以不敢来，更别提深夜里令人战栗的大海了。邵邵看着焰火一颗颗升上天空，噼里啪啦地爆裂出灿烂的美来，她把郝明的胳膊都掐紫了，说，还是天空好，很大很自由。

郝明说，你才多大，还轮不到你来羡慕什么，只要你想要，什么都会是你的。

郝明他们社团活动，常常会来，每回都给邵邵带礼物，也带着她一起玩。好像心里装了这个愉快的秘密之后，邵邵对邵老板和柳姨也没有那么在意了。

两年后的高考，她填了郝明的学校，顺利考取，离开了这座夏季繁华冬季荒凉如废弃空城的海滨小城。柳姨坚持一起送她去上学，她撇撇嘴觉得不过是想借机带小萝去玩一趟罢了。尤其在寝室里，她越是忙着给邵邵铺被褥整理行李，邵邵越是不痛快，再加上室友们都说，邵邵，你妈妈真好看，你怎么没你妈好看？她更是想让柳姨快点儿从眼前消失了。

反倒是郝明总劝她：“你爸爸一个人真的不容易，你没有权力让他为了你心里舒服就孤独一辈子。你从现在起就是永远离开他了，他有个人陪，并没有错。”

这样的道理邵邵也不是不懂，只是每每随手在草稿纸上画起邵老板推着轮椅上的妈妈在海边看落日的场景时，她总觉得这才应该是故事的最终。

可惜并不是。

大二那年寒假，她回旅馆帮工。班里的同学们都组织了好多次来这里度假，甚至有两三次都住在了自己家的旅馆，但是她每一次都躲开了。郝明总笑话她一定是怕同学要求免单。

没有客人的冬半年，正是翻修的好时间。邵邵在整理公用阅览室的时候，从箱子里找出了一本诗集，上面写满了注解和暧昧的言语，两种笔记，其中一个一眼就能认出是邵老板，而另一个隽秀的字迹，却不是妈妈的。她的心里咯噔一下，抄起那本诗集就摔在了邵老板面前：“这是谁？！”

邵老板看看她，倒也没有隐瞒，说是邵邵一岁左右的时候，他去老干部疗养院做志愿者，一个上海来的女孩，和他一见如故，很聊得来，聊什么呢，无非就是虚无缥缈的人生理想、爱情生活，姑娘回去后一直给邵老板写信，终于被妈妈发现了，妈妈把离婚协议书推到了邵老板面前，被邵老板用打火机烧掉了。后来再也没有提起过这件事，可是不久妈妈就病了。

那一瞬间，邵邵觉得自己全身发抖，因为愤怒，因为不甘，因为不信，她说你是杀人凶手！是你害死我妈妈的！你这个骗子！难怪你不和柳姨结婚，因为你迟早也会甩了她，到时候连手续也不用办！妈妈也是骗子！她用日记来骗我！恶心死了！邵邵几乎是把能砸的东西全都砸碎在了地上，而后在邵老板的沉默中，开上邵老板的车就到了火车站，把车子丢在站前广场，买了一张到郝明家的火车票。

当时的情形简直和邵老板今天的突然到来一模一样。

她也是在那个被雪掩埋了一半的站牌下给郝明打去电话，像只流浪狗一样被郝明捡回家。不知道他是怎样同家人解释的，大概是把她说得身世太悲惨，因此郝明的爸妈对她温柔又照顾。那年的春节，她在郝明家度过，紧接着之后的三个春节，也都如此。

每个月，她都给邵老板发个短信说自己还活着，其他也不多说。柳姨偶尔给她打打电话，小萝偶尔来找她玩上两天，也都很有默契地不提邵老板。

只有一次，小萝挤在她寝室的床上跟她一起睡时说，你说邵老板多好笑，前两天他回家，看到我妈把以前咱俩的鞋子都翻出来晒，就忙不迭地喊是不是邵邵回来了，我看门口好多鞋子，是邵邵回来了吧？你说多好笑。

嗯。邵邵动了动嘴巴，却掉了两滴眼泪。

三年来，她一次都没有回过家，暑假就留下实习，寒假就去郝明家。这一次是商定了结婚的日子，通知了邵老板，没想到他像当年的自己一样，在冰天雪地里，就摸了来。

走在空旷的街道上，就好像走在冬半年的故乡，所有的饭店、商店都紧锁大门，红绿灯兀自亮着，却没有一辆车来打破寂静。邵老板带着邵邵在公路上跑步，远远看着冬日结了冰的大海。那样的日子，过去了好久好久。

他说我带了最好的酒，还有自己腌的肉，牛肉、鸭肉，还有好多特产，能带的我都带了，不能让人看轻了我姑娘。

“前面就是了。”邵邵打断了他的絮絮叨叨，已经看见郝明带着一大家子人迎了出来。

就在邵邵加快了脚步往前走时，邵老板突然说，“邵邵……”

“嗯？”邵邵回过头，看了看欲言又止的邵老板。

“那个……过完年，回家来吧……”

邵邵没有回答，只是转过头，继续往前走。

身后紧随着咔嚓咔嚓踩着深深积雪的脚步声，就像小时候跟在身后护着自己赶海的那双大脚一样。

北风吹过眼睛，湿漉漉的睫毛结了冰，她并不知道，下一个冬天来临的时候，她会不会回家去，就像她不知道，邵老板曾经承诺过的无法替代的爱，究竟是不是真的。

一个小时后，饭桌上谈笑风生。引得小辈都围着他转的邵老板，根本看不出和女儿三年未见的嫌隙，他眯着眼睛抽烟，被郝明的表妹叫帅大叔，吃晚饭和郝明家人一起跳舞，给郝明家写对联，不知道有多不拿自己当外人。

郝明突然戳了戳邵邵：“你有没有想过，正因为是这样的邵老板，你妈妈才会这样去爱他？”

邵邵抬起头，看看谈笑风生的邵老板，又低下头去，把手放在炉子上烘烤。热热的，只有手心才能感受到的热，就像，只有妈妈才有的那样的爱。

Chapter9

迷宫

有时候上一辈人的婚姻看起来，与其说是相互喜欢相互欣赏，倒不如说更像各取所需，有的坚持下来就成了岁月的佳话，有的半途散伙，也不那么悲伤。

甘棠又做起了那个梦。

在梦里，甘棠爸会用尖尖的锥子，在她的腿上一下接一下扎出血窟窿。而后甘棠爸会变成透明蚯蚓一样的东西，被她用力握在手里，她记得她会看一眼后妈，低下头一点点用力把手里的软体捏碎，丢进厕所里，哗啦一声冲走。

可是甘棠爸并没有被杀死，他复活了，追着她和后妈还有后妈带来的哥哥，在灰沉沉的迷宫里奔跑，只是一个瞬间，她看到后妈拉着哥哥的手，在迷宫外笑盈盈看她，她喊救我，就会醒过来。

所以，她永远也不知道后妈到底会不会来救她。

其实也没什么意义。因为并没有人要虐待她，她也不会杀死任何人。这个又恶心又黏糊糊的梦，久而久之，也就只是一个平淡无奇的梦了。

小时候，她每每从这个梦里醒过来，就会偷偷发现后妈的一个小花招。

甘棠妈就读于抗战时期迁往西南的某所高校，大部分毕业生没有留在重庆，但是她的妈妈留下了，嫁给了她的爸爸，于是才有了她。

只是重庆的一切都让甘棠妈极为恼火。回一次家要坐上三天火车很恼火；累死累活爬上四楼推开门发现是平地很恼火；一年见不着太阳几面也很恼火；每年还要陪甘棠参加爱国主义教育，参观渣滓洞、白公馆烈士陵园，又可怖又煽情，母女俩一起哭得浑身发抖简直更恼火。在甘棠十岁的时候，她终于申请到了调往大连的工作机会，离婚离家，快得像八月雨季一夜决堤的长江水。

那时候甘棠就觉得家里总算是清静了。因为看什么都恼火的甘棠妈对甘棠也是横挑鼻子竖挑眼。长大以后以现代人的婚恋观来看，印刷厂做了一辈子工人的甘棠爸，和书香门第研究生学历做科研的甘棠妈在一起，就是个彻头彻尾的错误。

还好这个错误被甘棠妈及时纠正了，甘棠爸也没两年就在单位领导的撮合下，娶了市川剧团的退役小花旦，甘棠从此就有了个后妈，还有了个一直没怎么熟起来的哥哥，她默默给他起了个外号，叫小瓜，因为他椭圆的脑袋看起来像个呆呆的冬瓜。

可是后妈却一点也不呆。甘棠跟爸爸去过川剧团，看后妈在偌大练功房里给十几岁的小姑娘们打着拍子，手把手教一颦一笑，一举手一投足，稍有不对就要重来，疾言厉色。后妈虽然年近四十，但二十多年戏唱下来，依旧是眉梢眼角藏秀气，行动好似风拂柳。

后妈说起年轻演员时总是啧啧着摇头，现在的女孩子啊，急功近利，唱什么演什么，没有几个真的懂，哪像我们当年……

甘棠说，那你为什么不继续演了？

后妈愣了一下，嘴角微微一动就牵起了许多条细碎的皱纹。甘棠爸连忙说，因为你阿姨厉害呀，因为她演得最好，所以才能教其他的演员怎么演。

有时候上一辈人的婚姻看起来，与其说是相互喜欢相互欣赏，倒不如说更像各取所需，有的坚持下来就成了岁月的佳话，有的半途散伙，也不那么悲伤。反正后妈带着小瓜进了甘棠家以后，周围人都是说甘棠爸有福气的。

阴冷冷的冬天，家里只有一台电热炉，因此只能放在甘棠和小瓜房间外的走廊上。甘棠爸过来，给电暖插好电，只是个非常细微的动作，他悄悄地把电暖稍稍往甘棠房间这边偏移了一点点，真的只是一点点。甘棠默默蒙上被子，感觉到了一种不声不响的幸福。

可就是在这样的幸福感中，她竟然第一次做了那个黏糊糊的梦，虽然梦里大声叫喊救命，但事实上，她只不过是躺在黑暗中乱蹬了几下被子而已，一切还是同入睡时一样寂静。

但无论如何她已经醒了，并且借着窗外隐约的月光，看到后妈的身影出现在走廊上，就像那种不声不响的幸福一样，悄无声息地把电暖炉朝小瓜的房间挪了挪，一下，两下，又一下。

甘棠后来就常常做这个梦，而每次醒过来，都恰好看到同样的一幕，那个漫长的不见阳光的冬天，就是这样过去的。甘棠也说不上来自己究竟是觉得电暖挪到哪里都无所谓（因为并不暖），还是天性使然，总之，她从来没有对甘棠爸提过这场夜夜上演的拉力赛。

白日里总是相安无事的。后妈喜欢化妆，不需要排练的日子，哪怕出门倒一趟垃圾，也要拿出小铜镜，描眉画眼很久。那个小铜镜是她旦角的纪念物，是她摘得最重要的一个奖项时用过的。反正她化妆总是要用那个镜子的。

甘棠不是那种锋利的女孩子，她有圆圆的趋于平坦的脸，周身被婴儿肥困扰，笑起来甜甜的，像软软白白的糯米团子，所以，她总是在后妈化妆的时候托着下巴在旁边好奇地看。后妈特别瘦，瘦瘦的后妈对她说，等你上初中就瘦了，上初中又说高中就瘦了，高中又说成人了上大学就会瘦，后来甘棠想自己就这么上当了。

爱美之心也算是天性，所以甘棠有一天买文具的时候，就偷了一点后妈的口红，用力在嘴上涂了个来回，然后推上自行车就跑了。

自行车是原来甘棠妈买的，对了，在重庆市区内几乎无法骑车也是甘棠妈很恼火的地方，所以她偏偏就是买了辆自行车，她走了自然就是甘棠在骑。

小小的个子骑起来着实费力，可能看她努力骑车柔韧性非凡的样子，突然有个中年男人挡在了自行车前，他说我是市舞蹈队的，我觉得你应该来跳舞，你家长在家吗?

在啊，甘棠点点头。离这里远吗？不远，就在那边。甘棠回头指了指。哦，那就好，那我先看看你的软功怎么样，有没有天赋，然后我就去找你家长说。甘棠懵懂地睁大眼睛，天赋？他是说自己可能有天赋吗?

来，我们不要挡了别人的路，到那边去。中年男人把甘棠领到主街旁的小街里，往里走了蛮深，左右看了看，然后煞有介事地伸手摸了摸甘棠的胳膊，又摸了摸腿，还捏了捏脸蛋。你脱掉裙子我要看看身材。甘棠似乎开始觉得哪里不对，但是十一岁的女孩子，并不知道到底哪里不对。我一眼就能看出你以后会不会很瘦，能不能长个，跳舞的女孩子身材从小就能看出来。听男人这么一说，甘棠连忙点点头，就笨手笨脚地脱掉了自己的裙子。

这件事是以出门倒垃圾的老街坊骂骂咧咧地跑过来，吓走了中年男人，又去喊来了甘棠爸才了结的，不然结果会怎么样谁也不知道。就像甘棠的梦一样，没有答案。

甘棠爸本来没有告诉后妈这件事，但是一条街百米长，几十年也没有换过几家人，后妈听了一天议论也就明白了。饭桌上，她说，甘棠，事情我知道了，坏人真是可恶，不过女孩子啊，要懂得自重一点。

就像觉得那个男人哪里不对劲一样，甘棠觉得后妈的话也有哪里不对劲。

“那个男人是变态吧。学校里今天还开了会，叮嘱女孩子们要小心。”小瓜插了嘴，他已经上初三了，“最近好像这个变态还蛮有名的。”

后妈看了小瓜一眼，细细的嗓子眼里冒出两声咳嗽，一面夹了菜，一面慢慢地说：“苍蝇还不叮无缝的蛋呢。女孩子自己要稳重了，自爱了，不轻浮，不随便了，那断没有人敢来招惹的。”

那一瞬间，甘棠以为自己在看讲深宅大院的电视连续剧，所以她脱口而出：“你说话好像电视剧里的姨太太哎。”

饭桌上倏忽安静了。甘棠爸连忙给甘棠夹了菜，说想想就后怕，真不让人省心，这么轻信别人要吃大亏的。

“说不定我们甘棠是大智若愚呢。”后妈放下碗筷，笑了笑，用眼睛瞥了一下小瓜，“倒是这小子，不分好赖地傻傻的，以后不知道要怎样操心呢。”

甘棠也没有多想，因为注意力早就被后妈的手吸引去了，她涂着甲油的修长双手，连拿碗筷这种最俗气的举动都那么美，美到每一根手指都有自己的姿态。

甘棠虽然没有甘棠妈那么多可恼火的事情，大多数时候她对后妈也没有什么喜欢不喜欢的，唯一要说有点恼火的地方，大概就是后妈总把自己和小瓜当她手底下的川剧小演员一样，但凡家里来点什么客人，或者逢年过节在两家的长辈面前，她总要和小瓜一起被推到众目睽睽之中，来，一个一个背诗，看谁背得好，来，一个一个唱首歌，来，最近新学了什么，来表演一下……

后妈总是坐在一边，脸上挂着一种极具舞台感的笑容，但是笑容与笑容也有细微差别，譬如在小瓜背的诗不如甘棠多不如甘棠长的时候，她细细的眉间总要往里蹙上一蹙。要是小瓜表演了什么小魔术赢得夸赞，她的笑容就要更深一些。

这种时候，甘棠爸也是让人恼火的，他只会在甘棠闹脾气不想跳舞的时候说，你看哥哥，你看哥哥。

尤其是过了十三岁，甘棠的身体渐渐起了变化，心里也有了女孩子独有的羞耻感，在人前唱唱跳跳任人摆布简直就是人类酷刑。所以她渐渐讨厌各种家庭聚会，每当她扭捏着想要躲过一劫，甘棠爸就要说，你看哥哥，怎么这样没出息。每当这时候后妈就貌似体贴地说算了，别勉强她了，她以后呀，适合做幕后工作，没有活在台前的命。

十三岁以后的甘棠，其实也懂得计较话里的轻重了。她知道后妈对小瓜是有很高期待的，小瓜参加英语竞赛获了重庆市二等奖的时候，她破天荒让全家人去饭店吃了顿火锅。后来甘棠上了高一，也参加了这个英语竞赛，得的是一等奖，她兴高采烈地回来，可是后妈说，这些竞赛最没有意思了，还弄得小孩子偏科，一门心思就为了竞赛，真是和剧团里的姑娘一样，都忘了什么叫基本功扎实了。

这话听在甘棠耳朵里，也是有点难受的。但是她不知道什么时候就默默养成了能够理解一切好事坏事的习惯。她想，一定是后妈最近被小瓜打击太多了。

小瓜其实有点小聪明，还在好好上学的时候，偶尔也能考个惊艳的分数回来骗顿肉吃。但是高中之后，他迷上了电子游戏，几乎偷光了甘棠储蓄罐里所有的硬币去满足自己的游戏瘾。甘棠每天拿起储蓄罐来都觉得小丸子会变得轻一点，但是他们谁也没有声张过，心照不宣。反正也没仇。而后妈不去川剧团的时候也大多都在打麻将，满心沉浸在儿子一定能够考上重点大学的期许里，根本不知道小瓜每天在街角的游戏厅里厮杀得暗无天日，酣畅淋漓。

所以小瓜最后只能去读了大专，从那以后，后妈再也没有去和邻居打过麻将，甚至连川剧团也不大去几次了。甘棠知道这种非常时期，少和后妈说话为妙。

但是小瓜倒一点儿也不消停，上了专科的第一年就交了女朋友，并且女朋友的质量很高，不仅是个肤白貌美气质佳的富二代，而且荷尔蒙质量也一样高，第一次跟着小瓜回家就是拿了医院的早孕确诊单。

甘棠爸毫无准备瞠目结舌的样子有点像滑稽电影里的憨豆先生，甘棠忍不住扑哧笑了一下，结果被后妈狠狠瞪了一眼，说回屋去。甘棠讪讪地回了屋，但怎么可能不趴在门缝边偷听呢。

开始后妈一句话也没有说，那凝结起来的空气，都能让甘棠想象出后妈的样子，一定是左腿叠在右腿上，叠起来的小腿都斜斜地冲着一个方向，双手交叠在大腿上，眼睛微微眯着，谁都不会看。那个白富美说得非常简洁明了，我家里人不同意打孩子，生下来我们家自己养，毕业了就先办仪式，到年纪领证，就这样。

甘棠的血液沸腾起来，确定不是在演电影吗？竟然还有这样的事情！但是她反倒觉得那个白富美很酷。

沉默了一小会儿，后妈终于开口了，她说，我这边的规矩呢，第一胎都是要打掉的，这样对身体好，再生出来的孩子就会健康聪明。你看，他就是我的第一胎，我没打掉，生了下来，果然又蠢又笨，后悔死了。孩子舅舅就在人民医院妇产科，你放心，很安全，明天我带你去。

而后就演变成了激烈的争吵。白富美的声音，小瓜的声音，甘棠爸的声音杂乱无章起来，只有后妈的声音，是已经傻了的甘棠还能清晰地辨认出来的——音调没有变，频率也没有变，什么都没变。原来，最酷的是后妈。

这件事情后来几乎演变为了闹剧，白富美的七大姑八大姨还有她老爸的公司职员，每天轮番来甘棠家示威抗议，准时得像晚上八点档的连续剧，街坊邻里都快看成习惯了。

至于这场旷日持久的饭后谈资究竟是怎样落幕的，甘棠就不得而知了，因为她半途退场，被甘棠妈非常强硬并且不容置疑地接去了大连读书。

在此之前，她只问了甘棠妈一个问题，你现在有家吗？甘棠妈说，我看谁都不顺眼我能有家？甘棠说成交。

饭桌上，甘棠爸显得有点筋疲力尽，为了小瓜的事情，他也是受尽了非议，他说，甘棠，你决定了？甘棠点头，你千万别觉得我不爱你，我陪你几年，再陪妈妈几年，差不多就谁也不能陪了，这还算公平吧？甘棠爸笑了笑，给她夹了一块糖醋排骨。甘棠心里有数，这么多年，这是饭桌上甘棠爸第一次给自己夹菜。

但是她没有想到的是，后妈竟然敲开了她的房门，说，甘棠，我们去江边散散步，好不好？

今天究竟是什么日子，所有的事情都是头一遭。

好像也没有什么理由拒绝，就算她一把推自己到江里，自己也能妥妥当当游回岸边。所以甘棠随手抓了校服外套就起了身，谁知后妈反而有点嫌弃地打量着她说，你好歹也十五岁大姑娘了，一点儿不知道要漂亮的吗？“嗨，大晚上谁看我？”这么不自律怎么行！后妈似乎真的是认真的。甘棠只好花了十几分钟换了身好看点儿的衣服。

夜晚的长江边，风很大，有小少年在江边比较平坦的道路上租车骑着玩，甘棠心里不是很有底，就默默跟在后妈身边，走得轻轻慢慢。

甘棠用力吸了口气，江水的气味和即将闻到的海水气味是一样还是不一样呢？书里说海风都是咸的，有多咸呢？是不是应该买一身新的泳衣。以后还能看多少次这条江，也变成了未知数。

就在她的思绪默默自己跑远了的时候，后妈突然开口了，她说，甘棠，我没像戏里的恶毒继母一样虐待你，对你不好吧？

原来她是怕我跟亲妈告状吗？甘棠想了想，说，没有。

但也不算对你好，是不是？后妈说到这里，自己反而先笑了。

甘棠没有说话，突然觉得是没多好，但也不坏，好像自己也没那么计较她到底该怎么对自己。啊，这敦厚的性格到底是遗传了谁？

后来后妈就自顾自说起别的来了，她说，我从小就学戏，演了二十几年的主角，唱了古往今来不知道多少小姐姑娘的词，可是自己的人生和她们一点儿也不一样。直到年轻的演员一批又一批成长起来，我离开舞台的时候，都还以为，也许明天就有传奇了。虽然每天看着镜子都知道，一个女人最好的时候都过去了，戏里的传奇永远也不会有了。

甘棠有点愕然，不明白后妈和自己说这些的意图，所以她选择了最好的应对方式，就是不吭声，支着耳朵听。

“你大概觉得我讨厌你吧。我这个人，大概讨厌所有人，所以你也不例外。以前的丈夫是剧团的副团长，后来看上了年轻漂亮的台柱子，是我的学生，我们就离了。后来就是各种领导撮合，和你爸结婚了。你爸倒是老实，人也好，你也不闹，我其实没什么不知足。有些事情你长大以后也许就明白了，我想你大概也成不了那万分之一的成功人士，只要你长成了普通人，你就会懂了。”

果然后妈还是后妈，听到这句话，甘棠也就放心了。

“我看过你们家原来的照片，你亲妈倒是没我好看，但是她有文化啊，女强人，了不起，我知道你亲妈恐怕从骨子里就看不起我，我从小没学过什么文化课，也好，省得你不成才到时候她反倒赖我没教好。”后妈顿了一下，停下脚步，面朝江水，看着倒映在水中的万家灯火，还有来往不休的观光客轮，拨开了厚重的水流，“其实我很累，也很辛苦，我也是高兴你走的，这样我能轻松一点儿，你也能轻松一点儿。可是有时候，觉得自己，真是失败……”

后妈说到这里，竟然莫名流下眼泪，甘棠有点吓到了，此前她从来没有见过哪个成年人的眼泪：“我不会和我妈告状说你对我不好的，你也没少我吃少我穿，至少，我犯错误的时候你也没打过我……”

“要是亲生的，我就往死里打了。”后妈抹了抹眼角的泪，“我没有你妈受教育程度高，但我也知道，甘棠两个字，是诗经里的，所以没有父母不对子女有期望的。这也不是什么错。算了，说这么多你也不懂，长大了估计也忘了，我是想和你爸好好过日子的，戏梦人生什么的，早就不想了。”

长大以后的甘棠觉得，后妈大概是生错了时代，可这也是没有办法的事情，因为总有人要生错，不是后妈就是别人，只不过恰好是她罢了。

临走前几天，甘棠原以为后妈是不是会对自己好一点儿，结果，她并没有多给她买一件衣服，也没有带她出去吃顿饭，平日里做什么饭菜依旧是做什么饭菜，平日里爱说些什么依旧是说些什么，倒是甘棠反而计较不起来了。

甘棠果然兑现承诺，没有在甘棠妈面前提过后妈什么，倒是甘棠妈时不时会说上一句，后妈这种事情啊，我懂的，和有个婆婆差不多，不打你不骂你，反倒不如打你骂你。也没有啦，甘棠总是会接着说，后妈蛮美的。

有时候爸爸会寄来一些照片给甘棠看，后妈确实是美的，梳着一丝不乱的发髻，戴着精致的发饰，喜欢穿裙子系丝巾，眉眼有些刻薄也有些忧愁。

后来再寄来的照片就有了白白胖胖的小孙子，甘棠妈总是嫌弃地啧啧啧，甘棠就笑再有学问的女人啊攀比起来都是一个模样。小孙子不像小瓜，更像白富美，有些事情不看经过只看结果，其实也蛮好的。

小瓜有时候还会和甘棠联系下，白富美大概是顶讨厌她段位比自己不知高出多少的婆婆，也没事儿就找甘棠来骂骂咧咧。而后妈，一次也没有联系过甘棠。她应该联系自己吗？甘棠也会这样问自己，也许戏里的角色好演，放在生活里，谁都不知究竟怎样才是对怎样又是错。

甘棠考上大学的那个暑假，再度回了重庆，一来是看看甘棠爸，二来是参加小瓜的婚礼，婚礼上小瓜的儿子是小花童，跟在父母身后兴奋地撒着花。

婚礼后，又是亲戚们在一起，后妈看了看甘棠又看了看自己的儿媳妇儿，笑着说："女人的聪明和气质有时候真不是读书读来的，你们看我这儿媳妇，又聪明又能干，我觉得比那些读书太多死板板的女娃娃强太多了。我啊都不知道怎么喜欢才好。”

儿媳妇儿低头给儿子夹菜的时候，微微撇了撇嘴巴，这小小的动作被已经十七岁的甘棠看在眼里。

人散后，后妈坐在窗边的阳光里，一面摇着她的绢面扇子，一面垂下眼睛轻轻给小孙子哼小曲儿，而白富美则在厨房和小瓜一起洗刷一大桌的碗筷。甘棠也没什么好说的，只是坐在一边看，看她耳鬓若隐若现的白发，看她细致的皱纹，还有手腕上的玉镯子。

“妈，我带他出去晒晒太阳。厨房都收拾好了。”白富美走了过来。

后妈眼也没抬：“嗯。”

白富美开始翻箱倒柜给儿子找外出的衣服和袜子，后妈就那么看着，也不说话也没什么表情，可是甘棠觉得这比在一旁指手画脚还要恐怖。

“妈，你看到我上次给他买的那双新袜子了吗？格子的，怎么找不到了？”白富美一边翻抽屉一边问。

“穿这个。”后妈回过头，从一旁的小筐子里拿出一副崭新的蓝色的袜子，“你买袜子图好看也就算了，那格子那么老气，是给三岁孩子穿的吗？料子也不好，也不暖和，就算是夏天，这么小的孩子也是要保暖的。那双我丢了，穿我买的这双。”

白富美并没有爆发什么不满，大概也是习以为常了，给孩子穿上袜子就领出门了。甘棠想这倒不失为上上策，与其发脾气讨不到什么便宜还不如眼不见为净。

房间变得安静下来，后妈不说话，甘棠也不知道该说什么，曾经日日相对的日子已经变得遥远，江边的那次散步和成人的眼泪都变得虚幻起来，甘棠想找个话题让气氛不那么尴尬，可是到底是后妈先开了口。

她问，甘棠，你妈没有再结婚吗？

甘棠摇摇头，没有，她也看谁都不顺眼。

下次再见面，就该是你结婚了吧。

甘棠笑了，连“你以后没事儿就别来”也能被后妈说得这样婉约。她说，我过几天就回去了。

话题不再能进行下去。午后的阳光每一寸都有潮湿的气味，甘棠深深吸了一口气，又想起总是重复做着的那个梦，现在她想，如果梦里的她一直跑下去，也未必能跑出那个迷宫，而后妈，不会不救她，也不会救她。

到底，她们两个，并没有什么关系。

Chapter10

永无岛

有时候放弃的勇勇就是一个充满快感的瞬间，其后漫长而无聊的日子是不是会后悔，谁还会管呢？

“我们曾坐在巴比伦的河边，一追想起锡安就哭了。我们把琴挂在那里的柳树上。”

——《旧约·诗篇》

站在三十二层的落地窗口，我觉得自己好像被卡在上不接天、下不挨地的尴尬处境里。天空是黑色的。屋顶是黑色的。地面也是黑色的。它们都显得遥远而陌生，一团团的灯光仿佛妖怪的眼睛，炯炯地要吞没一个赤裸裸的我。

终于可以不穿高跟鞋，不穿内衣，也不用再去上班。

有时候放弃的英勇就是一个充满快感的瞬间，其后漫长而无聊的日子是不是会后悔，谁还会管呢？我就这么顶着刚洗完的、湿漉漉的头发，光着身子蹲在地板上，胡乱收拾好箱子，用手机订好了四个小时后飞往清迈的机票。

我给蘑菇发了一条短信：“十个小时之后，清迈机场接我。”而后关机，穿衣服，出门。

作为一个金牛座姑娘，蘑菇做过许多不符合自己身份的事情，比如放弃保研名额，一定要证明自己的实力，考上研究生遭遇情伤，撕掉录取通知书提起包就去泰国支教。不出半年，那个对她说“我们要停止在最好的时候”就离开她的文艺男空降清迈，两个人在她狭小公寓的单人床上滚了整整一周，谁也没哭，谁也没笑，就那么和好了，文艺男飞回去读他的研究生，一晃就是两年。

我们做了四年的大学同学，做了六年的朋友。大一的某个晚上，我去宿舍楼偏僻角落的楼梯间抽烟，碰到蘑菇在那里盘腿坐着弹吉他，又黑又直的长发遮住半张脸。后来我们经常一起在那个楼梯间吃烤串，喝啤酒，骂人，也一起在深夜骑行，二环绕上一圈，我最喜欢夜晚的长安街，她最喜欢鼓楼的清晨，一起旅行，一起去国图写论文，一起复习考研，一起在学校里散步，一起抱头痛哭，那时，还有不安分的青春可以为自己虚构一个梦想。

回过神来，才发现两部电梯都停止运行，拖着箱子下楼时，我竟然嘿嘿笑起来。下了一半到十六层，发现满地积水，在橘色灯光的映射下，仿佛是鲜血。顺着台阶，一层层横流下去，我就蹚着这摊鲜血，听着膝盖因颤抖而发出的喀拉声，筋疲力尽地跋涉完了三十二层楼。

保安抱着茶杯笑呵呵地看着我：“累坏了吧？住几层啊？十六层一对新婚夫妇今天刚搬进去，就燃气热水器爆炸，刚刚来了两辆救火车，吓死了吧？”

哦，一场近在咫尺，我却什么也不知道的灾难。

“承认吧，你就是脾气差、运气更差、行动力更差的普通人。”在飞机起飞的一瞬间，我对自己谆谆教诲。

在蘑菇没有男朋友我也没有工作的时候，我们看了些不该看的书和电影，就总以为自己是不同的，特别的，可现实终究会告诉你，淹没进人海，每个人都不同，每个人都一样。那时的底气，只不过是因为在明天没有到来之前，所有的事情都可以想当然。

比如我从十岁起就认定自己会成为作家，十二岁的时候相信自己是下一个三毛，十五岁毫不怀疑自己会念牛津，十七岁拥有人生第一双高跟鞋等待大学里跌宕的爱情，二十岁闭上眼睛都能看到自己成为悠闲懒散的自由职业者，每天打打字晒晒太阳的样子。一直到二十五岁，我没有完成任何一样角色设定，灰溜溜地坐在飞机上，连爽肤水都没有拍，蒙着一脸干巴巴的困意。

梦到海面上的龙卷风，巨浪朝脸上猛拍下来，我吓得睁开眼睛，清醒过来。飞机落地，语言陌生，我随着兴致勃勃的人潮往外走，一眼就看见简直可以给清迈当市花的大白妞蘑菇，瞪着一双肿成馒头的眼睛，冲我挥手。

“你失恋了？”

“你失业了？”

从某种意义上来说，我们都是失败者，情场商场总要失去一样，而另一样压根儿就不曾拥有过，和这世上的大多数人一模一样。

她接了我就去给高中生上汉语课，我则蜷缩在她的小床上，开着古老的台式风扇，一直睡到傍晚。在汗液的分泌和蒸发中，寻找内心的平衡。

我发现，我竟然一点儿也不想念那份我忍了三年、付出了三年却从来没有爱过的工作。替上司背黑锅，被同事打黑枪，惹了主管的闺蜜以至于她亏空的活动专款要我弥补，各路愤懑郁结无处宣泄，总以为自己是穿着高跟鞋踏平职场、眼泪只掉在厕所隔间里的新时代坚强美少女，慢慢才明白，那不过都是自己的意淫，我和满大街朝九晚十匆匆赶地铁过天桥穿马路的人没有任何不同，我放不下每个月的房租、化妆品与美食，就这么简单。

人的崩溃有时候就是这么一瞬间，在项目完结的汇报大会上，总爱在饭桌上炫耀自己小三上位成功蹬走老公“90后”嫩模女友的主管，把所有人挨个儿夸奖一遍，唯独绝口不提独自加班一整月，加到暴瘦十斤的我。大概我的千里之堤早已被蚁穴蛀空，我猛然站起来，说了句：“这个世界上是不是所有的坏人都不知道自己是坏人都不觉得自己三观不正？”就在百人注目中，被目送出了我三年来循规蹈矩的北漂生活。

想到这里，我就把自己乐醒了，年少的时候总愿意装成熟，等该成熟了才发现，自己从灵魂到言行都幼稚得可笑，有哪个二十五岁的都市白领嘴巴里还能蹦出“坏人”这种单薄的词汇？是的，只有我。

蘑菇从楼下7-11买了饭回来时，我才真的意识到，我没有工作了，我失去目标了，我已经在泰国了。我嫌弃地扒拉了两口香菜肉末盖饭，说，你每天就吃这个？难怪会连脚都从三十六码瘦到三十四码。

她说，不是啊，我还吃泡面。

省的钱都喂狗了。我白了她一眼。

你不用怀疑我面前的这个姑娘，因为文艺男抱怨了一句寝室浮躁，没有办法专心读书做学问，她就把工资大半打给他，让他在学校附近的小院里租了清静的单间，当作苦雨斋。

我们去象岛吧。我的一个学生家里是渔民，有远洋的渔船，他说他爸爸可以带我们去象岛，那里没有那么多游客，我看过他拍回来的照片。

好呀，什么时候出发？

现在。

我不知道已经走了多远，也不知道还有多远，只知道夜色渐浓，寂静得只有热带植物的气味在飘浮。是她学生的爸爸在开车，一路上都有雪茄的浓烈香味。我们则并肩躺在敞开的卡车上，说着自己，指责对方。

“上个月他来看我，买了戒指给我，可是我太瘦了，戒指整整大出一圈。他说拿回去换。”

“机票钱又是你出的？”

“上个星期，他还说要和我结婚，第二天就再也不接电话不回短信，我打了一百二十个电话，他终于回了我一条短信，说他喜欢同班的一个女同学，和我再也没有关系了。我一点都不明白，怎么就再也没有关系了呢。他说他和我太像了，像一个人，所以想找个和自己不一样的女孩子谈恋爱。我哭了三天，决定接受这个现实的时候，他又来找我诉说对那个女孩子的感受，我不想听，他就骂我，他说和我是一个人，所以要把什么都告诉我，他说就算我不理他也没有用，我们是分不开的。他已经通知了所有同学我们分手了，他要追求别人，无数电话打过来询问，我又不是明星，是分是合又关别人什么事。突然觉得好可笑。”

“我们打赌，不出三个月，他又会来找你和好，你也一定会答应。你这辈子就这样了。”

“就好像你这辈子不是这样的。”她送我一个白眼，翻过身去，不再说话。

“就因为我不想这样，所以才会辞职。”

“那你想怎样呢？也许你会更狼狈地去找去面对下一份工作！”

“不知道！”我也翻过身去。这颠簸的路途，是我见过最黑的夜。也因为陷在黑暗里，我才能对自己的恐慌视而不见。

我们从清迈到曼谷，再从曼谷去往某个偏僻的出海港口。坐上船的时候，我们谁都没有力气也没有心情欣赏风景，各自抱着一个铁皮桶，吐得天昏地暗。

我不停地问还要多久，还要多久。直到海上风暴的突然来临，一切都像我梦里的样子，天空晦暗，狂风呼啸，渔船剧烈地颠簸。我看到蘑菇苍白的脸上有汗珠一颗颗掉下来，我在心里使劲骂了一句脏话，还有谁比我运气更差。

蘑菇用泰语和船主交谈，声音抖得断断续续。她说我们会就近先找个小岛停靠，没关系的，不会死。

不会死。

多么轻描淡写。

我不知道你是否见过那样的景象，当你被巨浪推向岸边，岛上晴空万里，而你回过头，却看见远处的大海被漆黑的浓云笼罩，电闪雷鸣，整个天空也变成了愤怒的海洋。我想起我曾频繁出差坐过的夜航，月亮在舷窗外，而机身下的云层碰撞得电光石火。

船主双手合十，跪在岸边念念有词，含混不清的语调，仿佛来自漆黑云端。蘑菇说今天不应该有风浪，他们认为是神的暗示。

我提了一连串的问题要求蘑菇翻译，得到的答案是，目前不知道经纬度，以前也没有停靠过这个岛，但是按照航程判断应当离象岛不算远。我不是鲁滨逊，也不是少年Pi，我觉得自己是世界第一倒霉蛋儿！

神的暗示大概就是要告诉我，折腾来折腾去只会折腾掉小命，所以老老实实地苟延残喘下去才是所谓的修行。

我们随着船主沿着林中小路，往小岛的腹地走去，有农田，有稻草人，有简陋的农舍，还有正在做饭的人家。孩子们抱着菠萝在啃，我说蘑菇，我们把自己卖到这里做媳妇儿吧，这么白一定卖好价钱。

蘑菇说，不会种地不会织布，一天到晚做梦，不倒贴钱就好了！

后来我们再说起那一天，都惊讶于自己忘了害怕这回事，所以你看，我们就是这么懦弱，失去了事业与爱情，竟然就失去了必须要回到那个社会中去的理由。还以某种英雄主义不断自我催眠。

蘑菇说岛民的泰语有地方口音，她听不太明白，船主可以和他们交流。村子里的人热情地招待我们吃饭，浓烈的咖喱和辣到极致的沙律让我直接哭到头晕。

我听不懂他们说什么，只能看懂他们的笑容，这世界有许多神奇时刻，我好像是遭遇了其中之一。

吃了饭，他们围起来唱歌跳舞，生起火来烤鱼，好像远方来的就是贵客。又一个夜晚降临，风从遥远的海面掠过高高的树顶，潮湿又腥甜。我和向来拘谨的好姑娘蘑菇也和他们一起围着火堆手舞足蹈。

一直到深夜，他们唱起安静舒缓的歌谣，像摇篮曲，像赞美诗，又像农耕时代的传说，和海浪一唱一和。

"他们的日子每天都这样度过吗？"

"大概我们是看得太多，知道得太多，所以心才会需索无度，才会无论得到什么也不满足，才会有那么多的伤心与难过。"

"就算这一刻多么致命美好，我想我也不会愿意留下来。"

"我也是。"

这一刻，我突然觉得，自己曾经对爸爸妈妈说我才不会像他们那么没有追求过庸碌的生活为别人打工时，他们露出无谓笑容，早已说明了一切。为什么他们可以坚持一份枯燥的工作几十年，面对一个可能有很多缺点也没了激情的爱人几十年，把心从身体里掏出来拴在一个孩子身上一辈子，为什么我却不可以，这些与理想无关的日常，突然显露了全部的英雄主义。

第二天，我们出发，没有去象岛，而是回了曼谷。蘑菇请我吃了一顿泰菜大餐，去曼谷的KTV里唱了一堆粤语老歌，在夜市买了许多冰箱贴，这熟悉的物质味道，胜过海上质朴的传奇，我们都懂。

烂醉在街头的时候，我接到电话，是去年辞职的朋友："听说你终于掀桌走人，来我这里吧，工资只高不低，后天能面试否？"

我看了蘑菇一眼，说："好。我现在去机场。"

蘑菇哈哈大笑起来："你这辈子就这样了。别说自己有梦想好吗？"

回去之后，听说那对新婚夫妇没有生命危险，电梯又恢复了运行。我很想找个旅行网站，写下短短两天泰国之旅，如果算"旅"的话，可是想了想，不过是两个心情不好的姑娘，一起遭遇了倒霉事儿而已，不好玩也不传奇。

我知道的，我还是会被同事坑骗，还是会遇到带着亲妈出差蹭吃蹭喝、结婚都要跟公司申请外采摄像随同的奇葩上司，还是会看到实习生被欺负时挺身而出，但是，又不会死。

在我又要穿着内衣和高跟鞋上班的那天，蘑菇给我打电话，说："他果然要跟我和好，说我们是同一个灵魂。你先别吐。我学生的爸爸后来又开船去找过那个岛两次，都没有找到。"

那是暴风雨里的永无岛，是我们曾到过的、属于这颗蓝色星球的微小角落，而生活永无逃离的可能。如果你愿意，可以去找一找，那一片面朝日落的海水。

Chapter11

她吞了一千根针

所有人都在说谎，不是吗？只是谎话与谎话，大概也是不同的，就像不同的人有不同的名字。

说谎之人饮千针。她的日本前男友这样告诉她。

所以每天早上她都会在胃痛中醒来，是针刺般的痛。有时她怀疑自己是不是会梦游而后真的吞下了针线盒里大大小小的针。因为她的前男友就有梦游的习惯，她曾亲眼看见他吞下了整整一管牙膏。谁知道梦游这种东西会不会也是传染病呢？因此她真的会拉开抽屉检查针线盒里是否少了针，当然一直都是二十四根，崭新，锃亮。

只是，她也真的太爱说谎了，所以她的每一天，都是从忍着胃痛数针开始的。

至于为什么要说谎，她也不知道。

有时候朋友打来电话问她在哪里，在做什么，明明是躺在沙发上无所事事，可以回答一句“在家呢”，她则一定会脱口而出：“在外面呢。”这个外面可能是医院、书店或者其他朋友的家。有时约了朋友又犯懒，也会用“临时要加班”之类的借口。明明还在照镜子却说已经在路上堵着了。大多数时候，就是这样毫无意义，说不说都没什么不同的谎话。

又是新的一天，她醒过来，透过开了一半的窗子，看到一场正在酝酿中的大雨。翻了个身，把脸用力埋在软塌塌的枕头里，伸手去摸索躺在桌角的手机。这样不好的天气，她总是要编些病痛的借口来请假的。比如痛经、发烧，或者做各种奇怪而痛苦的肠胃镜检查。

贴着枕头，迷迷糊糊地准备发短信，该怎么说呢？急性肺炎，通宵输液吧。她一个字一个字斟酌着打上去，突然一声沉闷的冬雷，她恍惚一下，才想起，根本不用编借口了，她根本就没有通过新工作的试用期，被开除了。

她想起办离职手续的那天，主管一脸为难的样子说，你一个季度才签了五家合作，没有完成指标实在不能转正。

被招进来的时候，她以为她的工作只是做做广告策划，谈谈公关合作，动脑不动手。或许是现在这类新媒体公司成功的多，默默惨死的更多，因此她的实际工作和推销保险的销售并无二致，恨不能守在十字路口，像发传单的兼职一样拽住每一个从她身边走过的路人，抢过他们的手机下载正在推广中的APP。

“我们想在您的学校做一次义卖活动可以吗？”

“我们想在您的商场租广告牌可以吗？”

“我们想……”

“可以吗……”

大约四五十个电话能够约到一个面谈已经算是好运气。

坐在露天行驶的地铁上，看着车窗外一帧一帧闪过去的冬天的画面，她突然想，为什么不能去约会呢，为什么要去和毫无关系的人见面聊天低声下气呢？这个时候，想吃的店一定不用等位，电影院的位子可以随便挑，小胡同里有落在积雪上的新鲜阳光。就这样，她发现了这份新工作的好处。

一周有三天，她都会在十一点左右和主管说，约了客户谈合作，而后躲进厕所偷偷补妆，明眸皓齿地去和自己的日本男友吃各种奢侈大餐，腻歪一下午，有时候索性就不回公司了。

其实也没错啊，日本男朋友也是她的客户，是她在校园做推广活动时认识的"农二代"留学生，长相精致，笑起来有一点羞涩，他说我的父母都是北海道的农民，一年收入只有一千两百万日元，不是很多。当时她就说，同学你请我吃怀石料理吧，他说好。

"你这样翘班没有问题吗？"

"没关系啊，工作又不是生活的全部。"

"如果完不成任务真的没关系吗？"

"我也没有很在意这份工作，朋友离职了，觉得对老板很抱歉，所以找我去接班，工作这种事情，不用那么认真。"

说起来是这样随意，好像真的有这么个朋友，真的有这回事一样。她总想在他面前表现出一副云淡风轻、与世无争的样子，就像他一样。

可是真的没关系吗？每天在公司，她躲在消防楼梯，贴着微开的窗户，给存在电话里的一个一个客户打电话，虽然知道对方看不见自己，却还是能从玻璃窗的模糊反射里，看到自己低眉顺眼，讨好乖巧的笑容，那一瞬间的厌恶，也在一瞬间败给了没有资格。

挂了电话，对着窗外成片的屋顶默默出神一会儿，再回到自己的工位。同事总是一脸暧昧地笑着说，又去给男朋友打电话了？她也暧昧地点头答是，默默地对着显示器里的表格，把联系过的合作方打上叉或者钩，当然前者居多。

她总是羞于暴露自己的小小野心和上进心，有时候她也想和其他同事一样，能够扯开嗓门，在办公室里旁若无人地打电话谈工作，在工作群里大剌剌地相互抢资源互不相让。而现实是，她只能默默地捡别人不想要的合作方，然后表现出无所谓的样子，以至于有同事说对工作这么不上心，不是自己是富二代，就是男友是富二代。

男友算富二代吗？也许吧。可是自己呢？大约只是胆小而已，胆小得连诚实面对自己的勇气也没有吧。

眼看别人一个月谈了十几个合作，自己只完成了一个商场的项目，终于还是有点面子上挂不住，也被主管约谈了两三次，因此终于被迫答应和客户的饭局。

今晚有应酬了，为了把客户拿下，这种泛着酒肉臭的俗气，怎么可以出现在自己和男友的交往中呢？她的男友，是喜欢黑泽明，喜欢竹久梦二，喜欢中国画的日本男孩子啊。所以她发出去的短信是，“真是抱歉，今天要加班处理一下工作。”

“哇，你也有肯为工作加班的时候，应该奖励你。”

而男友的奖励，就是买了外带寿司和乌冬面，准备陪她一起加班，结果公司压根儿就没有人，电话也一直打不通。男友在公寓楼下一直等，等到客户把醉醺醺的她半抱在怀里送下车。

那天晚上，她迷迷糊糊看着男友转身离开的背影，想的却是，当初开始得那么容易，就早该想到日后的分开，也会同样轻而易举吧。

清醒之后再给男友打电话，男友没有接，只是给她回了短信，“我想我们在一起的决定或许太匆忙了，我以为你是传统的女孩子，但看来是我不了解你。”

“我只是怕你担心，一年也就一次的。”不说谎的时候她的嘴巴总是这样笨拙。

“你说工作对你并不重要，赚钱的方式有很多，你说你不会应酬也不想低三下四。可是现在看来完全不是。那些我以为你是宅在家里的晚上，你是不是也像昨天一样和那些所谓的客户勾肩搭背，烂醉如泥，那张床上有没有睡过什么乱七八糟的客户，我怎么会知道。日本有这样一句俗话，说谎之人饮千针，哪怕只有一次，爱情里也没有了全部的信任。"

她哑然地张了张口，几乎默认了他的答案。是啊，换作自己，或许也没有办法相信那只是偶然，而不是习惯性的欺骗吧。

不过她还是翘了好几天的班去学校找他，依然美其名曰谈合作，谈合作……他也见了她，只是每一次都是匆匆留下一句"对不起，了解之后我觉得，你真的不是我以为的那类女孩。我不喜欢每天在酒场上和老男人们混得烂熟的女孩，你知道的"，而后就抱着书去自习室。

她也真的不是他讨厌的那类上班族，她只是，又多说了一句谎话而已。

她终究没有挽留住自己的日本男朋友，又没有什么心思上班，只能请病假。就这样，也终于没能完成工作任务，得到了主管的一句"不能转正"。

而她记得，那天早上，阳光特别好，主管把她约到小会议室，玻璃杯里的水，掺着阳光，一圈圈地漾开。她笑着说："哦，没有关系，我本来也就打算离职了，想要去读书，又怕家里反对，所以就先做着，也耽误大家工作了，很抱歉。"

是的，她又说谎了，所以下意识地摸了摸自己的胃。

"读书是好事啊，要和你的日本小男人去留学吗？"

"也许吧。"她有点僵硬地笑了笑。

走出工作了三个月的写字楼，收到并没有和自己说过几句话的同事的短信，她说："其实你在群里问的那些客户，他们并没有真的在谈，都是为了划地盘儿骗你的，你不应该让给他们的。"

她并没有回复，也没有问她为什么选择告诉自己。当然，她也并没有要去读书，只是随便想到了，就随口那样说了。你看，所有人都在说谎，不是吗？只是谎话与谎话，大概也是不同的，就像不同的人有不同的名字。她有这样的感觉。

大雨并没有酝酿多久就开始噼里啪啦砸了下来。因为肚子饿了，所以爬起来叫外卖。等外卖的间隙很无聊，她就顺手给妈妈打了个电话。

"你在上班吗？有空给我打电话？"

"哦……嗯……在办公室……刚忙完一阵子，今天没什么事。"

"在公司讲话不会不方便吗？新工作上手了吗？同事关系好不好？领导会不会为难你？"像从前每天放学回来的晚饭时间一样，妈妈总是事无巨细地把同样的问题问她一遍又一遍。

"同事啊……有的也不是太友好……昨天还有人和我抢客户……已经转正了，工资也正常了……今天领导都出去开会了所以轻松一点，下午也可以早回家。"她一点点地说着，让所有的细节听起来都仿佛是真的。

"那个谁怎么样？小日本到底靠谱不靠谱？"

"哦，靠谱啊，今天晚上我们还要去看话剧呢。周末会去郊区玩……"不知道为什么，总是在说谎话的时候，她的脑子转得特别快，说着说着，她都快要相信自己说的都是真的了。

她没有被开除。也没有被男朋友甩掉。每一天都像前一天一样，没有变化，也没有意外。

挂掉电话登录网银，又到给家里汇钱的日子了，可是今天并没有像往常一样有工资进账。

其实父母并不需要她的钱，但她依然坚持每月用网银转一小部分回去，写上一两句撒娇的话，每月都给父母买实用的礼物，乳液、剃须刀、手套、羊毛被、餐具……

只是当有人问她，会不会寄钱给父母时，她都会很自然地摇头："怎么会，都什么年代了？"好像这样才像个很潮的年轻人，引来发问者的共鸣，换来对方拼命地点头："就是，就是，现在谁还把钱给父母？"

可是，她在心里默默地想，按照过年回家每年一次来计算，有生之年见到父母的次数，说不定连五十次都没有了，如果不分享赚钱的快乐，不努力塞给他们各种各样的东西，要怎么让自己安心呢？

所以，看着三万出头的存款，她还是转了一千五到妈妈的账户，又买了一对围巾给爸爸妈妈，还是撒娇地留言说："沾满铜臭的爱又来了……"

只是谎话总不太容易被自己记住，所以又过了一个星期，她依然在觉得无聊寂寞的时候给妈妈打电话，佯装自己是开会间隙溜出来喝了一杯咖啡，却差一点儿被戳穿。

"在哪里啊？又不忙了啊？"

"忙啊，开会呀。周末还加班了呢，怎么会不忙。"

"周末不是和那个谁去郊区玩了吗？"

啊，是吗，自己有说过那样的话吗？

"本来要去啊……临时要加班，没去成……"

挂掉这个电话，她暗忖在找到下一份工作之前，还是不要经常给记性好得出奇的妈妈打电话了，会死伤许多脑细胞。

所以接下来的日子里，虽然每天都能睡到自然醒，每天都能被冬日的阳光照耀，她还是要每天盯着招聘网站，投简历，等面试，每天叫几乎一样的外卖，并不惬意。

朋友说，你这样吃不腻吗？中午可以来找我们吃饭啊。

其实是腻的，可是她会说："不会啊，一个人安安静静的挺好。"

"你一定是偷偷存了很多钱，可以这样不用上班在家休息。"

"还好啦……"

"裸辞很需要勇气啊，而且你还和那个谁分手了……"

是的，她告诉朋友们，是她炒了老板，因为累了，甩了日本前男友，因为倦了，总之就是想要休息一下，调整状态，冠冕堂皇。

只是这一次她似乎没有那么幸运，投出去了几十份简历，通知面试的不多，条件好的更是寥寥无几，因为总还是希望新工作的工资能高那么一点点。所以又一次到了该给父母转账的日子，她终于决定去公寓附近的星巴克先打一份零工。

"怎么会去打零工呢？新媒体方面的工作有很多啊。"朋友很诧异。

"不是说了不想总做朝九晚五的上班族吗？想体验不同的生活。"

"真是潇洒……我们公司在招人，要不要来啊，也是做新媒体推广，工资很高的。"

"想要高工资，还辞职做什么？现在挺好，等想工作了再说。"

怎么会不想要高工资，她默默低下头喝面前的汤，她一直很想带父母一起出国旅游，她也一直想成为让他们骄傲的女儿。可是为什么，就成了现在的样子呢？

最要命的是，明明下午有一场约好的面试需要中午出发，可是朋友说，来找我吃饭，我们去逛街。她就会马上说，好，你等我。而后放弃面试。

当然朋友也会问："你下午没有什么安排吧？"

当然她的答案一定是："没有啊……今天店里是晚班……"

对，她总是在没事的时候放朋友鸽子，有事的时候无私得可怕。她也想知道这是为什么。

就这样，在银行卡里的存款眼看跌破五千的时候，她终于找到一份薪资尚可的工作，她再一次在工作间隙给妈妈打电话，说，我换工作了，工资比原来高呢……

机缘巧合，因为新的工作，她再一次来到了日本前男友的学校。而世界上的事情，就是这样狗血而没有道理。你知道她一定会迎面撞上她的前男友，并且是在她从女生厕所出来的时候。

她的日本前男友肩上挂着精致的女式包包，背靠在洗手间对面的教室门口，显然是在等人，显然他等的人，在她刚刚离开的女生厕所里。

"等女朋友？"

"嗯，你还在那里工作吗？"

"换了……因为公司里新来了一个男孩子，对我很好，就在一起了，所以，不太适合在同一家公司……"

"这样啊……"

"嗯……就这样……"

就这样，她低头从他身边走过，觉得胃部还是有一点微微的疼痛。突然她很想问问他梦游是不是真的会传染，可是回过头，只看到他被瘦削的新女友挽着胳膊离开的背影。

Chapter12

模仿犯

女孩子的友谊是那么容易建立。一起度过黄昏，看到车呼啸着从面前经过，地面震颤，紧闭双眼，就好像一起经历过动荡岁月，前世今生，相依为命。

有些人，没有那么美也没有那么好，可是走在人群中，偏偏就是致命地特别，因为这种不公平的特别，她看起来那么美，又那么好，比如，罗非第一眼看见的豆小姐。

豆小姐姓窦，她说这个姓氏看起来像骁勇善战的大将军，剑拔弩张，平庸的自己根本对不起这个姓氏，写起来又麻烦，所以连作业本上也写成豆，罗非永远都记得她笑着说自己的理想：“从小看豌豆公主，我就想，一定要做一床床被子压起来的小豌豆，不想做公主。”“可是豌豆会把公主硌疼的。”罗非说得很认真，照射进玻璃窗的阳光，八月的香樟树叶子，也都是那么认真地过着夏天。

然而谁是公主，谁是豌豆，谁又会把谁硌得生疼，都要很久以后才会知道。

这个近在眼前的夏天，罗非高三，整个暑假都在补课，教室里的风扇慢悠悠地转着，班主任在某个一如往常的早自习带来了十五个复读生，其中就有被罗非一眼看到的豆小姐，她又恰好被班主任安排成了自己的同桌。

豆小姐的头发有一点自然卷，齐肩，蓬蓬的，穿着胸前打蝴蝶结的白色短袖衬衫，洗得发白的牛仔短裤，穿一双厚底白色帆布鞋，罗非明白那是不能明目张胆穿高跟鞋的中学生增长身高的小心机。裸露的膝盖上有磕磕碰碰的疤痕，却并不觉得丑陋。她在罗非身边坐下来，像被阳光照亮的梧桐叶子，干干净净，透透彻彻。

罗非很友好地同她打招呼，借她课表和笔记，给她普及班级常识，也偷偷观察着她。她的文具都是MUJI的，从铅笔盒、水笔到橡皮、尺子、笔记本，手表和书包都是棕色牛皮，帮她收拾资料的时候还发现她的书包里有不认得牌子的精致相机，或许是看到她好奇的目光，豆小姐说这是徕卡，我很喜欢拍照，所以总随身带着，每年生日爸爸都送我一部相机做礼物。有机会都带给你看。

相机做礼物啊。罗非想了想，自己的妈妈是副校长，爸爸是副局长，一直是被万分羡慕的家庭构成，“真可爱”“真懂事”“真乖巧”这些词在她看来好像只属于自己。每年生日，妈妈都送各种精装的套书，爸爸送手表、送流行的电子产品、送舒舒服服的海滨度假，也会用到相机啊，爸爸也有很好用的相机，但是除了佳能、尼康之外，她听都没听过豆小姐随身携带的徕卡。

“要不我们晚自习前一起去拍拍照啊？我特别喜欢学校旁边的铁轨，以前也经常和朋友去。大概就是因为这样，高考才差了十分吧。”豆小姐自嘲似的笑了笑。

“好呀，我也喜欢拍照的。”罗非应和。

“真的吗？太好了！”豆小姐的眼睛闪烁起愉快的光芒，好像一下子对复读生活有了兴趣和自信。

那天的晚自习之前，豆小姐带着罗非穿过三条热热闹闹的商业街，来到了那条只有货车还会通过的铁轨。夏日夕阳给铁轨滚上金色，豆小姐跳上铁轨，张开双臂笑迈开步子，摇摇晃晃地往前走，罗非心里虽然忐忑，也依样画葫芦地跟了上去。

豆小姐说，从上初中开始，我就喜欢没事来这里晃悠，希望我也能顺着这条铁轨走很远很远，去远方，去未来。

她给罗非拍了很多照片，也把相机给罗非拿着拍，咔嚓、咔嚓的快门声和铺天盖地的黄昏，第一次让罗非有了一点儿不太真实的存在感，是一种惭愧的向往，原来拍照是这么好玩的事情，自己之前怎么没有发现呢？

女孩子的友谊是那么容易建立。一起度过黄昏，看列车呼啸着从面前经过，地面震颤，紧闭双眼，就好像一起经历过动荡岁月，前世今生，相依为命。

在铁轨上坐下来的时候，豆小姐从双肩包里摸出两罐啤酒递给罗非。罗非此前根本没有喝过酒，但是看着她用瘦弱手腕递来冰凉的小罐，那个动作帅气又漂亮，于是她伸手接过来，也好像深谙此道一样拍拍屁股坐下来，拉开来喝下一口陌生的苦涩。

“如果不是你告诉我你也喜欢拍照，我肯定不敢带你来胡闹，你看起来又漂亮又乖巧，应该是没有烦恼的完美的女孩子，谢谢相机让我认识你。”豆小姐哈哈笑起来。

彼时，到底什么是完美，恐怕她们谁也不懂，但罗非相信了这句话，一直都信。

豆小姐告诉罗非，自己一直是非常自卑的人，父母对自己的期望很大，理所当然地觉得自己应该长成美美的小姑娘，变成年级前十名的小姑娘，成为多才多艺的小姑娘。他们花了很多金钱和精力在自己身上，培养她芭蕾、油画、钢琴种种爱好，可是，自己始终成绩平平，才艺也不优秀，根本不是他们想象中那样的女儿，所以一直都有点自卑，而且性格有一点儿小小的古怪，并不招人喜欢。于是，不太合群的自卑小姑娘只能在家里看书、看电影、画画。初中，在自家的院子里做作业时，开始喜欢拿相机拍过院子里的四季，放在论坛里，慢慢地竟然得到了许多人的赞赏和夸奖，随便投投稿竟然在报纸上发表了照片和诗歌。

"所以越来越喜欢拍照，写一些短句子，这是唯一能让我获得称赞的事情。"

那天晚上回到家，罗非把家里的单反找出来，在屋子里东拍西拍地捣鼓了很久。第一次认认真真地看了说明书，还上网查了很多有关相机的知识，什么对焦光圈B门拉曝，还下载了很多日剧，躲在被窝里偷偷地看，突然也很想剪那种齐肩的短发，穿暧昧的白衬衫。

第二天一早去学校，就在校门口撞上了骑车来的豆小姐。她的车很特别，奶白色车身，干草色车筐，像影楼拍照用的道具。穿着条纹裙的豆小姐，就差在脑袋上戴一圈花环了。和她并肩骑车来学校的，则是罗非这届次次考第一的杨树，如果说豆小姐是什么都不行，那杨树正好就是她的反义词，看到这对反义词走在一起说说笑笑的样子，罗非愣了好半天。

看到罗非，豆小姐跳起来同她挥手，笑容像极了她昨夜躲在被窝里看的日剧女主角，她跑过来手忙脚乱地从包里摸出一套彩铅："我爸去上海出差带了两套给我，你昨天不是说你也喜欢画画吗？送你。"

"无功不受禄呀。"

"你不是快过生日了吗？"

"你怎么知道？"

"你QQ名字后面那串数字啊。"

所以，她就是因为这样的贴心、温柔，才能走在杨树的身边吗？

罗非接过装在圆筒里的彩铅，可是眼睛不由自主追着杨树的背影就过去了。这样的年纪里，十个女生里恐怕有九个都会说喜欢杨树吧，可是九个里也未必有一个能真正跟他说上话，每个人的青春期里都有那么一两个传说一样的存在。罗非没有那么爱慕杨树，可是偶尔放学在楼梯转角遇见他，或者体育课上看他打篮球，也会暗暗希望他能多看自己一眼。就是这样的杨树，那么天经地义地走在了豆小姐的身边，说说笑笑像坐在自己前排的男孩子，那么普通，寻常。

“你们……关系很好啊？”罗非终于还是忍不住，在停车场锁车的时候，问了豆小姐。

“嗯，我们是参加一次同城骑行的时候认识的。我在网上报了名，夜里翻墙出来，后来被爸妈发现打得可惨了，但是，也因此迷上了夜骑。以后上了大学有了自由，一定经常骑。”豆小姐说得轻描淡写，却完全是罗非世界外的事情。

“以后也叫上我吧，我也很想晚上骑车去看看这个城市的样子，像一场大冒险，但是没有人陪，爸妈都不同意。”

“当然好啊。要不今晚我们就骑远一点儿再回家？”

那天下了晚自习，豆小姐就带罗非在校门口守着自行车等待杨树。慌乱的放学人潮里，瘦瘦高高的男孩子走过来，罗非心里有一万只蚂蚁在爬，但是看到豆小姐一点儿也不畏缩，便也努力装出一副丝毫不紧张的样子，对杨树露出微笑。

那天晚上的记忆，大概胜过以往十七年的所有经验，寂静的城市，拂面的风，年轻的男孩，还有被月光遮蔽的繁星。她努力踩着脚蹬，追赶豆小姐和杨树的身影，风一样掠过一排排被车轮剪碎的树影，像一场仲夏夜的美梦。

那天之后，偶尔在校园里单独遇上杨树，他也会同自己点头微笑打招呼，明明心里受宠若惊，可是表面上还要维持云淡风轻，被杨树班里的旧日同窗问起来，罗非就说："我们是夜里骑行的时候认识的。"

"哇！好酷！你们活得真文艺！"同学羡慕地感叹着。

就是这个惊叹，就是这个表情，这不就是第一眼看到豆小姐时候的自己吗？或许并没有什么禀性难移，究竟会成为什么样的人，也许只是一个选择。是要成为像班花一样的学霸美女，还是要成为向来被夸内向懂事的自己，又或者是成为特别的豆小姐，都只是一个选择。罗非这样想，心里舒坦了许多。

生日那天，正好是个周六，家里的聚会定在晚上，下午的时间，豆小姐就抓她去骑行，自然也有杨树在，一路骑过热闹的市中心，空旷的开发区，人仰车翻地累瘫在月湖边。豆小姐把那日在铁轨拍摄的照片做成了相册，拍得细致，修得也细致，抄写了一些喜欢的句子在上面。还给了她一本《城南旧事》，她说民国的女作家她一个都不喜欢，唯独喜欢这本书，老旧的气味让人着迷。杨树则送了她一条好看的牛皮相机背带，他说我听豆子说你也喜欢摄影。

"我们去水里好不好！"豆小姐说着就踢掉鞋子，光着脚踩进了伸入月湖的阶梯，清澈湖水漫过她清瘦的脚腕，阳光细细碎碎地落了一整个水面。

那些碎落的阳光也落进了杨树的眼睛里，他也义无反顾地踩进了那融化的阳光里，就那么自然地，拉住了豆小姐的手，两个人一起回过头来笑着唱生日快乐。

"我来例假。"罗非那么想去，却不能去。曾经打死她都不会在男孩子面前说出"例假"两个字，可是豆小姐却从来都不避讳，大大方方，于是罗非也装作毫不害羞的样子："不然我一定是第一个冲下去的。”

那天傍晚，罗非回到家，爸妈都在准备东西去外婆家，她默默坐在自己房间看了很久豆小姐的相册。那么清澈的片子，那么敏感的光影，她用快门写下的故事里根本看不到那个遥远的、已经被时光遗忘在《城南旧事》里的自卑女孩。不张扬、不优秀，却特别，用豆小姐的话来说就是，只闪烁光芒给同样频次的人看到。罗非摇了摇头，自己这是在给她找优点吗？一定是疯了！想罢她抓起新的相机背带笨手笨脚地换上，抱着相机就冲下了楼去。

那天晚上在外婆家的聚餐，她一直就抱着相机没有松手过，第一次那么认真地透过取景框看熟悉的亲人、老房子和夜晚闪烁的霓虹，一张一张不厌其烦地按下去。晚上回了家，明知次日就要返校上自习，还是硬生生从网上扒下教程，用从来没有用过的软件一点点地修图，调光、调色，早上七点才蒙上被子睡过去。

第二天，罗非挂着黑眼圈回学校，把拷了照片的U盘给豆小姐，趴在桌子上懒洋洋地说，遇见你真好，以后就有人陪我一起去骑车冒险，拍奇怪的照片了。我以前都不太愿意把拍的照片拿出来，但是现在也想像你一样放在网上呢。

我们一定要考同一座城市的大学，一直一直做朋友。豆小姐也笑着趴在桌上，歪过脑袋来看她，顺手把一只耳机塞进她的耳郭里，那么快乐，那么真挚，和耳机里独立乐队的青涩嗓音一唱一和。十年后再想起她当时说过的话，大概又矫情又幼稚，可是如果没有那时的矫情幼稚，也不会有后来的豆小姐和自己。

豆小姐狠狠夸奖了罗非的照片，也许罗非永远也不会回头承认那些照片里拙劣又急切的模仿。

学校艺术节的时候，豆小姐把自己和罗非一起拍的照片交了上去，获了奖，在主教学楼的大厅里展出了半个月。罗非每一次走过大厅，都觉得被摆在橱窗里的不是单薄的照片，而是活生生的自己，那种被秋日雨水浸泡过的满足感，让她一点点告诉自己，这就是自己本来的样子，不是因为豆小姐，不是因为杨树，只是因为她恰好找到了真正的自己。

更何况，她的成绩还要比豆小姐更好一点，每一次月考都在第一考场，每一次都提前去第二考场给豆小姐的座位贴上小纸条，写鼓励的话，因为第一次月考豆小姐就是这么做的。

高三的生活越来越紧张，豆小姐为了去心里惦念了许多年的古都，也收敛了心思和罗非一起埋头做题，只有体育课上，才能稍稍放松地坐在篮球场边，看恰好同节体育课的杨树打篮球。杨树休息的时候会过来，罗非就会有一点不自在，而且她总怀疑这两个人一定会单独约会，但怀疑完了又觉得自己并没有什么立场去怀疑。在豆小姐的身边，自己似乎永远只能是配角，而明明放到更大的人群中去，自己才更像主角，想到这里，罗非就会有一点沮丧。

还好，这阳光翻晒不到的小心思大概是罗非永远的秘密，连豆小姐也不可能会知道——豆小姐此后在各种论坛、个人主页上都异常欢欣地说本以为困窘不堪的高四，却让自己结识了生命中另一个自己。

高考结束后，带着对古都的向往，豆小姐召集罗非和杨树一起，没等分数出来，就坐上了慢悠悠的火车，去把各自填报的学校看了一遍，拍了上万张照片。按照豆小姐做的攻略，租了自行车，住了巷子深处的青年旅舍，在酒吧里喝酒摇骰子，听讲座看演出……豆小姐兴致勃勃地说以后要去看音乐节，听喜欢的歌手的演唱会，喝遍每一家喜欢的咖啡馆……然而半个月之后的高考成绩宣告了梦想的破裂。

罗非和杨树拿到了再次去往古都的通行证，豆小姐却没有。

临行前正好又是罗非的生日，豆小姐把罗非和杨树都叫到了自己家里，谁也没提高考和未来，豆小姐做了很多好吃的，还热心地把书架上一排相机一个一个演示给罗非玩。海鸥双反，玩具lomo，宝利来，拍立得，罗非站在被风轻轻吹起的白色窗帘边，抱着那些制造梦境的斑斓玩具，任由豆小姐摆弄，拍下了这个夏天，最后一组照片。

她和杨树买了同一趟车票，豆小姐来送行，站台上通过窗户，一直对他们笑，酒窝笑得那么深。罗非猝不及防地看着杨树蹿下车，就在这个窗口，握住豆小姐的双手，低下头吻了她。

那一吻，让罗非心里的深潭震荡起一圈又一圈寂静的涟漪，没有丝毫声响，可是水底已经坍塌了一片。

车窗折射着热吻的两个人，也映照出了罗非模糊的面庞，齐刘海，披肩发，忽闪的大眼睛，那一瞬间她想起豆小姐说的，完美。细长的小手不自觉握紧了拳头。

一路上杨树都有点忧伤地看着窗外大同小异的乡村风景，罗非就说冷笑话逗他，用相机对他拍照，半开玩笑半认真地问他“你有没有交过别的女朋友，异地恋很辛苦哦”之类的。她说：“其实很多时候都希望豆子活得轻松一点儿，我知道她喜欢日剧里的女主角，就一直穿有可爱领子的白衬衫，穿帆布鞋，买彩铅学画画，努力让生活变得很文艺，一切都是为了与众不同，有时候觉得这样很累，你不在她身边大概会更累吧。”

杨树只是淡淡地看了她一眼，没有反驳也没有点头，这让罗非忽而有些心虚。

那一天，是杨树在豆小姐的叮嘱下先送罗非去了学校，帮她做了很多粗重的活计，一起吃了饭才离开。自来熟的室友们连忙凑上来八卦，“是不是男朋友啊？”“蛮帅的啊！”“好羡慕啊！”

罗非只是低下头浅浅地笑，慢慢收拾着东西：“只是很要好的朋友。”而这个回答的暧昧力量，她自己也心知肚明。反正自己的事情，没有必要和其他人说那么清楚。她不紧不慢地把带来的照片都贴在床内侧的墙上，把相机包小心地放在床头，又把精心挑选过的书籍摆放起来。这又引来室友一阵围观，“哇噻，这都是你拍的呀？”“好厉害！”“真有才！”

“没有啦，就是不务正业瞎玩，从小就喜欢而已。”罗非自然而然地应承着。

“这些相机我都没见过，都是你的吗？”

“是呀，下回可以带来给你们玩，特别好玩。”

“市场上没见过呀。”

“这个双反有年头了，我小时候用胶卷玩得可开心了。”

“简直是专家好吗？这下出去玩有人拍照了！”

罗非点点头：“好呀。我填完志愿，就拽了两个朋友一起来过这里一次，古都的地图，好玩的地方，定期的同城活动，都在这里啦。”说完她还用手指戳了戳自己头发浓密的脑袋。

当天晚上，她就抱起相机在校园里游荡了很久很久。坐在空无一人的操场上，终于相信自己来到了古都，除了杨树，一切都是新的，新到她终于可以忽略心底那潭始终震荡的深水。

罗非常常以骑行拍照为理由，去找杨树，一起吃饭，也常常有意无意一脸懵懂地说起学院里有男生在追她，说她也不知道为什么，大家就开始叫她才女还有学院公共情人什么的，觉得很不好意思。还费尽心思设计路线带他路过学校的宣传栏，上面贴着她的照片和摄影获奖作品。

而杨树每一次都若有所思地说，豆子现在的生活，也是这样吧。

罗非一听就觉得有些力不从心。

就这样力不从心地回到寝室，还是在电脑上和豆小姐分享新拍的照片。

豆小姐总是能在第一时间发现古都里好玩的同城活动，发给罗非和杨树，要他们去参加去拍照，替自己完成心愿。比如小型的独立乐队音乐会，胶片俱乐部，环城骑行之类。罗非每一次和杨树一起做这些事情的时候，都不明白，为什么自己不能成为他喜欢的那个人。

拍了照片回去就发在自己的博客里，也做进自己的课堂分享作业里，引来无数羡慕，那样的时刻，她的脑海里，是没有豆小姐的。

终于，她在学校门口的理发店里剪了和豆小姐一模一样的齐肩发，发自拍给豆小姐看的时候，豆小姐突然说："头发转眼就可以变短，什么都会转眼就变了，你说会不会终于有一天，我和杨树，也会距离败给时间？"

罗非想了想，如果豆小姐是距离，那自己，不正是那大把大把的时间吗？

于是她说别想那么多顺其自然就好，你也可以来找我们玩呀。

罗非没想到豆小姐真的来了，带了三张摇滚演唱会的票，在体育场门口给他们打电话。那天晚上他们三个坐在一起嘶吼哭喊，结束后豆小姐直接上了火车说不能耽误第二天的西语课。车窗外，位置反转，豆小姐被火车带走了，杨树有一点儿崩溃，高高大大的男孩子竟然哭了起来，罗非伸手去抱住他："有什么都可以告诉我，我帮你们。"

可是那安慰的拥抱并没有让她和杨树更近一步，他们依然，只是朋友。

大二下半学期，豆小姐说想要来古都实习，并把相关网页发给了罗非，是豆小姐一直都很喜欢的摄影网站。罗非说，这么巧，我刚投完简历。

关掉对话框，罗非开始从网站上下各种简历模板，拉上床帘，塞上耳机，使劲堆砌着自己不到两年的摄影经历和荣誉，终于在寝室熄灯前十分钟，投出了简历。

没想到出奇顺利地就通过了面试，正好附近就是杨树的学校，就去找他一起吃了晚饭，还一起给豆小姐打了电话。其实，她宁愿在豆小姐的声音里听出哪怕一丝一毫的不自然来，也许这顿饭她就能吃得更舒服一些。可是豆小姐说，好棒呀，我就知道罗罗你最棒了，可惜我不能去和杨树一起过这半年了。

杨树说，没关系啊，我可以去陪你。

那种力不从心的感觉又从罗非的心里蔓延起来，她看了看杨树，不再说话，埋头吃东西。

挂了电话的杨树看了看她，突然说，豆子要是像你这么能吃就好了，她越来越瘦，能像你这样有点肉也好，我总觉得她有心事。

没过几天，杨树真的就去了豆小姐的海滨城市，并且短租了两个月的房子。

他们一起拍了好多好多美得像电影画面一样的照片，都被放在豆小姐上了锁的博客里，只有零星好友才能看到。那些照片，不知道被罗非反反复复看了多少遍，多少遍。

杨树更不会知道的是，因为他的这句话，罗非两个月几乎都是靠吃水果喝酸奶度日，晚上下了班回学校又累又饿不说，还要自虐似的去操场跑上十圈，几乎要脱水。

在杨树再回到古都来的时候，看到瘦成平胸，穿着黑色吊带背心和牛仔短裤的罗非，几乎快要不认识她了。这是两个月来罗非吃下去的第一口正经饭，没吃两口就胃痛发作，快要滚到地上去，杨树抱起她来就直奔医院而去。

罗非在医院住了三天，三天里都是杨树陪在身边，帮她拿药，送饭。

医生狠狠骂她怎么能这么虐待自己的身体，她连忙和杨树说是工作太忙太累，所以根本没有一点点食欲。

“是你太拼了。不用事事都做那么好的。”杨树相信了她。

“我真的事事都好吗？”

“当然，不像豆子，一堆毛病。”杨树笑着递给她一颗苹果。

他笑笑的样子，又让她想起那年夏天，说“完美”的豆小姐，可是现在的她根本不懂，每个女人在爱自己的男人眼里，都是最独特的毛病综合体。

“我哪有那么好。其实周围很多人也都说我好，都说羡慕我，都说想变得和我一样，我真的不懂。”

“豆子一直说你像个孩子，全然不知道自己有多好，还真是。”

那大概是罗非这么多年来，最幸福的一天。

出院那天，杨树骑车载她，说陪我去看个房子呗。

“房子？”那一瞬间她脑袋里掠过了很多想象，想象也许这个自己搂住后背的男孩早已喜欢上自己，想象这艰难的恋情，想象私密房间里可能发生的一切。

“有好消息告诉你，豆子一直坚持不懈投简历，终于要和你一起实习了，我去租房子，暑假我陪她住。”

好像是被激流勇进湿透了一样，她“哦”了一声，不自觉攥紧了他的衣角。

豆小姐来公司报到那天，一进办公室，就冲过来给罗非一个大大的拥抱："我想死你了！"罗非连忙把她拉到茶水间，给她交代了很多注意事项。

中午豆小姐有新生培训，罗非和带她的同事姐姐们一起吃饭，顺便也给豆小姐带去，同事们说是不是你的好朋友呀，一起工作真好。

罗非很自然地摇摇头："就做过一年同学，她复读的时候，我们也不算很熟悉，她蛮奇怪的，好像和谁都能处得来，而且在外面和各种男生同居，她男朋友总喜欢约我，我能躲就躲着他们。能照应就照应一点儿。"

"还真看不出来是那样的姑娘呢。不过话说回来，现在像你这么单纯的女孩子也很少了。"

"就是，你可别被带坏了啊。"

罗非应着点头，帮豆小姐包好了盒饭。

自从豆小姐来了，罗非工作就更努力了，在办公室还是那么与世无争天赋异禀的样子，回了寝室，总是一张片子反复修十几遍，直到熄灯，再加上几位姐姐对豆小姐的印象本就不佳，因此罗非的业绩一直比豆小姐好很多，参加影展、沙龙之类的机会也基本都给了罗非。

"我怎么觉得她们都不太喜欢我，有时候跟我说话的口气都怪怪的。"豆小姐也偶尔抱怨过。

"没有啦，大家都很好呀。"罗非一脸的无辜。

"但愿吧。"豆小姐有点泄气的样子。

公司举办年度摄影展的时候，罗非多要了一张请帖让豆小姐拿给杨树，因为展览选用了罗非的三幅照片，其中一张的模特还是杨树。

影展那天，罗非就站在那幅照片前等待他们的到来，一眼就在攒动的人头里看到杨树，他独自挥了挥请柬说豆子想去买份礼物一会儿就来。两个人一起面对那张照片，罗非说，真想有一天能办自己的影展，那时候我还会放这张照片。

她说得那么真切，真切得仿佛这真的就是她儿时的梦想，不是别人的，只是她的。

然而豆小姐再也没有出现，她只给他们发了短信说："我已经在去往西班牙的航班上了，一直没有敢告诉你们，怕舍不得走，怕你们难过我也难过。对不起杨树，可是我想出去看看。"

杨树发了疯似的丢掉手里的请柬就往外跑，几乎是把正要下车的乘客从出租车里用力拖出来："去机场！去机场！"

罗非愣在原地，不知道为什么，她觉得自己好像还是慢了一步。

又或者就像镜子里的倒影，她永远也不可能快一步。

豆小姐就这样去了西班牙留学。很快，杨树也申请到了法国的交换生。

罗非从公司辞职的时候，大家问她为什么，她顺口就说，"准备出国留学。"

因为时差，罗非很难再和豆小姐还有杨树特别直接地对话。有时候相互留言，或者浏览一下彼此的博客。

豆小姐的博客还是那么斑斓，有她画的速写，有她拍摄的异国风光，有勾肩搭背寒风里喝酒的外国朋友，也有坚持写了这么多年的诗歌。

她说，罗非，你要替我那份一起在国内好好努力哦。

罗非从心底厌恶那个"替"字。她想，这样也好，所有旧的都消失了，她的人生，就是独独这一份，没有别人的。

此后的两年里，她投了多少图片，争取了多少机会没有人知道，身边人知道的只是，“我真的觉得很累啊，可是总有人找我去拍。”“他们在我的博客上看到的，就想用这个图片。”所以，她依然还是那个云淡风轻的罗非，不争不抢，却一直在进步。

毕业第一年，她就远赴巴黎参与了时装周的拍摄，虽然只有一个小时的自由时间，她还是成功地在异国他乡见到了杨树。

杨树还是老样子，只是穿上了风衣，留了一点淡淡的胡茬儿，他说罗非啊该有多少人羡慕你，别人怎么努力都得不到的，你却总是那么轻而易举。

她推给他一张请柬，“我的愿望实现了。”

“个展？”

“嗯。”

“你可以帮我给豆子吗？”其实罗非算是别有深意。

“没问题。”可是杨树并没有多说什么，就把两份请柬揣了起来。

半个月后，罗非顶着齐肩发，穿着白色衬衫裙、帆布鞋站在美术馆门口，用对着镜子练习过数百遍的谦逊慌乱又甜美的笑容，宛如六年前的豆小姐一样迎来送往时，豆小姐和杨树突然出现了。

“恭喜你，罗罗！我就知道你一定会成为很厉害的人！”豆小姐拥抱了罗非，还猛地亲了她一口。

“你们一起？”罗非有点不自然地问道。

“当然了，我们结婚了。”杨树拉起豆小姐的手，无名指上闪烁的一双戒指，是真的晃乱了罗非的笑容。

“对不起哦，那天没有告诉你，是想给你一个惊喜。”杨树面带歉意。

“祝贺你们，要幸福。”

“那你先忙，我们去看照片！看到你这么成功就好像看到自己成功一样！反正我们是一样的人对不对！”豆小姐依旧那么毫无遮掩地表达着她的感情，而后欢快地挽着杨树蹦蹦跳跳地进了美术馆。

过去的两年，他们之间究竟发生了什么，有多少次异国他乡的见面？说了多少自己无法想象的悄悄话？罗非觉得自己完全被排除在外了。

原来，豆小姐一直都在过着属于自己的生活，从未被任何人打扰，杨树一直都在她的世界里，不曾被自己分享过。没错，她实现了自己做一颗豌豆的理想，把公主硌得生疼，不是吗？

洗手间里，罗非看着镜子里那个“完美”的自己，仿佛在看着一个从豪宅里偷出了保险箱的窃贼，满心欢喜地打开来，里面却放着一张房主的全家福。

Chapter13

你好，美夏

时间改变了每个想要快乐的人，不肯变的，自然要伤心。

美夏出生在上世纪八十年代末的夏天。她常常庆幸自己没有出生在其他三个季节，否则被随意地叫作美春或者美冬，她恐怕一辈子都无法同自己好好相处。

二十二年后，她坐在民宿的双人床上穿好内衣，面朝漆成地中海蓝的窗口，看着阳光下并不比窗更蓝的海，寂静得让人沮丧。她和孔哲的第五次尝试又失败了。用磨砂玻璃围起来的小浴室里，花洒轰鸣着水声，她能想象得到他生气地给自己涂满肥皂的样子。

两个小时后，他们坐在鼓浪屿的海边喝奶茶，吃肉脯，平静地看着轮船南来北往。美夏说，我们回去吧，要不还是分手吧。

孔哲说，你把我当成什么人了，不能做爱就要分手吗?

美夏低下头去，舔了舔捏肉脯的手指，不能，不想，不行，自己也不知道："感觉旅行的钱都浪费了。"

虽然事与愿违，但恰好又没那么糟糕，她的人生，从名字开始，全都是这样，总在哪里，有那么一点点的不对劲。

比如她一直认为自己是好看的，虽然不至于傻到相信长辈们说的全世界自己最好看，但好看还是好看。可是同桌女孩的酒窝，在小学六年里俘虏了几乎所有人的心，她帮着递了六年的情书，传了六年的幼稚表白，连她喜欢的男孩子，放学路上也能和她聊上一路小酒窝。靠脸吃饭的梦想碎得体无完肤，小酒窝当了六年的班花，她当了六年的班长。

于是她勉强安慰自己是成绩好的女孩里长得最好看的。结果初中第一次期终考试，她各科平平，勉强中等，此后前三名就与她再也无缘。长相平平，成绩平平，唯一让她有一点点存在感的，就是每周一次的音乐课上，刚刚毕业的声乐男老师会让她去弹钢琴。

所以，成为无足轻重的音乐课代表，喜欢上音乐老师也是那么自然的一件事情。放学后的音乐教室，和音乐老师坐在一起弹一段肖邦，几乎点亮了她暗淡的青春期。坐在教室里，觉得自己成了一个有秘密的人，和周围所有的人都不同。

音乐老师走的那一天，问她以后想做什么，她说想一直弹钢琴。第二天，班主任说音乐老师结婚了，去了另一个城市，音乐课暂时变为自习课。坐在教室正中央的美夏，于是就呆呆地坐了一下午。并且从此讨厌起了自己的座位，好像正是这个不前不后、不左不右的位置，框定了她在这个集体甚至这个年纪里，不好不坏的处境。

在遇到孔哲的那个高四，她觉得自己不能活得更失败。

妈妈特意买了新裙子和小皮鞋让她穿上，说闺女漂漂亮亮高考，漂漂亮亮出来。可她刚走进考场大门，就吐了自己一身，几乎不知道那双一直颤抖的手都在试卷上答了些什么。

没那么优秀，又比别人都要脸。所以进入孔哲的班级复读后，她每一天都是从后门进教室，坐在角落里的位置上，埋头拼命地写，面前的参考书上，被她画满了乱七八糟的圆圈。可是心里有奇怪的信念，仿佛只要埋下头一直写一直写，管他写的究竟是答案还是鬼画符，只要这么写，就一定有和别人都不一样的未来。

孔哲发现了那些愤怒的圆圈，也发现了她顽疾般的考试恐惧症，带她去了许许多多次医务室。后来，他用了一个十七岁男孩所能用到的最高级的表达——你很特别。至于为什么特别并不重要，重要的是，他给了她一个特别的位置。

像所有偷偷摸摸的高中生情侣一样，他们仅能利用晚自习前的一点点时间躲开班主任的视线，一起去偏僻巷子里吃简陋的晚饭，并肩坐在废弃的旧操场上，分听一副耳机。她的特别渐渐显露出来，拒绝牵手，拒绝拥抱，在起风的傍晚，他试图同她合穿一件校服外套把她裹起来，被她气恼地推开，头也不回地朝学校的方向快步走去，一整个晚自习都没有再理他。他唯一能够触碰到她的机会，就是每场考试前她惯例般的呕吐，他拍她的背，安抚她。

接踵而来的大学生活里，初次呼吸到自由的年轻恋人们前赴后继塞满了学校周围的所有快捷宾馆，在身体的对抗里寻找对彼此最直接的依赖。可是美夏依然在拒绝孔哲。她并不是什么贞洁烈女，只是对那件事情没什么兴趣。有时孔哲耍滑头，故意拖她在外面喝酒看电影到很晚，让她回不去学校，她却依然坚持要开标间。

孔哲总是说，是否爱一个人，最直接的证明，就是能否接受他的身体，并以此认定美夏不爱他。可美夏，就算不知道什么是爱，也知道，她是喜欢孔哲的，他能够帮她做很多决定，解决很多问题，照顾她的身体和心情，在陌生城市给她温暖，她什么都愿意为他做，除了做爱。

于是就有了一个四年之约，美夏郑重地给孔哲写下保证书，毕业的时候，她一定会答应他所有的要求，即使他们不能留在同一座城市，即使他们不能够结婚，即使是临别礼物，她也会义无反顾赠与他。

她是义无反顾了，可是就像一考试就会呕吐颤抖甚至昏厥一样，每到最关键的时刻，她一定会本能地尖叫着推开他，像个不可理喻的女疯子，让孔哲害怕。从第一次到第五次，从他已经被搬空的寝室到鼓浪屿的民宿。从小型客机再到小型客机，她懊恼地一头撞在了舷窗玻璃上，觉得自己这一辈子都要当老处女了。

再回到寝室楼下的时候，美夏身边只有那只跟了她四年的黑色旅行箱，贴着撕不干净的标签遗留，硬邦邦地杵在那里。

孔哲下了飞机，直接背着包坐上了回家的火车，回到熟悉的城市，做一份闲差。

美夏也为那样一份闲差努力过。考公务员，考事业单位，考银行，考场上不断遇上从小到大的同学们，就好像学生时代的无数场考试一样，各自揣着心思，考完对一对答案，露出不在意的虚假微笑。

小城市就是这样，眼看大家都轻轻松松拿下一份工作，可是自己笔试考了十多场，面试五次，结果为零。用掉最后一个机会后，她坐在公交车上，出神了很久，孔哲的电话进了又进，她就是不接。仿佛是赌气，给学校附近想都没想过的一家事业单位填了在线简历，做了答卷，结果意外顺利地就通过了层层选拔，拿到了offer。她觉得自己被开了个充满恶意的玩笑，且根本无法因此生气反抗。是的，她再也没有想起过，那个少年时代的她曾说过，要一直弹钢琴。

所以，就这样分开了。虽然为此也和孔哲吵架冷战许多次，但最终，他们都要先养活自己，才能谈爱情。孔哲说，我每周都来看你。她点点头，脑海里冒出了一些不堪的画面，又开始反胃起来。

再度回到寝室，她突然如梦初醒："小朵，我会不会是喜欢女人？我一定是喜欢女人，所以才对男人一点儿兴趣也没有！"

在她旅行期间，寝室里的姑娘们各回各家，各找各妈，被抛弃的大小物件铺陈在狭窄空间里。小朵就蹲在地板上，一面吃西瓜，一面翻过期杂志。这是美夏四年里唯一能矫情地聊理想聊伤心的朋友，再过两个月，她就要去美国了。

"有可能哦，要不你试试。"小朵随意地抬起手臂，把西瓜皮丢进了美夏脚边的垃圾桶里，"三分。"

"这怎么试啊，和谁试啊？"

"我啊。"小朵站起来，走到美夏旁边，弯下腰，飞快地吻了她。

这一瞬间，美夏的脑袋像一本在白炽灯下被刷地一把翻开的书，书页哗啦啦闪过去，她们一起洗过澡，彼此开玩笑嘲笑对方平胸；她们一起逛街，会挤在一个试衣间里，相互帮忙系扣子；隔壁寝室的女生在床上上吊自杀后因为太害怕，她们在一张床上挤了一个月……那么多画面吓得她砰的一声合上那本书，睁开眼，只看见小朵笑嘻嘻看着她。

小朵很瘦，一直是齐耳短发，戴扁平的框架眼镜，衣柜里有五十多件格子衬衫，床下塞了二十双三叶草，每天晚上都会去跑步游泳，偶尔有"闺蜜"从其他城市来看她，但从来不住寝室，都是去宾馆，现在美夏似乎明白是为什么了。

"其实我一直很喜欢你，试一试也没什么损失。"小朵说得轻描淡写，好像根本不是什么重要的事情，可是美夏已经落荒而逃。

但是那个飞快的吻，却无法被逃开，它没有实体，没有形状，可以轻轻松松时刻尾随她，从寝室到教学楼再到运动场，满校园地打转。终于她只能躲进图书馆洗手间的隔间里，打开手机的前置摄像头，看着自己小巧的脸，长长的发："你在想什么？你是不是疯了？你刚刚是不是心跳加快了？不会吧？其实她是开玩笑的吧？"

她真想把手机里的那个自己丢进下水道，一脚踩下去，冲出自己的生活。

孔哲发了很多信息给她，她一个都没有回。坐在寝室外的消防楼梯上，怀着某种背叛恋人的心情，却不知道自己怎么就成了叛徒。一直磨磨蹭蹭呆坐到深夜，才小心翼翼地推开寝室门，看到小朵的身影映在床帘上，耳机线被风扇吹得摇摇晃晃。她每天睡前都会听很久很久的音乐，翻杂志，有时候听到喜欢的曲子，就掀开美夏的帘子，把一只耳塞扯下来，塞进她的耳朵里，搭着她的肩膀说："听得出谱子不？"

美夏几乎是风一样蹿进寝室，钻进床上，紧紧裹住被子，舒了口气。

这一刻的选择，同每一次考场门口的狂吐不止一样，逃避，是她最好的防御机制，连身体都已早早领悟。

就在她迷迷糊糊快睡着的时候，突然一阵窸窸窣窣的动静响起，美夏只觉得床板迅速地沉下去一点，一双手臂圈住了她，一只耳机像之前无数次一样，被塞进她的耳朵里，循环着她弹得最熟练的《别离曲》。

美夏像被施了咒一样，一动也不敢动，只觉得那双圈住自己的坚瘦手臂，有那么一点像自己，懦弱又固执，死死撑着，手心滚烫。她用力闭着眼睛，突然感觉自己和小朵像一对蜷缩在一起的双胞胎，在漆黑夜晚的子宫里，一起躲避看不清的未来，黑暗是温暖的屏障，当她再度睁开眼睛，那双圈住自己的手臂已经消失了。

说不清是有点如释重负，还是有点失落，美夏看着空空的宿舍被夏日阳光照得发白，希望所有的一切都只是一场梦，无法同喜欢的男孩子做爱是一场梦，和女孩子莫名其妙搂在一起睡了一夜是一场梦，就要搬去出租屋独自生活成为一个“大人”也是一场梦。

往常小朵就有点神出鬼没，突然出现突然消失，即使美夏是大家公认的小朵闺蜜，她也常常不知道小朵去了哪里，什么时候会回来。所以，美夏分了三趟把行李运送下楼，也同样丢了一寝室不要的旧物，叫了出租车，开车前摇下车窗张望了一下四周，就算是正式告别校园生活了。

刚刚傍晚，环路上堵车，又一整天没有吃东西，美夏有点虚弱地抱着双臂，头往后仰，靠在车座上。她好像还能听到昨夜又或者是天亮前的《别离曲》。

贫弱地度过高中，她以为大学会自由会开朗会不同，会通宵轧马路，会骑着单车穿过一行行树影，会不醉不归，会学抽烟，学爵士舞，会变成放肆一点的坏女孩，能和无论男女勾肩搭背过一段无所谓的日子，所谓青春……也就是睡了四年的懒觉，每周和孔哲约会，去不同餐馆吃饭，随便拍拍照片，几乎没参加什么学生活动，拿了些二三等奖学金，一个人去操场枯坐过许多夜晚看星星，和小朵一起裹上保鲜膜穿棉衣在三伏夜里跑上十公里，也许就是她这四年做过的最青春的事情了。可是，在那些活得丰富又鲜活的人看来，多么稀松平常，多么不值一提。

她还是那个她，直到青春离开的最后一刻，小朵让她回光返照。对！我不是喜欢女人！只是因为那一刻，好像让自己又变成了有秘密的人，又变成了不是那么普通的美夏。

小小的一室一厅她已经来看过很多次，对于以后的生活，并没有别人说的那种新鲜激动如获重生般的仪式感。第一个独立生活的夜晚，美夏归置物品到夜半，窗外看得到月亮和薄薄云雾，有一点紧张。如果说非要有点什么的话，可能就是那一点紧张。

独立，从这一刻开始，似乎是个有点沉重的词。她躲在被子里，开了空调，这才给孔哲打去电话。

“你怎么了？我以为你生我气了。”

“搬家，太忙了，明天就要去单位报到了。”

“应该帮你搬了家再走的。”

“没关系。”

“我争取每个周末都能去看你。”

“周末我应该也会回家的。也就半天车。”

“那就好。以后也许会有机会调动过去，如果结婚的话。”

“你真的……要和我结婚吗？”美夏觉得这两个字听起来是那么不真实。虽然他们谁都没有怀疑过以后，虽然开玩笑地说过很多次分手，但是他们心里都知道，这一次的分开，也许就不会再在一起了吧。如果结了婚也要异地恋，那为什么还要结婚，那一定会出轨吧。结了婚不能睡在一起会很奇怪吧。美夏的思绪又开始跑偏了。

突然间响起敲门声，把美夏从跑神里吓了回来，手机差点滑到地板上去。

“怎么了？”

“有人敲门。”美夏放低了声音，同时脑补了各种入室抢劫持刀砍杀的画面，整个人瑟瑟发抖起来。

“别怕别怕，先从猫眼看看，如果不行就报警。”

离开学校的第一天就这么背，半夜被敲门，以后的人生基调不会也是这样了吧？美夏小心翼翼地踮起脚尖，一点点往门边挪，突然门外传来熟悉的声音："美夏，是我，开门。"

美夏脆弱的心脏简直不知道是应该放下还是该跳得更猛烈："好……"

"是谁？"孔哲疑惑地问。

"小朵。"念了四年的名字，此刻显得有些生疏。

"那你们玩儿吧，我先挂了，明天继续去单位混吃等死。"

草草挂断电话，同时打开门，那种令自己也厌恶的背叛感再度凶猛地袭来。可是，她还是放她进来，重复昨晚相拥而眠的姿势，度过了所谓"独立"的第一个夜晚。

小朵没有再说过那样的话，也没有再做什么出格的举动，只是常常中午时候出现在她的办公楼下，给她电话，蹭她的免费食堂，而后在楼下的咖啡厅坐一下午，看许多复杂的英文资料，一直等到她下了班，带她去吃很多奇奇怪怪的小馆。她们一起坐在江边吹风、喝酒、轮滑、散步，嘲笑在防波堤上摔跤的男男女女然后自己也摔得很难看。又或者去逛商业步行街，吃很多脏兮兮、油腻腻的小吃。小朵也会陪美夏去琴行，一句话不说看着她一弹就是两小时，美夏偶尔偏过头，能从小朵的眼睛里看到快乐的自己。纵然人群里会弹钢琴、比自己弹得好的人多之又多，但此刻，她是唯一听众的唯一表演者。好像头顶有追光，弹得也更卖力。

不知道小朵从哪里弄来一辆有点旧的电动小摩托，美夏坐在上面，眯起眼睛看身边霓虹交错的车流，突然心里漫过温情潮水。当然小朵还是一样偶尔会消失，又突然出现在她的公寓，搂着她睡上一夜。

常常孔哲打来电话，她都会说和小朵在一起。周末想要回家，也会因为小朵可怜兮兮地看着她说你回去了我该多孤独而退掉早早买好的长途车票。最任性也有过，小朵说想去重庆吃最正宗的九宫格，美夏就推了孔哲的约会，定了飞江北机场的全价票。

同事们渐渐也都对小朵熟悉起来，常常开玩笑说美夏你把该跟男朋友做的事情都跟闺蜜玩掉了，难怪没有男朋友。美夏总不作声，红着脸低下头。在这份体制内的工作里，她从来没有和那些前辈们提起过自己有男朋友的事情。尤其是他总在电话里嘘寒问暖叮嘱吃饭穿衣，可下雨了撑伞来接她陪她吃喝玩乐也需要她陪伴的那个人却是小朵，她就真的不太知道自己到底算不算有男朋友。

其实这种想法蹦出来的时候她就吓得做错了一整列的数据。更可怕的是，狼狈地填完表格，准备给小朵打电话问问她晚上想不想去吃小龙虾时，却收到了小朵的信息，她说我回家准备准备，下周就去美国了。

那天晚上，美夏一个人坐在路边，吃掉了八斤红通通的小龙虾。时间真快，已经是八月中旬，她差一点忘了小朵要去美国念书的事情。也差一点才在今天发现，这个并不算大的省会城市里，除了小朵，她再也叫不出一个可以一起吃小龙虾的朋友来。

所以，只是寂寞吧。因为从未被这样需要过，也从未如此想要满足另一个人对自己的需要，所以，搁置了那个半真半假的吻，手拉手度过曾经看不清现在也觉得没什么希望的“未来”。

小朵问她要不要去她很南方很南方的家看她，她没有回复。不回复，就没有答案，没有坏事。

后来的几天，美夏上班时间刷刷空间，刷刷微博，再刷刷朋友圈，通过各种社交平台，看到了小朵同过去的朋友们疯玩疯闹的照片，好像没有自己，她的生活也不会有太多改变。原来真的是自己被开了一个无伤大雅的玩笑，却被自己当真了。于是也想手机自拍一张，随便在哪里发一发，可是取景框里的自己暮气沉沉，像个孤独又无趣的老年人，找了半天角度，还是关掉了摄像头。

或许是心情不太好，几份报表都出现了数据错误，科长找她谈话的时候，似乎看出了她低落的情绪，主动给她倒了杯茶，推给她："心情不好？"

她接过来，初出茅庐，也不知道什么叫虚假的客气和身为下属的不好意思，埋头就喝，科长看着她反而笑了，说了些欣赏她的才华，希望她更细致一点，看好她之类冠冕堂皇的话。她觉得胃里一阵痉挛，诚惶诚恐地点头。像个依然不知道要怎样做一个成年人的蠢孩子。

她还蠢了很多次，包括不愿应酬喝酒，开会时被一级级领导一次次点名批评。批评完就回家使劲拖地洗衣服哭鼻子，第二天继续不去应酬继续挨骂。她和孔哲说，不想做酒桌上被取乐的对象，不想做那么廉价的女生，孔哲说那就辞职回家来。这回应让她有一种说不出的生气，便回他，你养得起我吗？而后就是无尽的争吵。

原本她的心思，都在下班时间同小朵享受初次独立的生活，现在这一部分被大刀阔斧地砍去，那些日常之中无孔不入的琐碎烦恼一下子就成了主角，东拉西扯，唱得她心浮气躁。

科长总是适当提点她，看她红着眼圈挨骂后QQ上安慰她几句，也找机会给她增加案头工作，帮她推掉应酬。她渐渐心存感激，也会偶尔给科长倒水送药。在孔哲终于因为出差来看她的时候，两个人在办公室楼下的公交车站等车，她偷偷给他指驱车离开的科长："你看你看，那个就是科长，我们单位的男神。"

其实她说不上来科长是好人还是坏人，因为有那么一点英俊高大并且能干的科长，似乎有个控制欲极强的老婆，总是在他喝酒应酬之后，让他满脸爪痕血印地来上班，且因怀疑他和某女主管不清不楚的关系，给全单位都打过电话来查岗，也算是让一个男人颜面尽失，站上了闲话的风口浪尖。

但是他写字好看，唱歌好听，也很随和，升职奇快，至少，“还挺照顾我的。”

美夏并没有觉得自己说错话，可是孔哲黑着脸点了一根烟，说，我就知道，我们的生活会慢慢变得不一样，你不是上那种老男人的当，就是也变成他们的一丘之貉，这就是你未来的生活。

“我只是说他比较照顾我而已。”

显然，好不容易的一次见面，变成了一场没头没尾的争吵，没有主题，没有核心，没有对错，只是为了把不痛快吵出来，只是为了将一切又归结为：“美夏，其实你并没有那么爱我，我不如小朵重要，不如工作重要，不如一个结了婚的老男人好。”

孔哲把烟头扔进了车站的垃圾桶，随便就跳上了一辆公交车，扔下了美夏一个人。

美夏站在原地，夏日的暑气已经有了初秋的味道，她脑海中的画面分裂为两块，一块是飞机冲上云霄，一块是公交车淹没于城市，她站在中线上，再一次成了被舍弃掉的失败者。

突然科长的车又开回到她眼前，说：“我走的时候看你在这儿，我回来拿资料你还在这儿，走，我带你去吃饭？”

其实她有那么一点儿想要答应，很饿很累很委屈，可是看到他耳郭处尚未愈合的疤痕，还是摇了摇头。眼看他的车再度离开，她叹了口气，也许假想过很多次变坏变洒脱变什么都不在乎的机会就在眼前，但她终究是那个人群中的普通人，有普通人的奢望与恐惧。

所以，她只能目送他们一个个离开，并且，无能为力。

小朵去美国那天给她发了短信，本来聊得很正常，但是在关机起飞前，她说美夏，我知道你和我不一样，但是谢谢你没有推开我。美夏不知道能回什么，原来她并没有让自己的生活起什么变化，她是神话也好禁忌也好，自己都只是个小小的道具，永远不是主角。

她以为孔哲只是和自己冷战几天，结果却收到一大箱快递，都是她曾借给他的参考书，和他传过的纸条，送过的礼物，一起拍过的照片，和一张写着“分手吧”的卡片。这举动让她哭笑不得，一面翻看一面咒骂了无数遍幼稚，赌气一般全都蹲在马桶边统统给烧掉了，也包括四年前她亲手写下的保证书。也许孔哲说得对，他们终会不一样，他可以在安逸的故乡继续幼稚任性下去，而她不行。但她还是生气，就给妈妈打电话说：“你不是找了不知多少个相亲对象吗？我见见。”

挂了电话，觉得可笑又沮丧。

拿到单位的录用通知的同时，她就让父母知道了孔哲的存在，父亲从政，母亲经商，家境富裕，看不上单亲家庭出身的孔哲也算正常，但还算尊重这对小恋人。只是得知孔哲回了家后，父母就自作主张开始张罗给她相亲，不知给她看多少相片和简历，她看也看了，从来没有告诉过孔哲，也没有看进过心里去。可是她现在只想做赌气的事情。

而妈妈分秒不落地就帮她和相亲对象牵了线，加了微信，交换信息。她翻那个大自己三岁的男孩的朋友圈，今天“新农村考察”明天“走基层汇报”，歌颂工作歌颂生活，前途大好，未来光明，只有七彩阳光，没有乌云阴影。她叹了口气，随便敷衍了男孩子两句，就把手机放在枕边，蒙住了被子。

想了想又给孔哲发了信息，说“我明天去相亲”。

孔哲说：“我会看你怎么坐在那种男人的车上哭。”

美夏笑了，想起十七岁那年的男孩，说“你是特别的”时冲动又坚定的眼神。时间改变了每个想要快乐的人，不肯变的，自然要伤心。

成年人的日子过得真快，转眼夏天已经很远，秋风也把叶子都吹落下来，城市变得光秃秃的，变得有一点像美夏的心境。她已经相亲四五次，吃饭聊天约会，就是没有心动。不知不觉中她也会拿孔哲的要求放诸相亲对象的身上，想到要和面前的人牵手散步共度余生就觉得天塌地陷。

也被同事包括科长的深夜电话骚扰过很多次。有人来给她送花，有人要找她看电影，科长偶尔还是说些暧昧的话，深夜在楼下给她打二十个电话发上百条短信，而她假装睡着就看着手机一直响，一直响，心里泛滥出的深深的厌恶，却并不是针对谁。

每次同事们一起吃饭，男人们乌烟瘴气地说美夏好看单纯，说美夏还像个女学生，说美夏和那些急功近利的女孩子都不同，她都努力地抑制住自己分分钟想吐的肠胃，拼命喝柠檬水。

很多次她很想找小朵聊一聊，可是看到她分享的和各种金发大妞喝酒狂欢的照片，就觉得说不出那些蝇营狗苟来。有些人的生活总在冲浪，有些人再折腾也只是死水。所以她还是一个人吃小龙虾，吃掉曾经的妄想，默默做报表，做掉生命中的一个又一个重复的小时，晚上回家窝在床上看电影听音乐，没有人说话，像大多数独居又没什么夜生活的人一样。

第一场雪降下来的时候，她得知了孔哲的婚讯，看到同学们发的婚礼照片，她想的是，他终于自由了，他终于找到了可以和他做爱的女人，而不是那个特别的，美夏。

你好，美夏，也许你从未改变过。

再见，美夏，也许你永远不会成为那个特别的，美夏。

Chapter14

不被喜欢的人

她想了想，从包里拿出了一直带在身边的丝袜，递给那个女孩：“女孩子一定不能穿脱丝的袜子。”

何晓在洗手间的隔间里脱掉腿上的黑丝袜，丢进了一旁的纸篓里，就好像默默地把自己的捉襟见肘毁尸灭迹一般。

宿舍的床铺上有一双崭新的黑丝袜在等待她，没有尴尬的抽丝，也没有钩破的线头，是她第一次独自买衣服的赠品。那个友善的老板娘说，女孩子一定不能穿脱丝的袜子。虽然是她头一次听说这种事情，但瞬间红了脸也说明了一种天然的窘迫。

女孩子对脸面相关的事情总是一点即通的。

秋天以后满校园忽然全是黑丝，室友拉着何晓一起去买裙子和丝袜，迫不及待地享受进入大学后女孩子的第一样自由——随便捯饬外貌。不知道为什么别的女孩子都能大大方方进店挑东西，偏偏她不行。室友一样一样翻拣，她就默默地跟在后面，寸步不离，在室友完成选购之后也匆匆跟着室友拿了一样的，付了钱就想往外逃。

说起来她也不算难看，接近一米七的个子，不瘦也不丰满，可是每每进服装店、化妆品店、理发店，她那露怯的心脏就永远也强大不起来，生怕店员和她多说一句话。

她深信他们一眼就看穿了她的虚弱。

就算是勉强陪室友逛街，从开学到现在也没有几次。自己每个月七百块钱的生活费在中关村那些店里，两三件衣服也买不上。她并不是嫉妒室友可以随便刷着信用卡，看到喜欢的东西毫不犹豫就能收入囊中，她只是不想做那个空手而归的扫兴角色，所以去了两三次就无论如何不再去了。

不喜欢逛街。不想去。有学校活动。想睡觉。去图书馆。种种托词，一二来去，再也没有人喊她一起逛街聚餐，忽然之间，她发现自己好像是落单了。

就像男孩子一起打球、打游戏、打架甚至打飞机一样，女孩子的情意也就是在一次次买买买聊聊聊扒扒扒中积累起来的。这一点都不肤浅。一天二十四小时，属于风花雪月的可能只有接近零点的那一小时，剩下二十三份，全都是饮食男女，这是何晓的向往。

渐渐地，她连衣服都要拿去离自己寝室最远的晾衣间去晒。仿佛挂在室友们昂贵新衣旁的，不是自己开学前和妈妈精心购置的新装，而是曝尸街头的自己。

她还记得拿到大学录取通知书的第二天，妈妈带她去买衣服和鞋子，人生的第一条百褶裙，第一双高跟鞋，试鞋子的时候妈妈还丢掉了口袋里的三百块钱，母女俩回家后找来找去都心疼不已。

那一日的兴奋还显得那么新鲜，她仰起头挂上衣服，蹲在衣角一点点滴下来的一摊水迹旁，力不从心地叹了口气。

并没有人刻意地炫耀自己轻而易举得到的漂亮，何晓也巧妙地隐藏着自己多余的自卑，只有在忙忙碌碌的校园活动里，她才能忘掉心里那个越来越渺小的自己。

如果不是广播站的学姐临时要和导师去外地做田野调查，去参加几个友好高校广播传媒交流活动的任务也不会落到自己身上。学姐通知完她之后，她能想到的第一件事就是，买衣服。

西单那些大百货商场什么的断然不能去，唯一的希望就是学校南门外的小街，有着林林总总十几家服装店，兜售的大部分都是来自动物园批发市场的外贸尾单，晚上散步路过经常看到打折的广告。就这样一路仔仔细细找到了最后那家店。

按说老板娘关于丝袜的好心提示多少还是会伤些自尊心，可是她看着镜子里的自己，觉得有比自尊心更重要的事情值得再度回到这家店。

第二天开完会，穿着新的衣裙和丝袜，她好像能够微微挺胸，觉得自己在这偌大的城市里终于不那么格格不入了。散会的时候，大家相互留了联系方式，还有隔壁理工院校的学长多看了她几眼多聊了两句，她都欣喜地记在了心里。

她没有回学校，而是直接去了服装店，问老板娘要不要学生兼职，因为南门小街的每家店几乎都有兼职的学生。

其实她生怕老板娘看出她的匮乏，但老板娘并没有拒绝，只是让她多看看杂志了解一下跟时尚相关的东西，至少衣服的牌子、流行的款式能忽悠出一二三来。

于是她用了三天时间，每天只睡三个小时，整夜泡在网吧看相关的网站和信息，逛网络商城，白天就厚着脸皮去报刊亭翻二十块钱一本的时尚杂志。在南门的夜市买了单价几块钱的廉价化妆品，按着杂志上的讲解练习最简单的日常妆。终于在三天之后，开始了大学第一份兼职。

在老板娘看来，何晓从第一天来就表现得自然得体、落落大方，第一个月结算工资时，也拿到了额外的三百块钱提成。只有何晓自己知道，她有多怕遇见认识的同学，有多怕被另眼相待，但她用力隐藏起了所有这一切，甚至包括低人一等般的尴尬，尤其是在面对那些浑身上下都精致得无可挑剔的女孩子时。

还好她从小就发现了意念的力量。比如初中的时候她喜欢某个男孩子，后来知道他有了女朋友，就连续一个星期每天晚上默念二十遍我不喜欢他，一点儿也不，并想象他挖鼻屎的样子，一星期后她真的连正眼都不想多看他一下了。遇到挫折丢脸的事情也是一样，她总会闭上眼睛告诉自己，都会过去的，一个月，一年，甚至十年之后，这一刻的羞耻就荡然无存。

她也不知道自己是怎样无师自通找到了这样的庇护。但真的，非常有用。

她卖出一件衣服，收回一沓钱，与此同时也不断告诉自己，都会过去的，都会好起来的。

除了服装店的兼职外，她还抽空做了许许多多其他的兼职。学校的电梯间和小广场的公告栏总是贴满了各种招聘信息，什么打字录入员，卖场一日促销，商场外发传单，会展礼仪，能做的她全都做过。

不仅赚到了生活费，也赚到了学费，还一直在攒钱。但她从来没有用自豪的语气向任何人提起过，“我的大学学费都是自己赚出来的”，因为在她心里，这并不值得自豪，反而是揭开了一层赤裸裸的痛处。

其实她并不算贫穷，只是不够富有，她也从不觉得拮据值得羞耻，但就是会痛。

理学院有个男生偶尔路过服装店会进来同何晓说上两句话，他们是在学校活动里认识的。还是老板娘先感觉到了什么，对何晓说他是想追你吧。

果然老板娘没有说错，男生很快表白，并且是在校园歌手大赛中对着台下大声唱出来的，他说法律1班，何晓，做我女朋友。台下起哄尖叫，何晓被同学们撺掇着站起来，可是毫无准备的她，那一刻感觉到的不是惊喜而是畏缩。普通的马尾，普通的外套，素面朝天还戴着眼镜的脸，土成这样却被迫做了焦点，她进退两难，差点哭出来。

男生算是活跃又优秀的那种，所以何晓也听到过一些“他怎么看上她”的议论，但是最终，不应该看上她的他，却是被她在交往三个月后甩掉了。

其中原因她谁也没说，只告诉了老板娘。

她说男孩家虽然不缺钱但也就是工薪阶层，谈恋爱总要吃饭逛街看电影，男孩的生活费根本不够，而他又好面子，不肯出去兼职，所以她出的要多一点，有时候他宿舍的哥们儿生活费因为抽烟用光了还要跟着他们蹭饭吃，“觉得不应该是这样的。”

男生还蛮痴情，何晓的寝室在老楼的一层，他半夜敲过窗子，也避过门卫视线直接敲过门，个人主页里写过悲情句子，可是何晓看起来丝毫不为所动，这也让许多女孩子在背后议论纷纷。

或许对那些高中时就谈了好几个男朋友的女孩来说，许诺一个天长地久是分分钟的事情，可是何晓不同。在她生活的北方小县城，学校生活就是无尽的补课补课、做题做题，大家穿着一样的校服，吃着一样的食堂，为每一次月考的名次榜较劲，爱慕是种禁忌，尤其是对于想要走出那片小天地的学生来说，暗恋都像是一块沉甸甸的绊脚石。

老板娘听了她说的话只是笑笑，这种事情你情我愿，没什么对错，别人的话也不要太放在心上。

何晓点点头。想起寝室卧谈会，姑娘们都说不喜欢北京，理由无非是天气不好，人多路堵，生活购物也并不比家里方便。何晓没有表态，因为她喜欢北京，她想留在北京，她故乡的北方县城只有一条街，没有电影院，也没有专卖店，更没有那么多赚钱的机会，就像老板娘说的，这件事情本没有对错，但是何晓知道，只要她说出来，她就是错的。

后来何晓渐渐学会了化妆，攒了些钱之后，偶尔舍得给自己买些衣服和贵一点的化妆品。

她会研究杂志很久，等心里有了明确的目标，再奔向动物园，淘差不多的外贸服装。偶尔要参加重要的活动或者会议时，她才会去一趟西单或者中关村，曾经难以掩饰的窘迫并不是消失了，只是能够被掩饰了。

室友们买了新衣服都会相互换上评头论足一番，她从不。别人大概觉得她是孤僻倨傲，且还没有什么孤僻倨傲的资本。只有她自己知道，只是最纯粹的害羞，让她只敢穿去给老板娘看。

一开始老板娘会毫不犹豫地打击她，这件很土，那件很村，还有那件俗不可耐。所有得到差评的衣服她真都不会再穿，她在心里默默计算出花销，用多打两份工的收入再赚回来。

夜晚躺在床上，她尝试着用旁人的眼睛看自己，大概确实浑身上下都充满了务实算计的气息，从不轻盈，从不闪光。

还有一件她常常做的事情，就是不断销毁从前的照片。她多么喜欢那个活在世界角落里对未来有无限想象的小镇姑娘，却又一直在否定每一个过去的自己。因为丑，因为穷，因为土，因为拮据，因为无知。她并不讨厌这些，她只是知道，这不讨人喜欢。

她走在校园里，脑袋往往已经飘到了更远的地方，还是少年时的魔法，她不断告诉自己，都会过去的，几年之后，自己一定不再是现在畏首畏尾的样子。

有时候寝室的姑娘们约着去看电影首映礼，去听喜欢的歌手的演唱会，去旅行，去做手工，去看话剧，何晓每次都在她们商量的时候默默走开，虽然知道她们并不会约自己。她知道，在她们眼里，她们喜好的一切都是她的空白领域，而她热衷的一切，无论是积极夺取一个又一个证书还是打一份又一份的工，也都是她们看不上的。

所以你也讨厌她们吗？老板娘问她。

是羡慕吧。我现在为之努力的，是她们已经拥有的。她们现在追求的，是以后我可能会喜欢的。你说这能怪谁呢？你不能总让世界首富拿非洲难民教育子女，这根本不科学。何晓从不和老板娘讲漂亮话，因为老板娘认得最难堪自卑时的自己。

班里有些一直很朴素的同学恐怕还要比自己更招人待见吧，她们因为写在脸上的粗糙穷困毫无审美得到的是某种奇妙的同情与尊重。而何晓呢，她涂过气味浓烈的指甲油，穿过彩色丝袜，花了很多钱折腾过头发，也化过斑斓的眼影，说她丑人多作怪的不在少数。

大三那年大家不得不开始考虑各自的出路，辅导员为此特别开了班会，还请了许多优秀毕业生回来分享交流。整个法律系坐满了报告厅。何晓因为去北展做礼仪回来迟了，就随便在最后一排坐下来。

很多同学都在积极发言，大多是要继续考研，想进好的律所，或者考公务员，也有人要出国，或者回家去接受父母的安排。何晓旁边的几个女孩子一直在嘀嘀咕咕地讨论着，有一句话，何晓特别清楚地听见了，她们说：“但凡家里有点钱的就都继续念了。”

她并没有转过头去看那几个女孩子的样子，仿佛如果稍微动弹一下就是此地无银三百两，不打自招。她一双化了浓妆的眼睛死死盯着报告席，像被施了某种不许动的咒语。

有一位工作两年的师兄，报告做得很精彩，他没有从事法律相关工作，而是进入了电视台，在传媒领域打拼得风生水起。他说得很实在，自己并不喜欢法律，也没有那么严谨，读了这么多年书也不想再读，父母也考虑送他出国，但他还是想要工作："毕竟没有工作过，想尝试下。最初是实习，有了工资之后和花父母的钱感觉不一样，怎么说呢，赚钱会上瘾的，所以最终还是没有听父母的，工作了，也自由了。"结束报告的时候他还让想要实习的师弟师妹联系他。

报告结束后，何晓想都没想就从最后一排飞快地冲上了报告席，借着刹不住闸的惯性冲进了围住师兄的人群，把自己的姓名电话写了下来，还和师兄说了好几句话。在说话的时候，她感觉到了周围不满的目光。

回到寝室，刚要推门进去就听到里面传来的议论声，"不就是个破实习嘛也至于那么多人围上去""是啊，我可不想这么早就工作""我也是，自由自在读书多好"……何晓缩回了手，犹豫了一下，还是转身离开了。她去食堂吃了一份两块钱的晚饭，然后就去了网吧整理自己的简历，发到师兄留下的邮箱。

没错，她现在是有一点儿难过的。

世界本就不公平，别人可以不在意的，她却不行。其实家里也想让她继续读研，甚至幻想她考博，留在高校。并不是供不起。可是，她等不及了，她不能等到三十多岁才买得起一条好看的裙子，才能喝一杯三十块钱的咖啡不心痛，才能抬头挺胸走进丝芙兰随便哪样都可以买，她已经有了一个土土的豆蔻年华，她不想再过一个灰秃秃的二十岁，她真的等不及了。

她如愿进入了电视台实习，而服装店的工作也没有放弃，只是选择了周末兼职。

其实也是老板娘照顾她，毕竟也做了两年多。老板娘四十多岁，一直单身，空有一肚子女人的人生经验无人传授，所以对来兼职的姑娘们都挺照顾。

当然这只是何晓自己的理解。在她终于离开这份两年半来给她最多安全感的兼职时，在她特别真诚地说谢谢老板娘时，老板娘笑眯眯地又送了一双新的丝袜给她："你也知道，衣服的进价都一样，我看一眼就知道哪个姑娘该卖十倍价，哪个姑娘只赚一成就好，不是我善良，而是谁的钱我都要赚，可也不是我不善良，因为我是生意人。"

那双丝袜，何晓拿回去后没有穿过，却一直带在包里，虽然并没有想过哪天真的会应急用上。

电视台的实习特别忙碌，深夜摸黑回寝室是家常便饭，但是何晓摸黑洗漱爬床睡觉就算再轻手轻脚也总是有窸窸窣窣的声音，让室友又烦躁又睡不踏实。室友们虽然嘴上没有说什么，但态度了然。何晓想了想，便买了张小小的行军床，若是忙到后半夜，就直接在办公室里睡了，第二天早早起来洗漱化妆再把一地狼狈收拾起来。

一个月杂七杂八算下来也能有两千五六的收入，对于不用为房租水电担心的大四学生来说，足够了。

何晓不知道以后的自己还会不会记得那一天，和一同实习的女孩，两个人，用一整天的时间逛遍了西单的每一座百货每一家店，每一次刷卡都是不曾想过的痛快。提着十几个包装袋回寝室时，她当真吓到了室友们。

她知道，她们最多在心里笑话一下她这个暴发户，就不会再多关心些什么了。因为她买下的每一个牌子，都是三年前已经穿在她们身上的。所以，她们永远不会懂她的心情，不会知道她站在试衣镜前看着瘦瘦高高的自己，差一点就哭出来。

后来她就和那个招她去实习的师兄恋爱了，这种事情也被其他实习生传回学校，不外乎是觉得她为了实习留用而不择手段罢了。

她在和师兄一起出差时，靠在他的肩膀上，很诚实地问自己，这份喜欢里，是不是真的还有别的东西？

她说不清楚。她是喜欢他的，但如果他没有这份工作、这份收入、这份稳定，她也可能真的就不会和他在一起吧。现在没有了老板娘，这话她只能安安静静地放在心里了。

其实并没有穷困到那个份儿上，但她宁愿要么穷得吃不上饭也不会多出这虚荣心，有却不能随心所欲，才是最痛苦的折磨。

也不过是到毕业前，她囤在寝室的东西胜过之前三年的全部，花钱的疯狂连自己也吓坏了，可就是控制不住。连男朋友也说，你这样会把男朋友吓跑的。她当然不会同他说这是二十二年来，自己第一次能够无所顾忌地用钱去换取最最简单的快乐而没有拮据不舍与对家人的亏欠。

毕业那天，她穿着不比其他女生逊色的高跟鞋，罩上宽宽大大的学士服，第一次在人群里笑出了二十岁年纪该有的灿烂与无忧无虑。分开各自拍照留念的时候，也有不少男生来寻她合影，她一双长腿加上十三公分的鞋子，让她不比哪个男孩子矮一头。女生们惊讶于她一点点的脱胎换骨终于出落成了一个崭新的她，可是只有她知道，自己从不曾脱胎换骨，自己只是把早该得到的都补了回来。

电视台竞争激烈，编制内名额有限，何晓最终输给了一个能力差不多的男孩子，但她也因为丰富的实习经验和各种证书，轻松找到了一家外资广告公司，担任公关执行。虽然工作内容不再是采访剪片子，但一样下了飞机上高铁，一天结束又紧接着另一天。

她还是很爱花钱，很爱买东西。尤其是和同事在一起的时候，明明不需要的东西也会大方地买许多回来。她骂过自己太多次，却从来没有办法。

所以为什么和师兄也分了手呢，她其实并没有怎么花过师兄的钱，但她疯狂的购物欲让师兄望而却步，甚至怀疑她是不是有了更有钱的追求者。就这样，他说，我不喜欢那么物质的女孩，我更喜欢曾经单纯努力的你。

又回到了单身的何晓，并没有任何损失。大学里，她没有交到什么朋友，更没有可有可无的泛泛之交，所以这一回，不会有人在她耳边说她一定会去找更好的，师兄对她没用了。

现在的同事，才不认得什么单纯努力的何晓，她们可以一起喝酒玩一夜杀人，在摇滚演唱会上歇斯底里，去女性会所喝轻奢下午茶，公司旅游一起在香港疯狂扫货。有时何晓会在饭桌上默默地听女伴们抱怨成年人负累不堪的世界，怨念曾一心想快快长大的自己。就像关于喜不喜欢北京的问题一样，何晓喜欢长大，庆幸长大，但她什么也不会说，因为那是错的。

工作快一年之后，她因为见客户又路过了学校的南门。她去了那家服装店，可惜老板娘不在。那大概是她在这个学校唯一可以回来看看的人。

兼职的女学生脸上堆着笑招呼她，并且不住地赞她好看有气质。她扭过头去看女孩，看到她腿上的丝袜有明显的脱丝，她皱皱眉头，老板娘不至于连最重要的第一课也没有教给她吧？

女孩发现了她在看自己，也顺着她的目光低下头去看，不好意思地笑了笑："刚刚被桌边的钉子刮了。"

毫无修饰的刘海，动物园淘来的尽量显得时尚一点的衣服，还有冒牌的帆布鞋。她想了想，从包里拿出了一直带在身边的丝袜，递给那个女孩："女孩子一定不能穿脱丝的袜子。"说完她就离开了。

后来，她再也没有回过学校，也没有多么出人头地。她早就看到了自己的未来，也知道自己永远不会破茧成蝶。

Chapter15

夏夜歌行

我们这样的人，都是不知怎么就凑到一起，又不知怎么就各奔天涯去了。不需要惊喜也不用哭天抢地地怀念。

1

昭歌有时会在深夜去弃用的老操场跑圈，只因为她偶然听到的笛声。

后来她带罗行去听，在荒芜的深夜，她说这曲子让人着魔。

这是老校区最偏僻角落的老操场，没有灯光，已经筑起围墙，透过粗糙的豁口能够看到挖了一半的地基，像一个巨大的伤口，赤裸着，没有血肉。暑假当中的某一天，昭歌结束了授课，背着阮，骑着自行车回来，不愿立即就回到闷热的寝室对着轰鸣的电扇度过漫长夜晚，便选了平时少走的一条路，经过这荒凉场景，忽而就听到某个角落起了穿透幽微空气的笛声，仿佛从泉眼里自行流淌出来，慢慢行向远方。

罗行陪昭歌推着车往宿舍的方向走，笛声渐渐湮没在身后沉落的黑夜里。

而黑夜的角落，操场门房的灯光一直照亮着一小块的寂静。

在“回”字形的宿舍楼下，罗行说：“明天你没课，来看一看我的店，今天开张了。”

昭歌说好，锁了自行车，背上阮与罗行告别，而后走进宿舍，慢慢爬上十一层。

昭歌是艺术特招生，弹阮这种相对少见的乐器，且算是一条升学的捷径，也因此在入学之初便与周遭有所疏离。她的专业是语言，话却不多。有时昭歌想，话不多，可能仅仅是积攒某种能量，在别处宣泄得淋漓尽致。于她，或许便是将大部分的课余时间投掷在教年少的孩子弹奏阮，深夜会穿半座城市在电梯停止之后拾级而上，转角处的落地窗外是层层铺开的屋顶，有时是红色的夜空，有时会下无声的雨水，在这万物不知的时刻。

她蹑手蹑脚地推开寝室门，听着平缓的呼吸，尖利的磨牙，呻吟的梦话，还有轻微鼾声，她醒着，略显孤独而沮丧。喝一口水爬上床，正好看到天井的斜角有蜿蜒的月光。

她想，罗行是她在这个学校，甚或这座依然陌生的城市里，唯一的朋友。

2

昭歌第一次见到罗行，是在一家“emoi基本生活”的店里，她捧着一杯拿铁为自己挑选一只白色杯盖的透明水杯作为圣诞礼物，结果一不小心拿铁就洒在了垫着杯子的绿色毛毡上。

那一天，罗行当班，看着窘迫的昭歌，笑着说：“我们在做圣诞活动，这个垫子附赠。”

于是昭歌的圣诞礼物就多了这枚染了咖啡渍的毛毡杯垫。

那一天，她收到唯一的一句圣诞快乐，便是罗行把杯子包装好递给她时说的那句，那时她想，如果所有卖东西的人都有这样好的脾气，就像所有开车的人都能够不骂人，生活会不会更美好？

再见到罗行的时候，已经是四月了。风大而明媚的中午，她下了选修课，走过二教门口约定俗成作为跳蚤市场的那条杨树道，不断有“毛毛虫”砸在脚边，路边有人冲她说了句，“杯子还好用吗？”

她停下匆匆脚步，看到树荫下坐在花台边守着一地旧书的罗行。他正用目光指向她抱在手里的白色水杯，上面还挂着圣诞赠送的红色圣诞靴挂饰。

她笑着说：“你是记仇吗？”

罗行竟然认真点起头：“是啊，我自己花钱送出去的唯一一件圣诞礼物，我当然记得。”

昭歌的脸顿时红了起来，踌躇了一会儿，竟只说出了“谢谢”二字。可是时隔这么久，不论是对不起，还是谢谢，好像都已经没有它的作用了。

后来昭歌总是能够看到罗行的书摊一成不变地停留在那片树荫下，有时杨絮铺满了书面，他蹲下身去轻轻吹一口气，正吹上昭歌的衣衫，昭歌便躲开去，坐在花台上继续翻书。

罗行有许多有意思的书，昭歌在他这里看过1959年版的《论写作》，《燕山夜话》的合集，台版的《金瓶梅》，《红楼梦》的影印，再有便是许多古曲谱，其中有一本是手抄民族古乐，最初，罗行是不肯借给昭歌的。

最初，昭歌以为罗行同她一样，收敛于人群，忙碌于校园外，兼职打工，在风雨兼程的路上填补着这座庞大而空荡的城市中的踏实。

然而罗行不是，他不属于这座城市，也不属于这个他出没的学校，他说昭歌就像在伺机扎根的蒲公英，他只是落在书上的柳絮，风吹到哪里，就是哪里。昭歌默默趴在一边的花台上翻看琴谱，承认这约略的野心，虽然她有一张丝毫不具侵略气质的脸。

3

昭歌不明白为什么罗行突然就愿意把那本手抄琴谱借给自己，接在手里的时候还用询问的目光向他确定。

罗行说："要还的。"

她便满心欢喜地塞进背包里，打量起这不大的店面来。这里原来是一家外贸服装店，曾经也是寿司店、纸品店，现在，它是罗行与他们的店。此刻他们都在这正好的空间里忙碌着，她从未见过他们，可是她早已听说过他们。

关于他们，有许多没有结局的故事，唱了一半的歌谣，写了半张的旋律和落拓离开的背影。他们看起来简单而朴实，都穿着手绘的T恤，毛边的仔裤，其中一个女孩的白色T恤是用黑色纺织布颜料细细画上去的大崎娜娜的回眸，她递给昭歌一杯柠檬水，笑着说："我叫彤彤。"

另一个高大的男生掐灭了烟说，她叫有才，你叫她有才。而后两个人便嬉闹开去了。

大约是暑假还没有结束的时候，傍晚忽然下起滂沱大雨，罗行说和朋友一起租了西门外的一处店面，因为雨水而特意放大了的声音在昭歌耳边震动，是低敛起来的喜悦。

昭歌说，好，要有好听的音乐。就像《圣经》里耶和华说，要有光。

尔后罗行便不常出现在那棵固定的杨树下，有时光秃秃地留下一道灼眼的阳光。昭歌想他一定是去忙他说的那家不知道是什么的店了。

他告诉过她，彤彤是个画画的女孩，画手绘鞋和衣服维持生活，每天彻夜做雕塑，用泥巴、石膏、草木，以为自己有一天可以出人头地。

二师兄是个键盘手，他喜欢男人，他不喜欢罗行，他喜欢他们乐队的那个白人主唱。二师兄很高很胖，据说是小时候父母去外地工作他连吃了三年麦当劳的结果。

他说："我就是个卖东西的，有时候卖别人的，有时候卖自己的。他们是文艺青年，我不是。"

于是他们便开了这样一家店，提供舒适的座位来喝奶茶与咖啡，而后各怀鬼胎租借旧书，推销手绘制品，倒卖乐器。

昭歌说，我就知道一定是一家乱七八糟的店。

是的，它的名字就叫作"乱七八糟"。

4

当天"乱七八糟"就吸引了许多周围院校的学生，九成的顾客推门前都要伸手摸一摸摆放在门口的石膏骷髅，彤彤的得意杰作。罗行一直是要求她刻两只狮子或者鼓石来镇店的。

夜晚拉下一半的卷门时，彤彤飞快地数起钞票来，染了大红色甲油的指尖飞出去同样鲜红的一角又一角。

二师兄说她以前在家是银行柜台，就会数钱。

“走，喝酒去。”罗行抓起钥匙，轻轻吹起口哨。

正是夜摊热闹的时候，几个人要了堆成了小山一般的烤串和一打啤酒，大快朵颐。

彤彤说，我一天到晚数钱数到手抽筋，无聊嘛，那我就只好画钱了，画着画着不小心画得太像，就混进真钱里去了，我就被开除了。我来北京的第二年我男朋友就和我好朋友结婚了，你们都等不起，是有多着急，可是我等得起，我等着我自己成为大师的那一天。

二师兄笑着说这妞又高了，酒过两瓶就要把这些话重复一遍。

“你还不是女朋友被你那个酒吧老板抢了。哎，罗行，你到底有没有过去，你这样的人在小说里不是有血海深仇，就是有弥天阴谋，太可怕了。”彤彤继续说。

罗行笑起来，对昭歌说，到第三瓶就开始不停地说别人了。

而昭歌只是在一边沉默地笑，心里忽然就有一些感动，他们是在这样一个没有风的夏末夜晚，挤在一起，于炎热中为彼此取暖，暖出汗水，暖出眼泪，暖出一些看起来可笑又悲壮的好梦来。

彤彤分明就是挂着这样的好梦在嘴角，流着口水趴在二师兄的背上还不忘冲昭歌挥手道别的。

昭歌站在路边，看着他们的出租车在西门逼仄而狼藉的路上驶离。或许是酒精烧灼血液，不觉又走到了那条偏僻的通向旧操场的小路。

她想她一定是喝多了，否则她不会顺着那缓流在夜色之下的笛声就敲响了门房小屋的铁门。她想问一问他，岁月究竟拿走了什么，你要还他以这样深切的痛楚。是的，是痛楚。她相信一切极美的东西都是切肤的痛楚残酷开出的花朵，即使被这不忧不惧的笛声伪以了最清淡的色彩。

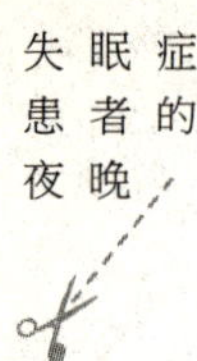

当门锁发出咔嗒声的时候，昭歌知道，她没有别的选择了。

5

是错觉吗？为什么觉得门内有烟雾轻轻缭绕，夹杂洁净的气味。

“有事吗？”老人轻微的声音询问着一时没有反应过来的昭歌。

是再普通不过的老人，穿青灰色的对襟马褂，踩一双黑色布鞋，手里的笛子还没有来得及放下，拴着一块没有形状的青玉，缀着褪了色的中国结。见昭歌不语，略微提高了声音再次问她：“同学，有事吗？”

昭歌连忙摇头：“我常常听到笛声，所以好奇。”

老人笑了笑，暖色的光线和夜的气场总是能够轻易在一个老人的笑容里投射下某种旷远的宽悯，昭歌即刻便想到幼年骑车送她去小城里唯一的古乐老师那里学阮的外婆，路途上总是哼着昆曲，好像对生活从无怨怼。

就好像面前的老人，昭歌知道风烛残年的他已经快走到苍老的尽头，可是他就像所有的老人一样，仿佛一直活着，没有年轻过，也不会死去，与时间再无瓜葛。

老人打量起昭歌，看见她平整地拿在手中的琴谱，伸出手来：“能给我看看吗？”

昭歌便递了过去，老人接过来翻了翻，问道：“你的？”

“是朋友的，我借来抄，我是弹阮的，业余的。”昭歌一五一十回答着老人，“那……您呢？”

“我？我是这里老师的亲戚，不是什么文化人，不用跟我客气……如果你不嫌弃我这老头子，可以带阮来弹给我听。”老人把琴谱还给昭歌，那语气仿佛知道这只是得不到兑现的一句客套。

可是昭歌却兑现了它，在次日的深夜骑车回来，背着阮敲开了老人紧闭的门，在敲门的时刻她觉得自己仿佛是弥补了曾经终生的亏欠。

如果她能够早一点，早一点把那首外婆最爱的《胡笳十八拍》弹奏给外婆听，而不是非要等到自己第一次独自登台的小城新年晚会留下最好的位置给外婆，那么她就不会看着第三排当中空空的位置连眼泪也流不出来。

在舞台落幕的刹那，她看着欢腾的人群，连悲伤都无从开始，从此她知道，老人的时间等待不起，于是她带着阮来找老人，即使他也只是随口一说，并未当真，但是她要当真，来完成。

她记得那天，她离开老人的小屋时，老人轻轻抚摸自己的笛子，说，音乐是藏不住悲伤的，可是你只有踏过悲伤才能找到真正的音乐，我没有踏过去，所以我只是个吹笛子的匠人。

后来昭歌把这句话转述给罗行，罗行低着头，没有回应，看不清表情。过了许久才问："你常常去吗？"

"嗯。"

"那他为什么会每天独自在那里吹笛子？"

6

老人对昭歌叙述过往的时候平静而简洁，就像屋里燃着的熏香，恰到好处，没有丝毫冗余的情绪。

老伴去世，离开伤心地，投奔亲戚，为一个小小的谋生饭碗在这里守夜，吹笛子是想念，也是排遣。

可是老人的房间里并没有亡人的照片，不睹物，却思人。昭歌想，或许，他是在用这一夜一夜的丧曲来活埋自己，直至黄土淹没鼻端再也不能够呼吸的时候。

那是昭歌在罗行他们住的地方看过的彤彤做出的一件雕刻，埋入土中的男子，只露出额头上生硬而扭曲的皱纹，她说这样的雕塑令我有变态的快感。

是的，喜欢戳穿真相的人总是能够获得这样的快感。

他们住在高楼背后的城中村，每下起雨时，地面便有横流的污水，需要垫着砖头才能通行，好在北京是个让人忘了还会下雨的城市，这样狼狈的日子并不会常常出现。

两个男生住一间，彤彤住阁楼，到处都晒满了衣服，裤子、内衣、袜子，还有裹着卫生纸的白色球鞋。彤彤说这样就能够在发迹之后给别人讲述艰辛的奋斗史："搞艺术的人都得是有故事的人。"

然而震撼到昭歌的，却是罗行的房间，角落里关于音乐的书籍堆得整整齐齐几乎要挨到有些低矮的天花板，占了小半面墙。

她疑惑地看向罗行，从他平静的目光里明白他并没有打算回答什么。她想，或许就像彤彤说的，每个飘荡到这座城市里的人，都带着些属于自己的过去和对过去的毅然决然，它们没有被提及的必要，而是深埋在根系处的腐殖质。就像这些遮天蔽日的书籍，腐朽而陈旧。

那一天他们本来是说好一起喝酒，结果二师兄被老板叫走临时加演，彤彤的手绘鞋销售出了小差错赶去和顾客处理，于是吃了饭罗行便送昭歌回学校。

再次路过旧操场，老人的笛声依旧缓流，她想起曾在学校附近的一座古寺里看到的一句诗，长河依旧水，细柳几枯荣。于是她问罗行："不如你和我一起去看一看老伯吧。"

罗行略停了停，看向灯光熹微的小窗，目光沉在夜色下，看不到着落，因而昭歌不知道他是在看着那扇窗还是已经越过了那道门。

终于，罗行收回目光，摇了摇头，昭歌不明白，这意思是否是害怕贸然打扰了老人。

在公寓楼下，昭歌从包里拿出了琴谱：“差点忘了给你，我已经抄完了。”

罗行接过来，挥手让她快些上楼：“明天下课早过来一起吃夜宵。”

昭歌一面应下一面小跑进大厅赶上最后一班电梯。

罗行拿着那本略显残破的线装书，在没有一点风的夏夜里又走过了那片笛声、那盏昏黄、那个窗口。他在窗外依旧是略略驻足，而后习惯性地低头离开。

7

夜晚覆盖灯火琉璃的时候，起了一些带着凉意的风，昭歌怕突然变天下起雨来，踩着自行车加快了速度，她在这晚风里嗅到了如故乡一般潮湿的绿色青苔的气味。

并没有雨，刚刚八点，她如约而至，却发现“乱七八糟”的卷门紧紧合着。她甚至走过去拍了拍门，以为是早早打烊而彤彤已经熟练地数起了钞票。

没有，很安静。她在门外的骷髅雕像的底座上坐下来给罗行打电话，怪异的电子合成音提示了关机的事实。昭歌开始感到不安，因为她再也没有其他通往他的线索。

她推着车走回学校，西门外贴着大大的讣告，白纸黑字，对此，昭歌从不觉得庄重，只觉得分外地恐惧。是的，她向来惧怕死亡，那是扑面而来的枯朽的令人反胃的气息。

是音乐系的名誉院长逝世的讣告，九十二岁的老人，在节制的文字里被印成了一具枯骨。昭歌听说过这位老院长，在民族古典音乐方面是遁世而做事的大师，规避媒体的热闹，却始终在默默忙碌着。他是这所学校丰碑一般的人物，虽然早已退休，不再授课，亦不举办任何的讲座。

昭歌想，一定会有隆重的遗体告别仪式，会有悲恸的亲人与不辨真假的泪水，可是，那又如何呢?

就像外婆去世时一样，昭歌痛恨每一个流眼泪的人。

昭歌不禁多看了一眼讣告，站在高处的人往往都是孤独而不幸福的。那么，谁又能够替他活下去?

这插叙般的想法很快被罗行代替。他失约，并且暂时性失踪。要不要去他住的地方看一看？可是又觉得自己的贸然唐突。她想起她问彤彤，你们是怎么聚在一起的？彤彤抹着脸上的红泥说：“我们这样的人，都是不知怎么就凑到一起，又不知怎么就各奔天涯去了。不需要惊喜也不用哭天抢地地怀念。”

这就是不知怎么的各奔天涯吗？昭歌的右手在阮上拨出一串尖锐的高音，让所有的胡思乱想戛然而止，而后她踩上跑鞋带上寝室的门。

唯一的平静，只能是那片墓穴般的旧操场，和埋葬了一切的笛声。

8

笛声略微有些不同。在昭歌猫着腰钻进豁口跑到第三圈的时候，一直黑着的小屋突然亮起，笛声终于没有失约。

可是，昭歌停住脚步，感觉到了异样。

老人告诉她，音乐永远掩藏不了悲伤。

老人也告诉她，人却永远无法欺骗自己的心，音乐会说话，它都在替人笑替人哭。

而她却从未在老人的笛声里听到如此浓郁而集中的悲歌。她相信这音乐的魔力，在一个夏日的夜晚，足以冲落你的眼泪。

她伸出手去准备敲门，却发现门没有完全关上。在她推开门的瞬间，音乐止在了她与罗行的目光相及里。

那是老人的笛子，此刻就横在罗行的唇边，那枚青玉和中国结在年轻的面孔旁边蒙尽了旧色，罗行落下笛子，说道："你说，他想念的，究竟是谁？"

昭歌仿佛明白又仿佛不明白，今天夜晚不适的天气，死亡的信息，突然出现的罗行，在她的心里搅拌成了汤汁一般黏稠的流质。她在等罗行给她一个说法。

"这个给你。"罗行把身边那本摊开的曲谱递给昭歌，"这是他的遗言，我没有看到，他写了下来，说留给你。原来人也是能够预知自己的大限的，和大象一样给自己找一个归宿。如果昨天晚上我能和你一起来，我就能够见他最后一面。

"都是要等到来不及，才能原谅别人，痛恨自己。

"葬礼在学校的音乐厅，不是他的也不是我的意愿，是其他人的意愿。你要来。你是他最后一个学生。"

昭歌站在浓黑与微黄的临界点，好像面对渡船背靠深渊。她想起了在西门被风微微掀起了一角的讣告。

罗行说："我去听过你们的传统文化方面的课程。许多老师都会提到他的轶事。那堂课，有老师说起了他年轻时的婚姻，你坐在教室倒数第二排，离所有人都很远，低着头在画谱子，我就坐在你的后面，一直在看你画。昭歌，你说他究竟是在怀念谁？”

9

他究竟是在怀念谁?

时间有时是有色彩的。譬如现在看世纪末的照片，都是俗艳的浓墨重色。而时间前推上二十年，三十年，似乎时光瞬间就经过了一层水洗褪成了黑白。

就是那样的年月里，罗行的爷爷，尚是中年的罗念禾与妻子一起带了满包的纸笔和录音设备前往了彼时看起来还是那样遥远而神秘的云南。

罗念禾做的是民族古乐的研究，妻子是人类学的专家，在那样的时代，这样的伉俪总是能够被传为佳话的。

而佳话往往是与传奇相连。造就传奇的又往往总是意外与悲剧。

关于罗念禾妻子的死，老师们的故事大相径庭，又都言之凿凿，信誓旦旦。语言学老师说，罗老的妻子是被当地未开化的原始民族当作了祭天的祭品活活烧死的，而罗老则因族人的帮助而逃脱。文化史老师说，罗老的妻子是不慎坠入捕虎的陷阱里意外摔死的。古典音乐选修课的老师说，罗老的妻子是被毒虫噬咬中毒而死。

无论罗老的妻子是怎么死的，这段故事都有一个共同的结局。

昭歌记得每每有老师提及这段旧事，就有初次听闻的同学大声说罗老悼念了亡人一生，孤独终老。

然而结局却是，罗老在一年之后再次前往云南，娶回了当地的摩梭姑娘。

没有人见过那个来自闭塞深山的姑娘，但是关于她的传言却一时间沸沸扬扬。这些，大都是能够被想象到的。譬如那个姑娘不过是看中罗老能够带她走出那片围困了她的深山，能够给她一个截然不同的新鲜的世界。他们都说，她终究会不知满足离开他。

他们说对了，她终究是离开了他。共同生活十余年，并未给他留下半个子嗣。

但是他们都没有猜对她的去处。她离开了他，回到了那片茂盛的森林中去，回到了摩梭人的小屋里去。

从那时起，罗念禾突然就消失于他活跃的音乐舞台，退守回书斋里去，埋头做起了学问，恨不能也为自己的小小四合院题上“苦雨斋”的字样才肯罢休。

生命总是在百转千回中把它所青睐的人推向最深的寂静里去。罗念禾慢慢、慢慢就变成了人人尊称的罗老，而人在高处，不外乎是要体会人间清寒的，何况，因为他的再娶，他从未获得亲人的谅解。

“我也不知道奶奶究竟是怎么死的，我的爸爸，我的姑姑，都不知道真相，他从不开口谈论。”罗行抚弄着手里的笛子，那姿态与罗老几乎神似，“以前的我总觉得他虚伪，觉得那些有文化故作高深的人一个个都虚伪透顶，所以我热爱音乐，却不想上学。人人都有叛逆期，我没有挺过来，就成了无业游民。后来妈妈想让我来北京找他，我不愿意，在小县城里教人吹笛子。是三年前的一天，我听到爸爸与他的医生通话，即使健康他也是太衰老了，我突然就像有了使命感一般，觉得我不能够抛弃他，虽然我从来都不愿意承认我在上学的时候总是戴着耳机听他的笛子睡觉的。那本琴谱是他在西南整理的，我来北京只见过他一面，他给了我那个。现在，它是你的了。”

也许这一个夜晚，罗行想起爷爷为他起的名字，乐府歌行，沧桑冷暖。想起一箱一箱封得严实的书籍。想起每年生日的电话和唱片。

罗行又说：“一个艺术家的孤独我懂，可是当这个艺术家是你的亲人，他曾经不做任何解释活生生切断生死，你就无论如何都想不通了。而他，或许从没有想过自己需要被原谅些什么。”

昭歌静静地听着罗行的叙述，自她与他相识以来，他都是少言寡语的人，虽少欢快表情，也绝无沉重心事，或许彤彤猜出了一半，说对了二三，没有过去的人，心里都有一个深渊。这是他第一次连贯地说出这么多话，而他说话的神态亦同样让她想起罗老，甚或想起外婆。

在那么一个瞬间，她想起坐在“乱七八糟”里读过的一本书，青山七惠说，她已经太老了，没有恨了，她早已经把一生的恨都用完了。

就是这么一瞬间，她突然明白了外婆没有怨怼的神情，那只是在她永远不会看到的遥远过去，爱与恨都已经倾尽。

10

天出奇地晴，校园里的青瓦飞檐在过分干净的天色下失却了真实感，仿佛舞台布景。

如常的吵闹，没有丝毫不同。

对于昭歌来说，这一天本来也没有什么不同，她本没有什么需要去悼念。

可是现在，她在音乐厅门外巨大的台阶下，看着高高悬挂起来的黑色条幅，有些茫然。

罗行是站在遗体的旁边吗？每个人都要鞠躬然后去和罗行握手说一句“节哀”吗？有人哭了吗？有人真的难过了吗？有人走出来就忘记了悲伤吗？

于是昭歌就站在台阶下，看着一个一个走进去又走出来的人，直到她看到罗行出来，贴着浑圆的柱子点燃了一根烟。

她走过去，把那本琴谱塞给了罗行：“我知道的，那个人，不是我，是你。”

然而七天后，昭歌跟随罗行去往墓地，在罗念禾的墓前，罗行把那本琴谱丢进了火堆：“本就是他的，他一辈子的记忆都在这里了。还有这里。”那根横笛以及拴在尾部的玉石都坠落进了寂静的火焰里。

人所拥有的，真是少得可怜，就这样，一个人就彻底消失于了这个世界：“但是还有这个，这是你的。”昭歌仿佛早已知道罗行的打算，她递给罗行的，是她手抄的那一份曲谱。

封面尚无题名，也许罗念禾用了半生也没有寻到恰当的名目，这空白，被完整地留给了罗行。

她知道，从这一刻开始，她一定会想念罗行。

11

二师兄从酒吧顺了啤酒回来，彤彤便飞快去隔壁的鸭脖店买拌菜，昭歌微笑着送走最后一对情侣，微微踮起脚尖，把卷门拉下来一半。

所谓醉生梦死，也不过是这个样子。昭歌却爱上了这般生活，店门外规律而拥挤的脚步仿佛才是最空虚的节奏。

二师兄说，主唱要回国，不舍得。

彤彤说，外国男人有什么好，你作为一个中国男人怎么能够看不上自己的同类?

说话间有人来叩门，是附中的学生，只能看到半截校服裤：“拜托，拜托，再卖一杯奶茶。”

彤彤打算直接屏蔽，而昭歌向来心软，回去吧台调制。

两个学生说起今日的考试，絮语不断：“怎么会出那样的题，谁有时间把《边城》都读完？”

“就是啊，谁还专门去记最后一句话，那个人也许明天回来，也许永远也不会回来了。”

昭歌抬起眼来，依旧只能看见他们宽松的裤子和脏兮兮的帆布鞋，还有吃喝正high的彤彤与二师兄。

他们从未开口提及他。

这是罗行离开这里，前往云南的第一个秋天。

风从海上来

有时候，你被放置在了某个角色里，就只能按照剧本去念你该念的台词，不能随意篡改，更不能随便抢镜。曾经也遇到过令人好奇、令人欢喜的客人，但萍水相逢也许才是最好的状态。

“风从海上来，风吹上陆地，陆地上的风又回到海里去……”

琳达办理入住登记的时候用英文反复地哼着这几句歌词。午饭时间，店里缺人手，我带她去房间，给她钥匙。狭窄的木质楼梯，她跟在我身后慢慢往上走，一直在哼唱。

她订的是四人间里的床铺，几十块钱一天。琳达把行李卸在床上，很友好地和正在休息的三个德国女孩打招呼。她从印度尼西亚来，小麦色的脸属于耐看的那种，说台湾腔普通话。

回到前台，我在搜索栏里输入她哼唱的歌词，却没有找到歌曲。

不一会儿她又出现在我面前，已经洗了把脸，也换了衣服，找我买了一盒方便面，在大堂打了开水泡面吃，顺便跟我问了几个地址以及路线。我简单地给她在便签上写了线路，又给她装了地图软件。

刚开始来青年旅舍工作的时候，我对奇奇怪怪的旅人们还有些好奇心，爱搭讪，爱瞎聊，也在下着雷阵雨的深夜被晚归的美国少女偷偷往口袋里塞过安全套，湿淋淋的金发消失在楼梯的拐角，说我没一点儿动摇是假的。

只是看多看久了，就万事都不放在心上了。还好常在路上的人，脸上都有较之他人更多一点儿的快乐，所以保持暖心服务，不算难事。

琳达也不例外，一边吃泡面一边看向窗外，脸上有阳光在跳舞，闪闪烁烁地跳出节奏来。

也许是因为我无意识地盯了她的脸许久，所以她扭过头来，对我友好地笑了笑。我连忙点点头，埋下头操作电脑，我可不想被误会成迫不及待、满脑子不正经想法的男青年。

吃完泡面，她坐在窗边简单化了妆，而后就踩着高跟鞋出门去了。不知道为什么，我总觉得她不像是来旅行的。

那天从下午开始就有厚重的积雨云从西南的天空一点点臃肿地匍匐过来，酝酿了数个小时，终于在夜晚噼里啪啦地甩落下来，每一滴雨水都像充满了怨念。琳达就是被浇了一身小云朵，回到了旅舍里。

她看起来有点疲惫，但是并不低落，随便用手抹了把湿淋淋的头发，就来找我买泡面："怎么还是你？"

"怎么不能是我？"

"你们不换班的吗，一般都是三班倒吧？"

"你还挺了解。"我看了看正在认真撕开泡面盖子，往里面挤各种调料的她。

"我在巴厘岛也是做旅游的。"

"看来是压榨我们这些员工的老板娘啊。"我随口开了个玩笑，"夜班就不是我了，十二点有人来换班。"

研二的暑假，同专业的同学纷纷去了大酒店、大集团实习，我是想好了毕业就回家，考个公务员，或者找个事业单位、银行之类，过轻轻松松的小日子，所以宁愿在这里多打一份工，赚赚钱，享受一下北京城最后一年的纸醉金迷。其实也不算辱没了"旅游管理"这个专业。

琳达还是哼着那首模模糊糊的歌等面泡开，坐在窗边吃完，才回房间。

之后的几天也都如是，早出晚归，不见拿相机也不见买纪念品，把店里所有味道的泡面都吃了一遍，吃到我都看不下去了。我说，你知道你每天都在吃垃圾吗?

她说，你难道不应该感谢我帮助你勇夺泡面销售月冠军吗?

“所以你们巴厘岛旅游业的激励机制都是这么奇葩吗？”

“我觉得中国最好吃的东西就是泡面，真的。”琳达忽然正经起来。

基本上和琳达的交流就这么仅限于她吃泡面的时候，因为她不太像其他旅人，她总像前方有重大任务在等待她一般来去匆匆。

大约一周半以后，她忽然兴高采烈地回来，已是凌晨，我正在准备交接班，她趴在我面前说：“我请你吃夜宵，去喝酒，好不好？”

跟我换班的家伙意味深长地看了我一眼。那天晚上很奇怪，我竟然前所未有地有一些尴尬，甚至在问“为什么”的时候都差一点儿结结巴巴起来。

“我找到工作了，要谢谢你帮我下的软件，帮我写的路线，还有借给我的公交卡。没有你的话一定不会这么顺利，我一定要请你吃饭。”

虽然我很想说这不是什么一定要回报的大恩大德，但是拒绝一个女孩子的邀约毕竟太不绅士，所以我交了班，就和琳达一起去了胡同里一家烤串店，点了肉筋、五花肉、牛板筋和两瓶啤酒。

夜晚的小胡同有特别的温情，像洞口若有光后的桃花源，不知秦汉，无论魏晋。她不断用好奇的眼光打量着周围，她说：“你不知道此时此刻的场景我曾经在脑海中幻想了多少遍？无论是吃泡面，还是吃路边摊，还是挤地铁，还是夜晚的胡同，我都在心里练习过很多很多遍了。”

风从她长长的睫毛上吹过，我想那大概就是她的眼睛看起来总有点闪烁的原因。我问她，你来中国就是为了在这里工作吗？

她笑了笑说，我英语、法语、日语和汉语都很好，所以申请语言培训学校外教的工作特别顺利。北京的房租太可怕啦，我还是会继续先住在这里，让你每天都说怎么又是我，怎么又是我，让你报仇。说完她还拿出手机给我算起了住宿费用，就这么狡猾地让我忘掉了我本来想要问的问题。

她极少谈论自己，所以我认定她是相当聪明的那类姑娘。但这并不妨碍我们偶尔一起吃吃饭，喝喝酒，毕竟每天低头不见抬头见，我几乎要以为她也是我的同事之一了。

关于她在巴厘岛的生活，是我自己零零碎碎拼凑起来的。

她的父亲是来自雅加达的穆斯林，在雅加达飞往巴厘岛的国内航班上，对当时还在做空姐的琳达母亲一见钟情。可是父亲的家族并不能接受儿子娶一名信仰印度教的女子回家，于是她的父亲也来到了巴厘岛工作，夫妻俩共同开起了旅行社。

童年时光如同天堂，每天只有上午的半天课，中午就可以背起小书包回家，炎热的下午不是睡漫长的午觉，就是和小伙伴去爬山，去海边，去有清冽泉水的寺庙，偷看丰满的欧洲女人和娇小可爱的日本女人，她们在琳达的眼里都是白白的，为什么可以那么白，这个问题困扰了她的整个童年。

她往脸上涂过面粉，也撒过痱子粉，甚至洗衣粉，以为这样就能变白。每天跪在家门口的神龛前祈祷，脑袋里都是白花花的欧洲女人在打转。后来又觉得是不是学会了她们的语言，和她们说一样的话，就能变得和她们一样美，所以才学了各种外语。后来和爸妈一起做旅游，才发现那些白人姑娘竟然都觉得她的肤色才好看，用各种防晒霜让自己晒成均匀的古铜色。所以她想，大概自己想要的都是自己没有的，从此就放弃了美白事业。

“那大概是我人生中第一次思考哲学问题。”她一边说一边笑，眼角和嘴角都弯起了好看的格外柔和的弧度。

这让我不禁又要问她为什么想要来中国，她低下头，轻轻哼起“风从海上来”，并没有回答。

我又问这首歌是不是巴厘岛的民谣，她说：“你也觉得很好听，对不对？”

你看，她果然是很聪明的姑娘，但是又有就算我不想回答你的一切问题也让你无法讨厌我的气质，印度神虽然没有让她变得白皙小巧，但是这种恩赐大概对一个女孩子来说更有用处吧。

有时我想，是不是有坚定信仰的人，情绪都不太容易有起伏，比如琳达。大部分时候，她都很平静。那种平静近乎原始，甚至不包含高兴或难过，可以这么说，旅舍里的每个人都很喜欢她的平静，包括我。

不过日子一天天过去，我渐渐也能摸索出琳达情绪变化的规律。她没课的时候五点半下班，有课就到十点，周一休息。正常上下班的她，微笑里有一点儿小小的失落，但又被稀释到了不足以让我问询的程度。偶尔她会晚归，能看出喝了点酒，我贱贱地问她是不是有艳遇，她也只是耸耸肩，但有细碎纹路的嘴角，我确定它出卖了她往日里没有的喜悦。

其实我从没想过去探寻客人的隐私。有时候，你被放置在了某个角色里，就只能按照剧本去念你该念的台词，不能随意篡改，更不能随便抢镜。曾经也遇到过令人好奇、令人欢喜的客人，但萍水相逢也许才是最好的状态。对，我就是那种觉得朋友多了又不能时时照顾就是负担的人。所以，就算我对琳达比对别人都要在意一些，也不足以让我问她究竟藏起了什么心事，直到那个男人来到了旅舍。

八月真的是酷暑，我只想趴在柜台里吹冷风吃两块钱的“东北大板”，或者奢侈点穿过两条胡同去买一支“马迭尔”，稍稍动一下都觉得要流汗过多而死。连傍晚也不能让人的心情愉快，哪怕一点点。就是在这么不愉快的心情下，我看到那个男人推门而入，戴着一副原木色框架的眼镜，穿得干净又随意。

“请问有什么可以帮您的吗？”我问。脑袋里自觉蹦出了“来者不善”几个大字。

“我来找人，我可以坐在这里等吗？”他很友好地询问。

“请问是哪位客人？”

“琳达，从印尼来。”

如果眼神真的有所谓的穿透力，那么我现在一定比刚刚多看进他一厘米那么深：“好，您可以在大厅等她。”

大概半个小时，琳达回来了，她看到等在窗边的那个男人吓了一跳，这是我见过的她最不平静的一种表情。她的眼睛里满是某种羞涩的惊恐：“你怎么过来了，我们不是说好在酒吧见吗？”

“我想来看看你住的地方。”

“那我去换下衣服……”琳达的声音里有一点儿窘迫的喜悦。

毫不相干的我用余光瞥到她匆匆跑向后堂的背影，莫名耸了耸肩。我真的是花了很大力气才压抑住自己抬头再看看那个男人的好奇心。同样作为男人，绝不能暴露八卦之心。

其实我连琳达的脸也没想看，结果她出门前非要敲敲我的台面：

“我出去了呀。”

我只能点点头，目送十分钟就打扮得美艳动人的琳达挽住那个男人的手蹦蹦跳跳地离开了。

“喂，那人是谁啊？她这么快就交到中国男朋友了啊？”搭班的小东也好奇地往外探了探脑袋，“这印尼妞真不简单，那么多中国妞找不到工作找不到老公，她可好，一举拿下。”

“怎么，你也想找老公？”

“快说说，你肯定知道，你俩关系那么好。”

“我俩关系好吗？”与其说我在反问小东，不如说我在问自己，“就算关系好，也没必要什么都知道吧？”

何况，比起不是什么都知道，我可以说根本就是什么都不知道，不是吗？那些散落在酒肉间的童年故事，知道和不知道，并没有什么本质差别。

一直到十二点我该换班的时候，琳达也没有回来。想起专门给她留的香辣牛肉味的泡面还搁在柜子下面，我弯腰拿起来，放回货架上。

“你今天下班怎么这么不利索？”小东帮我把制服拿去锁起来，一直在催我。

我看了看手机，想要不要给她发个消息，关心一下。可是万一打扰她约会了呢？想来想去，还是把手机塞回了口袋，跟小东拎了一打啤酒回宿舍去了。

空空的啤酒罐东倒西歪了一地，我躺在窗边的上铺，稍稍推开窗，看着月亮旁偶尔有飞机闪烁着飞往远方。我闭上眼睛，能够想象到这个城市密集的高楼亮着红色指示灯，提醒着一架架飞机，远一点儿，再远一点儿，不要打扰人们的好梦。

“风从海上来，风吹上陆地，陆地上的风又回到海里去……”琳达哼着这样的歌就漂洋过海来了陌生的国度，而我，就在这方寸之间，看着像琳达一样的旅人来了又走，去了又还，却从未动过去远方的念头。为什么呢……一个不想去远方的人却念了六年的旅游管理……

就这样在酒精的混乱催眠下，我略微头痛地醒过来，再周而复始一个一成不变的工作日。

可是变化就这样悄无声息地出现了，当我刚刚穿好制服，就看到琳达推门而入，样子疲惫而快乐。

我以为她要直接回屋休息，结果她却径直过来找我买泡面。

昨天给她留的那桶香辣牛肉面已经卖掉了，还没补货，只有海鲜面了。我从货架上拿下泡面，顺手就拆开包装和调料，还拆了包卤蛋和火腿肠放进去，用饮水机接了开水，合上盖子，压上厚厚的旅客留言簿，推到了她的面前：“既然有好事，就请你吃一碗泡面来庆祝吧。”

琳达也没有推辞，笑眯眯地趴在前台看着我说：“感觉你是我的幸运星。”

“幸好不是天狼星，不然谁都想一箭射死我。”

“为什么？”

难道我要说“西北望，射天狼”这样的句子给她听？天，我竟然说了个如此失败的冷笑话：“不打算和幸运星说说吗？”

那天晚上我难得和同事调了班，因为琳达要我陪她去一个地方。看她脸上的笑意就猜出和昨天的男人有关。

果然，琳达把我拖去了什刹海附近的一家酒吧，门口贴着乐队演出的海报，我一眼就认出了作为主唱的那个男人。我扭头看了看琳达，她吐了吐舌头，抓着我的胳膊就随拥挤的队伍硬是挤了进去。

我觉得什么都不用问，答案已经显而易见，能让任何种类的女人变成蹦跶雀跃小女人的，除了爱情，没有其他病毒。

观看演出的人都围在并不宽敞的舞台下，乐队登场时，琳达仰着脸，眼里只有握着话筒架的他，随周围的所有人一起鼓掌。她并不尖叫，因为他一开口唱，她就落泪了。

“风从海上来，风吹上陆地，陆地上的风又回到海里去……”他是这样唱的。

我从小就讨厌唱歌好的同性，因为我天生五音不全，小时候上音乐课不开口被骂，开口被骂得更厉害。老师为了惩罚我还故意在一次全校的合唱排练里让我领唱，那次跑调大概就像风跑到海里去了一样吧。呵呵，那是我浑身上下能够走得最远的东西了。

我心里有很多很多的疑问，我手里也握着一沓面巾纸，却一个问题也问不出，一张纸也递不上。我身边这个从海上被风吹来的姑娘，我为什么要这样在意你啊？

人群在尖叫，在沸腾，台上深情款款的歌声在热闹的喧嚣里流淌一片，眉梢眼角都是戏。我为什么要傻傻地站在这里，看一个跟我一点儿关系也没有的男人唱那些骗小姑娘的歌呢！有这个时间我也可以约小姑娘喝上两瓶燕京，说说虚无缥缈的人生理想。

突然琳达拽着我的衬衫袖子，穿过层层叠叠的人群，头也不回地离开了酒吧。

忽然就安静了，烟酒、歌声、尖叫声、荷尔蒙全部倏忽退散，只留下清冷月光和什刹海黝黑的水。我说，应该会有神秘女嘉宾上台接受歌手赠歌一曲的恶俗桥段吧，你怎么能跑了？

她摇摇头：“那样会影响他的音乐会的，艺人不是都不能曝光自己的女朋友吗？”

我真的是非常认真地看着一脸无辜的她：“你是认真的吗？”

“我知道他有野心有梦想，这大概也是我喜欢他的地方吧。你不是问过我，那首歌是什么吗？就是他在巴厘岛唱给我的歌，听他唱完那支歌，就好了。”她的表情我在很多女孩的脸上也见到过，至少，在我对前女友说“我会一直在你身边”时她脸上就是这样的表情。

“所以你来中国，是为了他？”

“是为了我自己。”

我们慢慢地往回走，穿过一条条昏暗的小胡同，那是她第一次真正意义上，在谈论自己。

三个月前，琳达父母的旅行社接待了一个中国团，琳达作为地陪跟了团。她的好性格和热心肠让她很快和团员们打成一片。很快她就发现团里基本都是来度假的小情侣，除了小海，穿着白白的T恤，戴着红棕色墨镜，在大巴走山路时，总是默默看着窗外。

他看起来不太开心，有心事，并且在巴厘岛这种情侣度假胜地形单影只，显得有点可怜。所以琳达总会格外照顾小海一些，尤其是在自由活动的时候，她总会走得离小海近一些，他有任何问题她都会及时解答。

第一次有点尴尬是在逛乌布市场的时候，她好心跟他说这里有很多好看又便宜的椰子壳制品，还有头巾，可以给妈妈和女朋友带一些。他的表情突然就有点忧郁，嘴角微微向上翘了一下，默默低下头，挑中了一枚椰子壳做的戒指，也没有砍价就直接买下来，转过身拉起琳达的手，有点粗暴地戴在了她的手上，他说：“我没有妈妈，也没有女朋友。”

琳达的心咯噔一下，不知道该说些什么才好。

那天晚上，安排了在库塔海滩的海鲜烧烤。回程的车上，琳达为了活跃气氛，就鼓励大家来唱歌。一路上都在沉默看着夜色的小海，忽然自告奋勇要过了话筒。

恐怕在他开口唱第一句歌词的时候，车上所有的男性都要后悔让他接过话筒了。他唱的是琳达并不熟悉的中文情歌，清唱，却不清淡，团里所有女生都听得出了神，入了迷，包括呆呆坐在车头的琳达。

不过款款深情很快就被烧烤的浓郁香味还有土著表演的热闹冲走，冲得比太平洋的海浪还要遥远，最终也只剩下琳达坐在小海的身边，一边掰着烤焦的螃蟹腿，一边听小海说起在遥远国度的生活。

他有一个当兵的父亲，严厉耿直，因为长期分居，所以母亲最终离开了父亲。父亲唯一不严肃的爱好就是弹吉他，所以他从小就爱上这乐器，那也是能够感受到父爱的唯一途径。虽然并没有学声乐，但一直在唱歌，大学组了乐队，把高中写的歌一首首做了出来，串遍北京大大小小的酒吧，只为了能多唱一首歌。

“最困难的时候，四个人挤在一间不足十平方米的地下室，睡上下铺，每个昼夜交替的时分，都不知道还有没有买一盒泡面吃的钱。又清醒又颓废地过了一天又一天。”

“颓废是什么意思？”

有一些中文词琳达没有接触过，都会挑出来问他，他再给她解释，解释得山高水远。

在有古老海风和洋流的夜晚，海浪汹涌着深黑的咆哮，让汉语里那些梦想、坚持、贫瘠之类的词语全都像碎在海浪里的星星，闪闪发光，像另一种宗教，蛊惑了琳达的心。

“要知道，在巴厘岛，努力维持生计的都是女人，她们头顶巨大的砖块走在不断需要修缮的寺庙里，还要把全家人扛在肩膀上让日子坚持下去，而男人们则可以做任何想做的事情，却没有人有梦想。他们宁愿坐在家门口的神龛前，吹一下午的口哨，或者去海边调戏游客，就这样一天又一天，变老，然后连灵魂一起离开这个岛屿。所以，你知道我听着小海和我说的一切，心里的那种快乐和难过吗？啊，原来这世界上有这样的男人。”

琳达在叙说这些的时候，眼睛里有一样的星光。

星光之下，一天的行程结束，琳达跟车送团回酒店，交代好次日的行程，正准备离开，却被小海拦住，问她能不能找个地方小小喝一杯，一路孤独，想有人说说话。他的眼里也有星光，而男人的孤独，就像大海一样致命。琳达就那么让司机把小海和自己送回库塔区，找了一家意大利酒吧，坐在了小花园里，面前放着填满薄荷叶的mojito。

他说了很多他的乐队，说曾经不屑的为了乐队都会去做，终于明白为了梦想去死不如苟且地活着去实现它。一年又一年，状况慢慢好起来，虽然不是什么明星，但是完全能够养活自己，加之独立音乐的市场也变得更开放，那些辛苦的日子终于过去，并成了青春期里最美好的记忆。

“音乐是多么美好的艺术，可是我却这么多年没有走出去看过这个世界，想重新让美好灌满自己，所以决定给自己放个假。”他说完拿起杯子，轻轻碰了碰琳达的杯子。

这个男人说的一切都是陌生又迷人的，就在她还沉迷在他低沉嗓音的娓娓道来时，他起身去了花园中心的小舞台，拿起吉他，唱起了琳达再也没有忘记过的“风从海上来……”她不知道怎么就掉下眼泪来，她只记得他低下头来吻掉她的眼泪，一直吻到了她柔软的唇。

在漆黑的旅行社里，在只有硬邦邦的桌子的办公室里，她在他被汗水浸透的温柔里，仰起头，看见窗外的星光。

第二天的大巴上，琳达一直不敢直视小海的眼睛，而小海总能趁乱给她一个出其不意的吻。行程的后两天是自由行，琳达很热心地帮团员们规划了不同的线路，联系了包车，最后又是剩下了小海。

那两天，琳达开着自己的车带小海几乎转遍了巴厘岛可以去的地方，包括几乎没有旅行团会去的古老墓地，在高耸的神像下，小海长久地拥抱了她。很多很多的美景，很多很多的亲吻，还有不停地做爱，生怕来不及给彼此承诺，他说他从未想过会这样热烈又草率地爱上一个姑娘，她又热泪盈眶。

“很多女孩子一生的愿望也许就是一次传奇的跨越万水千山的爱情，我不知道她们最终有没有等到这份爱情，可是我想，既然属于我的已经来了，我不能放弃，我要把传奇故事写完。”

“写完了又能给谁看？每个人都只能在自己眼里当主角，结果自己还看不见自己。”在琳达说得动情的时候，我忍不住插嘴，其实我真不是那么嘴欠的人。

因为分别像迫近的终点线，悲伤发酵更浓烈的爱意，不确定催生更迫切的渴望，疯狂的两天两夜过去后，他们又回到最初的位置，一个在车头，一个在车尾，中间隔着只要不想就永远不会分离的情侣们。

临上飞机前，他们用手机拍了合照，相互留了联系方式、地址，琳达为了小海专门装了微信。这封闭的小岛上，她从未有过什么离愁别绪，可是这一次，看着旅行团办理登机，过安检，看着人群中一直在挥手的小海，觉得根本无法想象竟然还有明天。

之后就是不断地微信、语音、视频，分享彼此的生活，每晚入睡前送上晚安吻，像每一对热恋中的情侣一样，也说了无数的“去找你，去看你，去陪你”。

“所以最终是你来了这里，然后有情人终成眷属？”

“不是，他不知道我来，我想给他一个惊喜。他说过，喜欢独立有主意的女孩子，并不喜欢傻乎乎的小鸟依人。所以我来这里，找工作，一切都安定下来后，才去找他的。他真的很忙，一直排练、演出，之前我只有晚上能去酒吧看看他唱歌，连约会的时间都没有，昨天他来找我，我挺意外的……”

所以我果然是个大俗人，根本无法理解这样的爱情。我只能努力去理解一下此刻的状况，那就是，琳达满足且快乐，我好像并不怎么高兴。

第二天琳达因为跟同事串班，就没有去公司，一大早小海就等在门口，牵了她出去约会。小东他们又是免不了一顿八卦，我什么都没说，默默做事情。看来今天也不需要特意为她存一桶永远第一时间卖光的香辣牛肉面。

一直到换班我都没有看到她，或许她今天又要夜不归宿了吧。

不过她给我留了礼物在前台，是从三里屯的Line展览买来的小熊玩具。她倒是说过觉得那只熊长得很像我，虽然我并不同意这个观点。话说回来，那好像是琳达来北京以后，第一次买了纪念品回来吧。

接下来的日子里，我几乎隔三岔五就能看见这个男人，不是来接琳达，就是来送琳达。虽然我心里有太多的不明白、不理解，甚至莫名其妙地看他不爽，但是别人的爱情别人高兴不就行了，关我什么事？但是又总是忽然琢磨一下，他们这就算是确定关系了吧，那么琳达是不是也快搬走了？毕竟按照他们的热恋速度，同居是迟早的事情。

那天我看到他们在旅舍门口吻了很久，我看到他的手轻轻托起她瘦瘦的颈，有点儿碍眼，很想拿手里的扫帚出去挥舞一通嚷嚷两句没有公德心什么的。我转过脸不去看，手心里冒出了细细密密的汗水来。是的，我一定是察觉到了自己的怪异，一定是。

“喂，面。”

琳达不知道什么时候已经进来了，我晃了一下神，刚刚那一幕就好像是自己的幻觉。她歪着脑袋笑，大约因为皮肤的映衬，所以牙齿白得像打磨过的砗磲，眼睛里还盛着炽烈的光。我有意识地避开她唇彩已经快掉光的嘴唇，把手伸向货架：“呀，卖光了。”

“竟然不留给我！”她托着下巴，倒并没有真的嗔怪。

“你数数你有几天是回来吃饭的。给你留着，我不是要变成泡面销售末位淘汰的那个了吗？”

“啊，好饿，怎么办？”

“怎么没和他吃饭啊？”

“他今天晚上有事情啊。我们去吃拉面吧，日本拉面！”她倒是学会了和我一点儿也不见外。

可是那天晚上，我的心里一直有些别扭，面也没吃几口。我问她是不是很开心，她点点头。我觉得自己真是多余问。

其间妈妈打来电话，问了问我的近况，又叮嘱了回家工作的问题。琳达一直目不转睛地看着我，而后说：“你比较像我想象的那种中国男孩子，和家人讲话特别温柔顺从，小海就不是这样，他做什么都不和家人说，一说就会吵架。”

不知道为什么，后半句让我有点心烦。

时间过得总比想象的要快，现在琳达来中国也有三个月了，裙子变成风衣，可是她依然还住在这里。有好多次我都想问问她，总不能一直住在这里吧，接下来有什么打算，如果以后分手了怎么办。可是每一次我都自己把问题吞了回去，我又不是她娘家人，哪那么多废话?

每天就这样否定自己，批评自己，教育自己，然后让自己少看一眼琳达，少管她的事儿。可是突然有一天，我下班拎着垃圾去小胡同的回收站丢的时候，看到墙根蹲着个姑娘，抱着头。我手里的垃圾越过她投进了垃圾车，她抬起头来，用力抹了抹眼泪。

“他欺负你了？”

反正在我看来，能让琳达的脸有肌肉变化的，偌大的中国，除了小海，也不可能有其他人了。就是这么贱啊，昨天还想着不要多管闲事，今天就老老实实在她旁边蹲下来，故作轻松地伸手搭在她的肩膀上：“来，要不我们一起套个麻袋去把他打一顿？”

结果琳达连看都没看我，直接扑过来放声大哭，一颗又一颗像海水一样咸咸的眼泪滴在我的脖子上，我忽然间不知如何是好。也许就是在这个让人难过又什么都做不了的瞬间，我第一次觉得，我大概，是真的喜欢这个从海上来的姑娘了吧。

昏暗天色遮挡视线，可是她的哭声几乎拽住每一个经过胡同口的脚步，我知道纷纷的路人有多少不明就里的猜测，因为那也是我的猜测。我说我给你留了面，我去给你泡，给你加香油，加蚝油，加豆豉，加醋，然后端到天台吃。好不好?

后来我想，大概每一个心里装了个影子的人，眼睛都会有点瞎，比如我。这段时间以来，如果我能平心静气地观察琳达，就会发现她和小海约会的次数在渐渐减少，夜不归宿的次数也在变少，偶尔的失落变成了挥之不去的阴影缠绕在额头，像被贴了符咒。只是我看不到而已。

看着她大口大口吃泡面的样子，我想这才是我认识的琳达。

其实这个故事一点儿都不传奇，甚至在我看到小海的第一眼就知道，这种男人不管是在巴厘岛还是在丽江束河，他们能做的事情，都没什么区别。

恐怕他做梦也没有想到，隔着满满一片凶险的太平洋，竟然会有姑娘乘风破浪地来了，来找他，来相信他，来兑现他。

“他说他不想耽误我，他不知道未来会怎么样，他要唱歌要做音乐，他给不了我安定的幸福，他知道异乡漂泊的痛苦孤独，所以希望我回去。”

我翻译一下就是，我只是觉得你还不错，和你玩玩你还当真了？我顶多负责一下你的下半身，下半生的事儿就算了。

“我说想要和他住在一起，一起努力，我不会耽误他，也许还能帮到他。他说我喜欢的就是那个孤僻的、远离人群、和别人不一样的他。如果一切改变了，就不是当初的我们了。”

我翻译一下就是，你和我一起住，我还怎么泡其他的姑娘？

“不知道为什么，慢慢地，觉得和他在一起越来越孤独，越来越不一样。我想是不是我给了他很大的压力，是不是我不好？因为搞艺术的人不都是很敏感的吗？可是他说他想和我在一起的，但是家里人不同意，是很传统的中国农村妈妈，说他如果和我在一起，就要断绝关系。”

简直翻译不下去了，因为我真的很想说，这种寻找艳遇的男人，他根本不爱你。但是我懂女人在爱情里的自尊心，至少我的每一个前女友都希望自己是我最特别的前女友。我说不出口，只能看她一面哭一面吃泡面。

我看不下去了，我留下她一个人在天台，管她看星星看月亮看飞机看什么都好，我这么求安稳没有上进心的人，必须得趁着头脑最发热情绪最激动的时候，才能干出把情敌痛打一顿的事情。

我敢打赌，我往后的人生里也不会再有这样的一幕，气势汹汹地推开酒吧门，推开服务生，推开乱舞的人群，像推开接天的波浪一样，冲上小小的舞台，一把揪起正在深情弹唱的小海。讽刺的是，他正唱着“风从海上来……”这简直就是火上浇油，所以我一把就把他拉到了地上，蹲下去就是一顿揍……

反正最后我也没有占到什么便宜，比较幸运的是在警察到来之前，我挣脱了保安和人群的围困，挂彩逃跑了。我不是胆小，横竖人也揍了，他脸上的伤不会比我少多少，只是闹到警察局要人来领，一定会被琳达知道，我可不想鼻青脸肿狼狈不堪地被她看见。

所以我逃了，连店里都没有回，直接逃回了学校寝室，捂着脸谁也不让看，爬上床就蒙上了被子。这真的是我二十多年人生里干过的最英勇也最㞞的事情，但我并不后悔。

我很怕琳达会发信息找我，但是一夜都很平静。睡醒了也才早上七点，我给经理发了信息，请病假调班。爬起来用冷水洗了洗脸，看着盥洗间长长的镜子里，那个青了眼角、肿了嘴唇的自己，那么不真实。我伸手摸了摸脸上的伤口，还有点痛，牙龈好像也有点痛。

要不是晃悠去了教室，经过在树下晨读的面孔，我都快忘了自己还没有毕业。这么多年读书读疲了，也知道读进肚子里的东西以后也不大会有什么用，就是这么平庸的实用主义的自己，怎么就搅和进了一个印尼傻姑娘的生活呢?

我想象过琳达给我发消息时我怎样回答她，怎样装作若无其事，如果被发现了又该怎么回答，可是没有。我在校园里无所事事地闲晃了一整天，也没有琳达的消息。没消息大概就是好消息吧，她现在也许又在安慰她受伤的艺术家吧?

这个酸溜溜的想法也让我不想主动找琳达。连续三天的无音信，也不断催生我的矛盾。我怕她再被他的谎言拖延下去，又怕她伤心、执迷不悔。有时候人们说着最漂亮的话，却做着最肮脏的事，但她看到的都是带着自己最美好一面上路的旅人，所以她并不懂。

我无时无刻不把手机抓在手里，要是偶尔忘了拿在手心，就抓狂地去找。可是，她没有找过我。

其实在学校里的每一天，都只会让我更确定自己的在乎。无意中看到学校电影社团自己拍的微电影，就点开了。

故事讲的是地铁站的安检员。几乎每天的同一时间他都能看到一个手忙脚乱的女孩通过安检奔向下行的电梯，她不是断了包带就是被耳机绊住，要不就是刷了卡才发现没钱，讪讪地出来充值，总之每天她都一定突出地狼狈。而他则看着手表等待她的到来。好像已经是再熟悉不过的朋友，但他永远只能微笑地看着她。直到某一天，女孩的挂饰从包上掉下来，可她毫无知觉冲下电梯，安检员捡起来，小心收进口袋，决定第二天还给女孩，并且一定要同她打一声招呼，说一句话。

怎样微笑怎样挥手怎样说你好呢？安检员在心里练习了无数遍……然而第二天，女孩并没有出现，此后的每一天里，她都再也没有出现过。

关了视频，我躺在床上发了五分钟的呆，而后抓起外套跳下床，一路狂奔向停车棚，踩上自行车就冲向了校外。

没错，像所有不会无缘无故出现的提点一样，我晚了，不是一步，是一天。琳达给我留下了一封手写信，就在昨天下午，回到了原来的生活中去。

原来当天晚上，小海和乐队的人就找到了旅舍来。在琳达担忧地想找药给他的时候，他指着她的脸，破口大骂，骂得她愣在原地，骂得店员们几乎要出来打起群架，骂得所有美好的假象碎得体无完肤。

她想也许他是误会了我们的关系，可是第二天她就再也找不到小海了，手机号码作废，微信被删除，酒吧和出租屋都找不到人，就算再痴傻，琳达也懂了。

“虽然不愿意承认，但是我自作多情了。他其实没有唱错，风从海上来，所以还是要回到海上去。他早就告诉我他只是过客，我偏偏要追着走，是我错了。我不该连累你。也觉得没有脸面对你。对不起。这是我在巴厘岛的地址，希望你毕业、工作一切顺利，有需要来巴厘岛玩，就来找我吧。谢谢你，唯一的朋友。”这是她最后一段话。

如果此刻她就站在我的面前，我一定会亲口问她，你有没有想过，也许你才是那阵海上的风，一切都只是为了让你吹到我的面前来。

有些人的爱情是安全牌，有些人则是赌博，没有对错，只有对手。而小海，他远不是琳达的对手。

我辞掉了旅舍的工作，开始投递大量简历，并且几乎每天都在给家里打电话说到口干舌燥，我不回家了，不回了。从小到大，这是我第一次选择离开舒适和安全。我每天都给琳达发好玩的冷笑话，她也告诉我又接待了怎样的客人，谁也没有再提过小海。

转眼就是三月，我说，琳达，我要送你一份礼物，马上就要开始快递了。她问是什么，是什么？我笑了笑关掉了手机。

印尼鹰航，我坐在舷窗边，闭上眼睛。

大概所有人都会觉得我选择去巴厘岛的四季酒店工作是疯了，对，我是疯了，因为人生这么漫长，世界这么宽广，我终于有机会找到自己的对手，为什么不呢？

Chapter17

失眠症患者的夜晚

其实，我们都舍不得这深夜，矛盾的痛苦里一定能酝酿出一点儿变态的幸福感来。

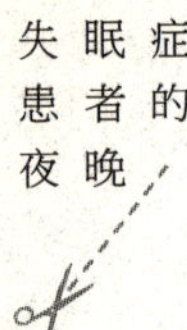

我想，我大概是从那个晚上开始失眠的。

那个闷热的仲夏夜，我在单元门口的路灯下跳绳，跳到第三十四下的时候，对面那栋没有翻新过的老楼，三楼灯光突然亮起，一个身影跳下来，夜炸开了。

因为有三两人影飞奔过去，我想大概不用我再报警，便收起绳子，回家了。

窗外的灯突然亮起来，平时暗淡且只开零星几盏的路灯顷刻间全亮起来，救护车、警车的声音紧接而来，人声开始喧哗。我把窗户拨开一条缝，看到对面楼下攒动的人影，被灯光投射在粗糙红砖墙壁上，像一出无声剧。

是那个每天光着身子，晃着满身肥肉在阳台上抽烟的中年男人吗？每天中午我起来拉开窗，都能看到他在抽烟。别人家的阳台都封起来了，只有他家没有，他就那么穿着大裤衩，肆无忌惮地抽烟，我只好拉上窗帘，觉得很讨厌。

为什么我可以睡到中午再起床呢，因为我们公司的CEO脑子被马踢了。

没错，是被马踢了。国内数一数二的广告公司老总，突然深夜坐飞机逆转两个时区，到新疆去养马，第二天新闻爆出来，热热闹闹了好一阵子。

养了半年马后，他突然在我们文案组开例会时推门而入，带着戈壁滩的沙子味儿，谈人生谈理想，然后一拍桌子："你们都不用坐班了！好的文案，不是憋出来的，是闲出来的，都回家去，舒舒服服给我写文案。我们三个月一绩效，业绩说话，末位淘汰。是骡子是马，拉出来遛遛。"

我想，他大概是骑着他的马慢悠悠地在路上闲出了这样一个决定。

从那天起，我的淘宝购物车里，基本都是待付款的睡衣了。

也许是从那时开始，我慢慢出现了睡眠问题。

组里的同事建了吐槽讨论组，在起初几天的撒欢折腾之后，抱怨几乎成了每天最主要的工作任务。纷纷吵闹说不出半个月自己大概要变成反社会人格，每天说话不超过五句，为了见见活人，放弃做饭改叫外卖，可怜自己在这陌生城市里无亲无故，每天在被高楼遮蔽了阳光的房间里枯坐出抑郁症。

可是我对不见人不说话并没有什么不适，但也渐渐发现自己越睡越晚，从十二点到一点、两点，再到三点。看看电影打打游戏甚至发发呆，夜就过去大半了。

但我想，这大概并不是因为抑郁了，无聊了，忧伤了，孤独了，这只是不用花费三个小时站着横穿北京城，所以节余了大部分过剩精力，又没有迟到早退扣奖金的担忧，所以晚睡也是很正常的事情。

况且，夜晚是这么美，纵然我们都在相互问候提醒"早点儿睡""调整作息""小心内分泌失调"，但其实，我们都舍不得这深夜，矛盾的痛苦里一定能酝酿出一点儿变态的幸福感来。过了凌晨，连打游戏这种无聊的事情都变得意义充沛，好像全神贯注真的能砍杀出一个新世界来。

好像什么事情放到深夜来做，都会更顺利一点儿，除了睡觉。

但无论我怎样浪费这因为不坐班而不再珍贵的夜晚，至少我沾上了枕头，就能让自己睡着，让模模糊糊的梦境自己驰骋到下一次自然醒。

可是，从那个晚上开始，我就再也睡不着了。

我关上窗子，去浴室洗澡，打开亮得晃眼的顶灯，才觉得舒服了一点儿。可是闭上眼睛洗头发时，突然觉得恐惧，灯光刺眼，水汽呛得人直咳嗽。

死亡离得太近，人人都怕它找上自己。

只好匆匆关了水，草草地给自己擦干，回到了床上。

虽然合上窗帘，外面的光还是能够透进来。我想他为什么要跳楼呢？每天光着身子完全不顾形象地在公众视野中抽烟，大概也是个过得不如意的家伙吧。总不至于是连衣服都买不起吧。

辗转反侧了很久也睡不着，连眼皮都觉得累了，脑袋里有那个窗口突然亮起的白炽灯，和砸下来的黑色身影。反复抓起手机来看了很多次，最后一次是六点四十五分，好像是睡着了，再醒来八点半，就再也睡不了回笼觉了。只好爬起来，眯着眼睛去开窗。

于是，我又看到光着身子抽烟的男人，还是满身伪装幸福的横肉，一边抽烟，一边和警察在说什么。

很自然，作为正对着他的对面一层，我也被警察敲门，问询了是否目击跳楼过程。

这个以老年人和他们的孙子、宠物为主的老式小区里，已经很久没有这样热闹过了，所以，即使警察什么也没有透露，我也只用了买早饭来回的两百米，就知道了是那家的女主人跳了楼。当时家里没有人，因为是头先着地，所以送去医院时已经死亡。紧接着当然就是欠债、出轨等此类案件必备的花边新闻。

回家以后，我开了电脑，在吐槽小组里问那些一个比一个毒舌的女人们，如果你们怀着怨恨死去，如果真的可以报复，你会伤害无辜的人吗？

“当然不会，谁害我我弄死谁。”

“应该不会吧，那时候肯定想着快点儿投胎！”

“也做过人，何苦为难自己人。”

我想了想说，可是我觉得，我会哎。

“我怎么觉得你是来吓唬我们的。”

我没再说话，花了半个小时，搞定了手头的小文案，然后又看了看卧室窗外，阳台已经空了。

这个晚上我又没有睡着，一晚上听到了楼上楼下、屋内屋外、左邻右舍的无数动静。有声嘶力竭地喊“你给我滚出去”的，有大半夜抽风吹笛子的，还有哗啦啦的麻将声，和隔壁苏格兰牧羊犬没事儿挠挠墙、踩踩玩具小鸭子发出的尖叫声。虽然一直不明白深更半夜楼上为什么总有挪动家具的声音，但是对一个独居姑娘来说，这事儿不宜深想，如果我还想要睡着的话。

但我真的睡不着了。第二天，第三天，无论我怎样努力，怎样用熏香，放催眠曲，喝热牛奶，泡脚，整个一周，我都是看着日落又看着日出的。简直就是人生最漫长的绝望。

小时候看过类似《世界真奇妙》之类的百科故事，似乎说有个外国的男孩子，晚上在屋顶睡着不小心摔下来，结果终生不需要睡眠且不会感到疲乏，因此利用其丰富的夜晚成为哲学家还是科学家，总之是个很美好的结局。如果那样也好啊，可是我白天也只能勉强睡上两个小时，整个人都觉得像有千斤担压在僵硬的脊背上，走路都是弓着身子的。

所以我是不是也得了什么奇奇怪怪的病呢？一向是组里快枪手的我，有点儿写不下去了，在搜索栏里输入了“长期连续失眠”几个字，然后竟然看到了“睡眠障碍症”这样一条百科词条。所以我不是一个人喽？心情竟然也好点儿了。

按照百科词条解释，睡眠障碍是指“睡眠量不正常以及睡眠中出现异常行为的表现，也是睡眠和觉醒正常节律性交替紊乱的表现。可由多种因素引起，常与躯体疾病有关，包括睡眠失调和异态睡眠”。

躯体疾病？一种病入膏肓的感觉扑面而来。随便翻了翻，都是些关于脑部病变、人格分裂、幻觉幻听的帖子，吓得我赶紧关了网页。不如去医院看看，开两瓶安眠药试试也好。

和主管请了假，收拾收拾去附近的中医院。出了单元门，还是不自觉地抬头看了看对面的三楼，男人依然光着身子，慢悠悠地抽着烟。在他的目光投过来时，我连忙低下头，生怕被发现了这可耻的偷窥，飞快地迈着步子，往不远处的小区大门挪去。知了在叫，天空晴朗，杨树茂密地摇晃着落在水泥地面上的破碎光斑，出小区门之前，我匆匆回过头又瞥了一眼，阳台上已经空无一人。

所以，我总不会是严重到产生幻觉而不自知的地步了吧？所以那个跳下来的太太，那个不穿衣服的男人，那些声音，总不会都是幻觉吧？

当然不是。

医生顿了一下，拿起面前统一写着医院名字的保温杯，喝了口热水，明显是在忍住笑，而后埋头写病例。

我几乎是把全身上下全都检查了一遍，最后在心身医学科的检测室里，对着电脑做了两套类似人格检测的题目，得出了“睡眠障碍”的结论，倒像是自己小题大做了。

“可是无论如何都睡不着，确实太痛苦了，眼睛睁着也累闭着更累，脑袋嗡嗡嗡要炸了。”

“没关系的，吃安眠药就可以。你们这些上班族啊，很多人都有比较严重的睡眠障碍和焦虑症，说大不大，但绝不是小问题。还是压力太大，自己疏导不了可以看看心理医生。而且你们这些年轻人，天天熬夜，两三点不睡觉，六七点又不得不爬起来，你死我活混一天，时间久了，身体怎么会不抗议？”

医生一面龙飞凤舞地写着，一面谆谆教诲着，我就“是是”地应着，然后拎着两瓶安眠药回家了。

医生说的这些话，我也用来劝过朋友，估计朋友也用来劝过朋友的朋友，谁都明白谁都做不到也不可能做到，所以，只能靠药物了。我拧开安眠药的药瓶，倒出一片来，遵循医生的嘱咐，咬了半片吞下去，另外半片随手放在床头，灭了灯。

我在突然来临的黑暗中，对那半片安眠药，简直寄予了人生最大的希望，大概就像那些吃下仙丹被毒死的皇帝、那些并没有认真复习却抄到了优等生答案的考生、那些买了彩票等待开奖的善男信女，我现在就是那样笃定又虔诚的心情。

但是，我依然顽固地清醒着。不，不能说清醒，是醒着，痛苦地醒着，看天堂离自己越来越远。

但是我也不至于傻到再把那半片安眠药也吃下去的地步，所以开了灯又坐起来，放弃了和失眠的对峙。

白白的墙面上，台灯印出我被拉长的影子，突然有个想法冒了出来，会不会每日动荡梦中的那个我并不是我，我们只不过是彼此的影子，一个睡过去，另一个就会自然醒过来，所谓的梦，也不过是偶尔窥探到了对方的生活。

所以我亲爱的影子，你是遇到了伤心事所以用长时间的睡眠来解决一切解决不了的问题，还是你遇到了可怕的事情彻底长眠不醒了呢？总不会，你也跳楼了吧？

好吧，既然你肯定是没遇见好事，那就安心地睡吧，我来受罪好了。

虽然是仲夏夜，但毕竟热风里也有了秋天的预警，所以我还是套了一件薄薄的防晒衣才出了门去。过了凌晨的小区，连自己的脚步声都有点骇人，而最先被惊到的，是围在垃圾桶旁边的野猫。

三楼的灯依然亮着，没有拉窗帘，好像有人影晃来晃去。零零星星还有不少家亮着灯，所以也并没有显得很突兀。

我是很害怕夜晚的，可是夜晚又让人有无所惧怕的冲动，在小区里一圈一圈又一圈地跑着，喘着，也不知道是要表演给谁看，但是好像这么跑下去，就会被什么人看见，会被在意，而后一切事情都会变好。觉也可以睡着，末位淘汰不会轮着自己，存款会多一个零，以后能在新的小区里有自己的房子，随便在墙上贴什么都可以，不用担心被房东破口大骂。

跑步的时候，有一种清清楚楚地感受到自身存在的奇妙质感，一种平日里稀缺的自我认同。跑过2号楼时，看到喝得醉醺醺的女孩，路灯下扇子般的睫毛忽闪忽闪，光脚拎着高跟鞋一路东倒西歪摸进单元门。跑过5号楼，看到中年女人帮刚刚下班回来的女儿锁车，女儿埋头盯着手机，手指飞快地在打字，是每天都这样在等着女儿吗？走过6号楼，看到老年活动中心外面的长椅上，睡着流浪汉，脸上盖着皱皱的报纸，我稍稍加快脚步，跑了过去。

后来这一幕，每天晚上重复，仿佛被卡住了的胶片，就定格在了那里，连同时间一起，都静止了。2号楼，5号楼，6号楼，还有在盖的新楼，简易工棚里亮着的灯。

四点四十五分，我回到了单元门口，坐在长椅上，看向对面三楼依然亮着的灯。

所以，那位痛失爱妻的大叔，也和我一样，失去了睡眠吗？那你是更想要妻子，还是更想要睡眠呢？

我就那么坐着，也不想回到屋里去。我就这么使劲儿醒着一天两天，我总会能好好睡上一觉的吧。

大约七点多，小区里开始热闹起来，只是今天的热闹，并不是因为晨起锻炼和遛狗的老人，而是因为一场葬礼。

车辆络绎不绝开进小区，围着对面楼寻找车位。车上下来的人，都穿着深色衣服，有人走了两步，就已经开始抹眼泪。大大小小的人，各种颜色的头发，很快花圈就布置起来，凑热闹的人们也已就位。我眯起眼睛，因为看到男人终于穿了衣服出现在阳台上抽烟，是黑色短袖T恤，很快抽完，就进去了。

也是很快，哭声就能够被听到了。这一瞬间，我甚至有了想要搬家换房子的冲动。一切都显得那么诡异。遛狗回来的几位大妈打我面前经过，絮絮叨叨。“是那男的自己把老婆推下来的吧？”“我怎么听说是男的出轨？”“老婆可有钱了，好几套房子呢。看着吧，到时候肯定要和老丈人争遗产。”

我很想问问她们，在这个左邻右舍见面都不打招呼，关起门来都是一个平行世界的时代，这些乱七八糟的故事，都是怎样被一点点描述出来的呢?

会是他吗?会是他把妻子推下来的吗?谁知道呢,那么,他会不会把我也一起杀了?

我也忘了坐了多久,直到他们都走了,不知道是去火葬场,还是去吃饭,还是去别的什么地方。因为死亡,家人团聚,朋友相见,推杯换盏,哭过也笑过。

眼看一辆一辆车开走,我也不知道自己为什么会走到对面那栋楼下,又绕到后面的单元门,那些花圈就像让我畏惧又让我沉溺的夜晚一样,我穿过它们静默的仪仗,慢慢地,慢慢地,踩着不真实的寂静,走上了三楼。

我并不知道我想干什么,甚至在门从里面被拉开的一瞬间,我都没有意识到自己在干什么。“你是?”穿着黑色T恤的男人疑惑地看着我,手里捏着一串钥匙,是准备锁门离开的样子。

我是?路过?缺觉的人一般思维也会短路,但是在我开口前他先解救了我:“也是她的学生吧?”

我模糊地点点头,没有开口,一时间骑虎难下。“那,进来看看吧。上午来了很多学生了。”我又点点头,突然间不太能将他同那个整日袒胸露乳地在阳台上抽烟的中年男人联系在一起。

其实也没什么好看的,极其简陋又普通的两室一厅,上世纪八十年代的小区,格局都有些逼仄,家具也都是掉了漆的木头,看上去都有些发软了。屋子里弥漫的气味让我想起奶奶家的老房子。很显然,他们没有重新装修过这里。墙上除了突兀的遗照,再也没有悬挂其他相片。无法揣测家庭构成,也看不出什么血雨腥风。他平静的声音让我联想到小区里流传的八卦,所以,我是和“杀人凶手”共处一室了?

总觉得再多待一秒钟就要露馅了,也没其他可好奇的了,我只能对着遗像上那个普通得完全记不住长相的中年女人鞠了一躬，然后尴尬地摸了摸口袋，庆幸还有两百块钱，摸出来，放在桌子上，好像我才是杀人犯似的匆匆逃跑了。

一整天我都觉得昏昏沉沉，脑袋随时都能炸开，不是觉得脑袋里长了什么东西，就是觉得神经要一根根绷断了，勉强写完策划案，真想把脑袋摘下来，爬到楼顶，狠狠摔下去。

当然，我也只能躺在床上，去想想我再也没有脑袋，再也不会头痛，再也不会失眠。

如果有一天我也绝望到想跳楼，我会怎么办?

如果有一天，我被人杀死了，我会怎么办?

如果有一天，我结了婚，又爱上了别人，我会怎么办?

如果有一天，我因为无法睡觉而死去，应该责怪谁呢？会不会有人说，她真蠢，自己把自己困死了。

就这样翻来覆去断断续续，睡了三四个小时，漫长的黑夜又汹涌着到来了。

吃安眠药，睡不着，跑步，一直看着一个个窗口灯光熄灭，再看着人们起床，好像每一天都是新的。

大概一个月之后，我看到了小区门口的中介贴出了对面三楼的出租启事，一个月三千二，我盯着看了一会儿，中介姑娘连忙凑过来："要租房子吗？"

我呵呵笑了一下："也不知道哪个倒霉蛋要住进去。"

对不起，我不是那么不友好的人，只是因为睡不着而已。

Chapter18

在我死后

人永远也无法获得及时的道理，因为道理通常都是血的教训。

我承认我非常傻。

现在我才觉得光着身子在浴室里割腕自杀都比跳楼砸碎了脑袋四肢变形要强得多，也悲剧得多，可惜我没有机会再死一次了。

因此只要你没死，什么时候觉悟都不晚。除了生死，其他东西好像真的都能再来一遍。

但我没机会了。因为我已经死了。

所以，人永远也无法获得及时的道理，因为道理通常都是血的教训。

我看着自己变形得像断线人偶一样的身体，躺在落满了海棠花瓣的地砖上，人群像小时候玩的一种极具伸缩性的塑料玩具，迅速地朝那具不太真实的身体收拢过去，警车、救护车接踵而至，这死气沉沉的傍晚校园，终于有了有嚼劲的新闻为晚饭佐餐。

我也像看热闹的一员，差一点儿忘掉那个正在被担架抬上救护车的身体，就在刚刚，还属于我自己。

我钻了出来，前所未有地自由。

那是不曾有过的轻松，只在我剪完头发或者用了非常贵的洗发水之后才会短暂出现的轻松，轻松得像感觉不到自身的存在。当然，我确实已经不存在了。

没有快乐，更不会痛苦。也说不上好不好。就在此时，我突然想到了一个问题，我到底为什么要跳楼？

我开始飞快地搜索自己的记忆，看看是不是一时受了刺激。

我记得，我记得生命里出现过的每一个人，他们的脸比活着的时候还要清楚，我也记得他们同我说过的话，做过的事，我怎样一路念到研究生，宿舍同学晚饭吃了什么，我全都记得。好像并没有什么非同寻常的事情非要跳楼不可。

竟然把最重要的事情摔出去了吗？还是这就是出厂配置的内设？是不是每个人死了以后都会忘记自己是怎么死的？我往四周看了一圈，好想找一个赶着投胎的同伴好好问问他。

但是四周只有渐渐落下的夜晚和渐渐亮起的窗灯。

晚风还是熟悉的春末气味，带着一点点食堂的油烟。小风吹起来，我觉得自己快要被吹进隔壁宿舍楼的晾衣间。我扭头看了看，那里也趴满了围观的同学。

我觉得有点好玩。就让风吹着，一个一个窗口晃悠过去，果然都是在议论我跳楼的事情。

“怎么办，觉得自己有责任。”

“怎么会，你都不认识那个跳楼的女生吧？”

两个女生趴在窗口有点沉重地在聊天。

难道和我为什么跳楼有关？她为什么会有责任？大概我从来也没想过自己会有对自己这么好奇的时刻。

“刚刚小A跟我说，‘五一’，隔壁N大放一星期的假。我问为什么，她说因为N大上周才跳了一个，所以学校给学生多放几天假放松一下身心什么的。我就开玩笑说，为什么我们学校不跳。然后我话音刚落，那边就跳了。总觉得像是我害的。”

“就是巧了嘛，跟你没关系，别多想了。”

好吧，如果学校真的因此“五一”多放几天假，我也算是鞠躬尽瘁，死而后已了。

骂我的也很多。

有人说，她有没有想过，她室友还怎么在那间屋子里住啊？

有人说，她有没有想过，父母供她读到研究生，她一了百了了，父母怎么活？

有人说，她有没有想过，人早晚都要死，为什么非要急在这一时给别人带来痛苦？

他们说得简直太对了，我都想在旁边握拳点头，和他们一起声讨自己。

虽然我也不知道我为什么这么想不开，为什么给别人添麻烦，但是我并不怨怪同样不知道为什么的他们。

我砸下来的地方拉起了警戒，警车离开后，校工才在行政人员的指挥下，开始清洗我留在水泥地上的血迹。第二天，这里就会像以往的每一天一样，被阳光照耀，被灰尘覆盖，被一万只脚走过，并没有什么特别。人们还是会议论并不认识的我，然后呢，一切就真的没有发生过了。

我看到室友结伴走出了寝室楼，匆匆绕着警戒线，相互低语，像往常一样，一模一样，但是她们从南门出去了，并且一夜都没有回来。

她们一定是害怕了吧，大概再也不想回到那间寝室了吧。不过更重要的是，我后悔自己当时怎么没有追着她们跟上去，她们总归知道我跳楼的原因吧，说不定她们就是看着我跳下去的呢。

眼看就是深夜，我开始纳闷，怎么没有人来找我呢？我下面该去哪里呢？谁也没有告诉我该怎么办，难道就这么无所事事地游荡？空气中全部是酣沉入睡的呼吸声，搅拌在一起，从四面八方扑向我。世界就这样安静了。

若是平时，我大概会觉得长夜漫漫，何时天明。但是现在，我不困，不倦，不烦，也不躁。太阳再度升起的时候，我以为自己会慢慢消失，进入新的循环，可是，并没有。我看到学院的领导们早早就进了我们这栋研究生宿舍楼。

我的室友们还没有回来。她们一定是去开了房，说不定这会儿睡得正好。我这样想着，就想跟上去，也恰好有风，把我吹到了宿舍楼的窗边。但是他们并不是来询问详情的，只是逐个安抚同学的情绪，并把控舆论，不让传播之类。我曾经对学校的这种举措都是批判的，不过落到自己身上，反而没什么感觉了。

也许情绪跟着身体被带走了吧。我没得到多少有用信息，唯一有用的就是，我在医院抢救无效，确定死亡。可是这个结果，我早就知道了。

领导们匆匆离开后，我有点百无聊赖，隔着一层层的走廊，看女孩们穿着睡衣，像每一个早晨一样，开始重复而拖沓的一天。洗脸、刷牙、聊天、讨论早饭吃什么，然后我就不经意地听到了我的死因。

“你说她傻不傻，就为了那个男的，根本不值得。”

“小三想上位，把自己玩儿死了吧？”

两个女生在阳台上一边晾被子一边聊起来。

虽然我已经没有虎躯，但还是一震，男人？小三？是说我？

“那谁说是她亲眼看见数学系那个男老师在她跳楼之后匆匆离开的。据说那个男老师都快结婚了，不知道怎么就和她搞上了，说起来也是数学系的高才生啊，怎么那么笨？据说就在走廊上，她威胁那个老师，要他分手，要他娶自己，情绪特别激动。老师想稳住她，但是她越来越失控，哭喊得很厉害，说不分手她就死给他看，结果真的跳下去了。”

“啧啧……”说话间又围上来几个姑娘，感慨不已。

接下来，每个人都像亲眼看见一般，七嘴八舌地评头论足起来。

竟然有这么惊天地泣鬼神的爱情故事？我自己也兀自感叹起来。我大概知道他们说的男老师是谁。我承认我很欣赏他，愿意和他多说话，愿意亲近他。我一直是拿一等奖学金的，所以他也一直很爱惜我，记忆里关于我们之间，也就这么多上层建筑毫无底气的感情了。连我到底有没有一点暗恋这个老师我都不太肯定，更别说老师那边的心意了。难道我的记忆也并不完全了？有许多重要的事情连同命一起被我这么愚蠢地丢掉了？

这个说法很快就蔓延起来，每个人都说得像亲眼所见一般。连那个老师的名字也都被传得清清楚楚。我突然觉得有点对不起我默默喜欢的老师和他的未婚妻。

很快，我就看到了自己的父母。

他们在学校大大小小我几乎全都不认识的领导的陪同下，来到了我正在思索跳楼原因的宿舍楼前。

他们一直在哭。哭得我心里有了一点点难过，但仅仅是一点点难过，那种难过，大概和看到任何一个面目朴实的人哭起来差不多。

我没有后悔，没有自责，也没有想回到他们身边去。那种脱壳而出的轻松感，反而让我更有点罪恶。加之我也搞清楚了自己为什么跳楼，虽然对这个原因此刻的我已经无论如何也不能感同身受了，但也没什么遗憾。

其实我现在最想和他们说的是，我好好的，只是你们看不到而已。

“是她爸妈吗？”

“是，她寝室的人都躲出去了，好可怜。”

“是啊……就业压力是大，也不至于跳楼啊，乞讨还能买两套房呢。”有个女孩如是说。

嗯？这又是什么情况？还是说我？

“听说家里挺困难的，供她读研不容易。这不是要毕业了嘛，一直找不到工作，一个offer都没拿到，继续深造读博，那不是给家里增加负担吗？好像已经抑郁了好一阵子。”

“学数学的人，都有点偏执吧。”

还上升到了理论高度。所以我是因为找不到工作，觉得未来没有希望才跳楼的？可是这个理由好像更经不起推敲。

不过是一个上午的时间，我就听到了两种死因，我现在更想去其他地方看看，是不是还有更靠谱的消息。可是我发现，我能够自由活动的范围仅仅就是宿舍附近而已。像有无形的屏障阻断了我。并且我只能随着一阵阵春末的风，上上下下地晃荡，没有重量，没有压力，没有负担，但同样没有绝对的自由。

“她真的是很好很懂事的孩子，从来不让我们操心。怎么会这样？”妈妈是哭着从宿舍楼里出来的，爸爸搂着她的肩膀，脸上也有泪痕，妈妈又道，“老师，你说会不会是有人推了她？你们一定要调查清楚！不是有监控吗？”

“她跳下来的位置在洗手间，那里没有监控的。”

“一定要查清楚……”

“是啊，也有这种可能。”爸爸接了话。

显然这种话题在宿舍范围内讨论不合适，领导们很快就哄着父母离开了。

不过妈妈的话也让我陷入了思考，会不会真的有人推了我一把？会是谁？

这样想的时候，我的心里没有愤怒，只有好奇。我只是想弄清楚，我到底是怎么下来的。是不是所有死掉的人，都和我一样，不知道自己究竟是怎么死的？我又往四周看了看，想找到一个同类，但是除了在杨树上落脚的麻雀，再没有什么在空中晃悠了。

可是我一点儿也不孤独。

我觉得自己变成了和树木、花草、云朵，还有麻雀一样，特别自然的存在。

这一整天里，我基本还是宿舍范围内的热门话题，几乎每个认识不认识我的人都在念叨我，有莫名感伤的，有扼腕叹息的，有愤怒的，有散布八卦的，总之热闹归热闹，却没有我想要的答案。

那天很晚了，有个女孩子穿着人字拖下来，放了一束花在我坠楼的地点。

她蹲下来，仿佛自言自语，我真的很讨厌你，每次看你考第一，看老师那么喜欢你的时候，都幻想你会出各种意外，想象你消失以后，我的生活会多美好。可是你真的消失了，我又有了新的烦恼。原来你不是烦恼，你只是个烦恼的载体。我没有真的想让你死，我很难受。希望下辈子，你还是这么优秀吧。

她默默蹲在那里，说了好久的话。

我心里一个咯噔，不对，是我想象心里一个咯噔，难道我的死和她有关?

我记得她，她也是相当心高气傲的女孩子，成绩数一数二，是我最大的竞争对手。我知道她很讨厌我，因为我也不怎么喜欢她。国家奖学金这种东西，一个专业就那么一个，怎么会不抢得你死我活？当然，我讨厌她没有到她讨厌我的那个程度，多半也是因为我总是压着她，高出半头，所以只防守不出击，嫉妒的滋味不曾尝试。

所以，会是她推我下来的吗?

她说完话，转身就走了。但还是有人看到了。

第二天传言四起，许多人和我想的一样。然而不一样的是，别人或许看不到有警察悄悄带走了她，但是我看到了，她跟在便衣刑警的后面，坐上了没有刷成警车样子的一辆尼桑。我为什么那么肯定是警车呢？因为我飘在五层楼的位置，在没有高楼的校园里，视野出奇地好。我一眼就看到那辆车在出了偏门之后，有一只手从车窗里伸出来，放了一盏警报灯在车顶，而后不顾交通灯绝尘而去。

果然不是我自己蠢，是她蠢才给了我现在的处境吗?

我等着她的罪名成立，就像我的死亡证明一样，尘埃落定。可是同天晚上，她回来了，还挽着她的男朋友，两个人有说有笑，手里拎着烤串和罐装可乐。

“你没害怕吧？有没有刑讯逼供？”

“什么时代了还逼供？就做了询问而已。这年头，悼念个同学也要被怀疑谋杀，真是疯了。我会搭上自己去杀她？面子也真大。”

嗯，这才是平时的她嘛。我目送着她和男友一起走进本就是男女混住的宿舍楼。又一个可能破灭了。

到底是为什么呢？还有什么可能呢？我和所有目击或耳闻了这场

坠楼意外的人一样，问了许许多多个为什么。

我在想，我之所以还停留在这里，无法离开，无法去更远的地方，会不会就是因为没有找到答案？这个答案是我穿越生死大门的钥匙。

这些天里，我不眠不休，当然我也不用眠休，拿出比解复杂方程式更专注的精神，去解开我的跳楼谜题。

每天我都会发现新的可能，但几乎都是当天又否定。

渐渐地，我每日里得到的信息量开始减少，并且是以令人惊讶的速度成倍地减少，我总是听着重复的喟叹，但再也得不到新鲜的演绎。

我的室友们也回来了，她们也在我坠楼的地点放上鲜花，回到了曾经有我的寝室，回到了正常的生活。

对那块地方绕着走的大家，也在十天半个月后，如履平地，不再讳莫如深。

而我，也是突然之间才发现自己一点点，一点点融化在越来越暖的季风里。

每一天，他们少一点谈论，每一夜，我就绵软一点。

直到再也没有人谈起我那场不明原因的自杀，我终于，消失在了这自由的禁锢里。

Chapter1.9

女生宿舍恐怖故事

"也许你愿意相信谁，谁就是真相。"

"那你愿意相信谁呢？"

"谁都不信。"

每天晚上我和老公在小区里跑步时，总会聊到一些莫名其妙的问题。比如看到轻松超越我们的泰迪犬，我会问他，和自然界其他生物相比，人不能上天入海，不能攀援树顶也没有如风速度，力量之弱更不用说，为什么却成了这世界的地主？老公说生理上的缺陷用头脑来弥补。我忙说，那么同理可得，女人在生理上弱势于男人，因此女人在家庭里也应当是主人。他说你们的头脑不是胜在智慧，而是胜在复杂。

就这样，我用了五圈的慢跑，给他讲我所知道的，女人那朵复杂的脑花开出的奇妙故事。

1

孟蒙和我很有缘分，同年同月同日生，名字的构成也差不多。我们不读同一所学校，两家外婆是邻居，因此在无亲无故的北京城，被外婆们要求相互照顾。第一次约见面已是大一的深秋，她说陪我聊聊吧，我要疯。

不知道是从哪一天开始，她觉得周围的一切都不太对劲。

比如，她从超市买回袋装鲜奶放在书桌上，中午下课回来，发现鲜奶被撕开喝掉了一小半，软塌塌地靠在杯子上。第一次她以为自己记错了，可是同样的情况接二连三发生，她当是恶作剧，在宿舍问了一圈，皆答不知。

比如，课本、笔记会莫名其妙被撕掉很多页，锯齿状的撕痕让她觉得不寒而栗。

再比如，新买回来的衣服甚至还没来得及穿，第二天就会被剪出乱七八糟的破洞，剪刀和碎布料随便丢在床上。她差一点哭着报警，被室友劝了下来。

出于保护隐私，女生宿舍在私密区域不使用监控，因此只能四个女生凑在一起分析，最后矛头一致指向了另一个宿舍和孟蒙走得最近的女孩，理由是她最了解孟蒙宿舍的动向。

因此孟蒙每每回到宿舍就心有余悸，直到给我电话的前一天晚上，她因为校园舞会回来很晚，室友都缩在各自的床上就着台灯做各自的事。她走到自己床边，掀开帘子准备坐下换掉难受的高跟鞋，突然看见倒扣在床上的塑料盆，她吓得尖叫起来，室友们纷纷跳下床围过来。

大概是看过太多蛇蝎心肠的电视剧，所以谁都不敢去掀开那个盆，“不会是死老鼠吧”“不能是虫子吧”……最后还是孟蒙自己用晾衣杆一把挑开了盆，浓稠又鲜红的辣椒酱黏糊糊地映入眼帘。

在这次刷新我人生观的约会之后，我习惯了孟蒙每天告诉我又发生了怎样变态的事情，成为日常的习惯一种，直到有一天她突然不再说起，安静了许久。我想大概是肇事者无聊，消停了，却没想到孟蒙在这安静里，迅速申请到了学校对加拿大的交流项目，约我吃饭。

我记得她说过在国内读研以后从事什么工作之类的打算，我诧异于她推翻了那些，且如此突然。

她说因为自己运气不好，听到了真相。

原来半个月前小姨来看她，她便陪住在校外的宾馆，中途回学校拿换洗衣服的时候，在寝室门口听到了一场肆无忌惮的嘲笑。

“看她吓的那样，笑死了。”

“这几天都看不到她，心情真是太好了，永远不要回来才好。”

“你说我们为什么都那么讨厌她呢？”

“是她每天一脸清高，轻蔑全世界，自己最牛的样子好吗？听到加学分有奖学金，眼睛都放光了，那么现实，还天天装无辜，看着就恶心。”

“她后天回来住吧，要不要再想个新点子？”

孟蒙其实完全可以在此刻推门进去，去解释自己毫无恶意，或者去指责她们的为非作歹，而后要求更换寝室，一切都理所应当，可是她没有。她默默转身，不只想离开这间寝室。

“也许你毫无恶意，却也可能让别人觉得不舒服。她们觉得我强势，我是不是真的像我自己以为的和对你描述的那么无辜？也许换一个寝室换一个学校哪怕换一个城市，都不会有什么改变吧。所以当时不知道为什么就想换一个国家好了。在发达国家做个弱势的黄种人，看看自己会不会被自卑虚弱打败。”

其实听她说这些的时候，我很自私地暗自庆幸自己的好运气，一群黄老的姑娘，一起哭，一起笑，一起喝酒发疯，大概很难想象隔着一条街的某个八平方米小屋里，还有这样的几个人吧。

2

程雪是我同学的闺蜜，在网上做私房烘焙，她做的翻糖蛋糕和榴莲千层我买得最多。

大三那年的某一天，她爬上凳子准备取顶柜上的换季衣物，突然双腿一软摔下地来，就再也站不起来了。送去医院后诊断为肌无力，从此休学。一年之后她甚至需要定期注射某种维持肌肉能量的药物，否则连呼吸和眨眼都无法做到。

而有些事情就是在呼吸和眨眼间，发生了。

她在本地读的大学，所以室友们也常去看她，除了一个人。

我们叫她L好了。

L是走在路上回头率极高的女生，瘦，高，美，会打扮也有钱打扮。大家只见过她的小矿主老爸，至于妈妈好像早就离婚了。性格不可爱，脾气很暴躁，不止一次在宿舍楼下和父亲吵架被围观。

她常常缺课，不参与集体活动，是夜店、车展的常客，一周能在宿舍见她的机会不超过三次。她总对着镜子化很凶悍的妆，谁也不理。

因此，宿舍开始丢东西的时候，怀疑到她也是自然。更何况丢失的又非贵重物什，无非课本、日记、牙刷、毛巾、卫生棉、内衣之类，没大损失，但徒增恶心，加之唯独L没有丢过一针一线，因此只能是性格怪异的她所为。

在宿舍长的提议下，她们趁L不在，从L藏在床底的储物箱里找到了全部赃物。这个结果，似乎谁也不意外。

翌日，L像往常一样一身酒气提着高跟鞋回宿舍，看到自己满床零碎，宿舍长指着那些丢失的小物件责问L，程雪向来胆小一点，坐在最角落，不吭声地看。

“你没什么要说的吗？”

“你是不是心理变态？”

…………

L只是斜斜地看了她们一眼，没有撂狠话，也没有解释，摔门就走了。所以宿舍里第一个休学的是L，并非程雪。L的爸爸带着秘书来给她收拾东西时，给姑娘们买了大包小包的东西，赔笑脸，赔不是。

从此她们谁都没有再见过L。但故事却并没有结束。

程雪生病后，大家偶尔来探望，说说学校的新鲜事，就这样过了一年，两年，大学毕业。

毕业那天，程雪坐在床上，有点遗憾自己没有机会穿学士服，照毕业照。就是在有点伤感的时候，宿舍的QQ群里收到了宿舍长的消息，她说：“之前丢东西的事情都是我做的，栽赃L也是我，没什么，就是看她不爽，日子无聊。”留下这句话后，她退了群。

所以我想，程雪做的甜品特别好吃，大概是因为她没什么机会，回到那个不太甜美的人群中。

3

道长是我非常要好的同事，她最近厌恶上班，报考了好几个学校的道教方向博士生。

自从报了名，她连续几天精神亢奋，仿佛一夜成仙不在话下，直到有位老同学突然造访，中午一起吃了顿饭回来情绪就一落千丈，我便拽她去茶水间逃班休息。

原来中午找她的女孩是本科班的班长，道长研究生毕业后就工作了，班长则一直在读书。说起来事迹还挺疯狂，怀着孕考上博士，生怕面试通不过，一直瞒到孩子生下来断了奶学校里都没人知道她已是当妈的人。听说道长要考博，她特地来传授经验。

“无非是询问了我一通，再自白了一通，总结起来就是工作自然没有学校好，她一直都比我好。”道长叹了口气，“真是烦啊。”

有些恼人的事情啊，真不是你想躲就躲得掉。道长这么多年，就没有躲开过班长。

本科班里唯一在专业课上能同班长一争高下的，也就只有道长了。女生的小圈子里，最优秀的只和最优秀的玩，形影不离不假，貌合神离也是真。班长最喜欢的事情，就是在考试前晃悠到道长的宿舍，把道长的复习资料哗啦啦翻一遍说：“复习也没用，不如多睡会儿。”

考研前也是一样，她一面紧盯道长动向，一面在耳边吹小风：“名校招生最黑了，没戏，不如去庙里拜拜。”

每次她离开，室友都要吐槽：“她自己天天熄灯后还跑去电梯间看书到后半夜，以为别人都不知道呢？”

写毕业论文时，她也找道长一起，选了同一导师。道长约她去图书馆查资料，她说忙要等等，道长约她找老师指导，她还是说忙。后来道长让她闲了约自己，一等就过了半个月，等到导师给她打电话，说班长的选题资料都搞定了，你在搞什么，一点儿不上心。

道长委屈不已，心里就这么和班长别扭着。

终于有一天不别扭了，是因为一个神奇的巧合。

班长的特长是硬笔书法，学院组织同学参加全校硬笔书法比赛时，辅导员也看上了道长的字，道长便认真写了，同学都说写得好能获奖，她便和其他同学的作品一起统一交给了班长。成绩出来后，班长是全校二等奖，道长就没有消息了。

大四那年，道长因为有一本需要用到的大二专业书借给了师妹，便找班长借来，拿回宿舍随手一翻，就从里面掉出了自己当年的硬笔书法作品。原来，班长从不曾交上去。

“为什么就不别扭了呢？”

“因为毫无办法呀。”道长笑了笑。

也是，因为毫无办法，所以只能接受，假装并不在意，听你笑意盈盈踩着别人抬高自己，不然，还能怎么办呢？我说道长节哀，这个人要和你比上一辈子呢。

4

听到那件事，纯属意外。

“她终于走了。”

“谢天谢地。”

两个女生毫无顾忌的交谈从图书馆九层的楼梯传下来，我刚好在八楼刚刚挂断一个电话。

好像所有的故事，都要从突然之间开始。

她们突然之间发现，无论是谁过了凌晨揉着惺忪睡眼起夜，都能看到她默默站在窗边，披着一头和夜色一样浓郁漆黑的长发，动也不动。起初女孩们是尖叫，后来不尖叫了，变得小心翼翼。

她们自然要观察她，她总是发呆，不怎么笑，莫名其妙哭，课堂上被老师提问站起来一声不吭，弄得全班气氛尴尬。室友们用掺杂着恐惧的关心问她是不是发生了什么不好的事情，是不是不舒服，她却只是笑。

又是忽然的一天，她大晚上回来，顶着一颗亮堂堂的光头，一头骇人长发不见了，室友们面面相觑谁也不敢相问。翌日醒来，宿舍里两个姑娘发现自己被剪了头发，正是她做的，低头满地毛茸茸的发团。一想到半夜她握着剪刀蹲在她们床边咔嚓咔嚓剪头发的样子，就吓傻了。

还是忽然的一天，姑娘们的牙膏一夜之间被挤个精光，正疑惑着，见她从床上爬下来，咧开嘴对她们笑，嘴里填满硬了的薄荷味牙膏。

姑娘们再也忍不下去冲出宿舍给辅导员打了电话。她的父母千里迢迢赶来，承认女儿曾经被诊断患过抑郁症，中学开过煤气割过腕，却依旧不肯接受女儿被劝退。她也不肯，她在学院书记的办公室里，一个劲儿摇头，重复了一百多遍“我不退学”。

过程很曲折，但最终还是让她休了学。那一天的事情，或许会让姑娘们记一辈子。她的父母来收拾行李，本应等在楼下的她突然出现，手里拿着她用来剪过室友头发的剪刀，挥舞着就出冲了进来：“你们这些坏人！你们这些坏人！”

那一天，这个宿舍的尖叫撕心裂肺。她被父母死死拖住带走，还划伤了她妈妈的手臂。

同样是那一天，相隔两层楼的一间宿舍起火，熊熊大火将一千多名女生驱赶到了楼下，衣衫不整。

“幸好走了，不然谁知道我们是被毒死还是烧死。”

“真是什么人都有。”

两个女生感叹着就离开了楼道。

5

小九是我工作后带的第一个实习生，聪明乖巧，逆来顺受的样子。

实习结束那天我拿盖好章的实习报告去她的工位，发现她正坐在那里低头哭。我就领她一起去吃午饭，顺便安慰安慰她。

饭桌上她稳定了一点情绪，说起她难过的因由。

小九进了大学以后也没有改变早睡早起的生物钟，每晚十点准时入睡，宿舍闹翻天也闹不醒她这只瞌睡虫。可是她渐渐发现，室友们对她的态度变得怪怪的。

尤其是睡在她下铺的小六，总是阴阳怪气地说：“你昨晚一定又睡得特别好吧，我可困死了。”小九总觉得她若有所指，可又不明就里。

有一天，小九罕见地失眠了，翻来覆去中忽然听见宿舍里响起了不明来源的呼噜声，原来还有女生打鼾呢，她正想笑，却听见坐在小六床上的小五用手戳了戳她的床板说，你看，你上铺又开始扰民了。

小九愣了一下，随即脑海中迅速掠过了平日小六的若有所指和阴阳怪气，她一把掀开床帘说谁扰民了！

没人接话，她也不好再追究。本以为这个乌龙小事就过去了，谁知接二连三有同班同学见了她就开玩笑，听说你打呼噜是一绝啊！连男生宿舍都传开了。她气恼地找小五，说，打鼾的不是我，你为什么弄得尽人皆知！

小五轻描淡写地说：“我愿意说你就是你，不是你也是你，你管不着。”

我听得义愤填膺，撸起袖子就想冲去帮她评理："到底是谁打鼾一听不就知道了！"

小九没有接我的话："小六后来整夜失眠，说是因为我，只能在校外租房子住，她妈在带她走之前特意和我说，不好意思是我家孩子神经衰弱，在宿舍睡不了觉，你不要多心。"

"你没有解释吗？"

"没有，毕竟是长辈。"

看着她委屈的样子，我除了安慰她别在意也说不出别的。

只是世上的事总那么难以预料，谁能想到三年后，小六竟然作为正式员工被招进了我的部门。她活泼直率，大大咧咧，和小九截然不同。

一次开会前我们坐在一起，聊到了小九："她和我提过你，没在宿舍住对吧？"

"她还好意思和你说这个啊？脸皮真厚。"小六丝毫不掩饰目光里流露的鄙夷。

我的脸上打了个大大的问号，小六就起劲地给我讲起来："别看她长得小家碧玉，打起呼噜来地动山摇，这也不怪她，我就提过一次她便生气，张口就'操你大爷'地骂。大概觉得我们都不喜欢她吧，就到别的宿舍散播谣言，说小五打呼噜吵人，说我总欺负她和她过不去，还在学校论坛用小号发帖子造谣中伤我们的私生活，眼不见心不烦，我搬走还不行？"

这时总监进了会议室，这个话题没有再继续下去。以后也没有再提起过。

"所以到底谁说的是真话呢？"老公特别好奇地问我。

"罗生门这种难题我怎么会有答案？也许你愿意相信谁，谁就是真相。”

“那你愿意相信谁呢？”

“谁都不信。”

一群花枝招展的女童们从我们身边呼啦啦跑过，灯光落在一张张小脸上，也许有一天她们为了谁比谁高了一分从此心生嫌隙，也许有一天她们因为喜欢同一个男孩反目，也许她们嘴里说着我真喜欢你心里想真是讨厌你，也许她们能够相安无事做一辈子好闺蜜。就像丛林里妖娆的植物，开着美丽的花朵，吐着辛辣的毒汁，这就是女生宿舍的样子啊。

故事说到这里，跑不动了，该回家了。

Chapter20

嫁妆

在我拍过关于你的无数照片里，你咧开嘴大笑的样子最美。

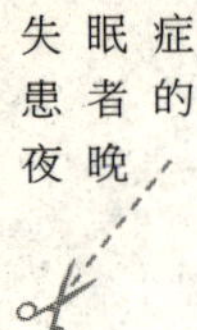

我只给你化过两次妆。

一次是你从泰国支教回来，第二次考研结束，坐了很多站的地铁，从西到东来看我。从出站口到小区的路被夜晚排队经过的货车轧得烂糟糟，你穿着一条瘦瘦的打底裤，一直走过来。外套不长，不仔细看像没有穿裤子。你说六号线开了就方便多了。

这一次，是你洗了澡从浴室出来，穿着我随便找给你的花睡衣，坐在床边，一动不动地让我给你化淡淡的妆，帮你卷发尾，你说："稍微看起来气色好一点就可以，嘴唇的颜色不要太怪哦。"因为你要坐着同一趟六号线，从东到西，去领结婚证。

送你出门的时候，我想这大概才是真正的，嫁妆。

我坐在马桶上抽了一根烟，然后对着卫生间的镜子看了很久，把水龙头拧到最小，让细细的水流一点点浇灭燃烧的烟头。我想，你再也不会是蘑菇了。

有很多人喜欢你要结婚的那个男人，因为他再过一个月就要念古典文学博士，钻研精深学问，小有才华，性格不愠不火，会弹钢琴，也会唱越剧、昆曲，大学的时候反串崔莺莺，戴上云鬓化上妆容简直就是系花。

也有很多人不喜欢你要结婚的那个男人，莫名其妙地多次分手，不伤害你但会在纠结时用烟头烫自己，花光你所有的存款，爱哭又自私，冷漠又绝情。可是在我们都以为你们会彻底分开的时候，你却说要结婚了。

我没有喜欢，也没有不喜欢，我只是在镜子里，看到了二十五岁的我和你，才突然发现，青春已经走了。

和你成为朋友之前对你的印象有两个。

一个是每一次考试你都坐在左边第一排，靠窗，只带一杆笔，并且永远是第一个交卷，漫不经心又有好成绩。

另一个是某一次古典文学的论文，三份超过90分，其中有我和你，我是98，你是95，导师说蘑菇的字真的很加分，洋洋洒洒像男孩子。某些方面我是有些自负的那种人，所以对你又特别加深了一点印象。

其间，我们一起做一份学校里的文学刊物，分在同一组，一起去南锣鼓巷拍照写稿子，那时候你没有齐刘海，露出了额头上小小的一块疤痕，我们也并没有因此就熟悉起来。

后来，同年级常常写诗的男孩子偶尔找我说说话，交换些观点看法，他说你应该和蘑菇做朋友，你一定会喜欢她。于是我们真的成了朋友，能够一起喝酒，能够一起旅行，能够彼此忍耐缺点，也能够把另一个自己从心脏里取出来摆在手心数落。毕业后你说那个写诗的男孩子言之凿凿说我一定曾暗恋他，这让我很郁闷。

同你成为朋友用了两步。

第一步，是我抱着一个单人小桌去寝室楼较为偏僻的楼梯间，准备每天在那里看书，结果发现落地窗边已经被你占据了一个角落。我便很自然地在另一个角落坐下来，喝水、吃零食、摊开书。那是我们第一次认真同对方说话，从正在复习的文学史，到喜欢的作家，生活习惯，竟然一拍即合地聊了一整个晚上。一直到我第二次给你化妆那一天，我才告诉你，你是我认识的所有姑娘里，心性最浅淡，也最坚韧的一个。我从来不想告诉你，因为我怕你当成我是在夸你。

第二步，是我去那个楼梯间抽烟，撞上你盘腿坐在地上弹吉他，现在我已经想不起那时候你是不是已经剪了傻乎乎的齐刘海，能够想起的，只是又黑又直的长发。你一边弹一边唱，我嘲笑你会跑调，你突然就哭了。我吓了一跳，一直和你道歉，结果你说，不能再去学吉他了，因为每一次骑车去上课，都会路过支在五道口的画摊，画画的男孩子很好看，每一次你都会多看他两眼，有时也会停下来看他画画。他给你画过一张速写，只是想送给你，但你坚持付了钱。偶尔没看到他出摊，就会默默地一直担心。然而那一天，你却看到了他的女朋友，他叫住骑车经过的你，指着身边的女孩子说，我们要结婚了。你说以后再也不去上课了，因为有女朋友的男孩子，你一眼也不想多看。

这么有原则的你，后来也一直没有改变过。讨厌微信、QQ、微博之类可有可无的社交软件，讨厌聊天超过十句的无关联异性，所谓无关联，也就是非男女朋友。有时觉得你很可笑，有时又觉得，如果人人如此，这世界上会少掉多少纠葛与麻烦。

后来，在那个如同秘密花园一般的楼梯间里，你桌子背后的那面墙上全是你好看的字迹，不道德地写满了碎碎的句子，而我背后的那面墙全是用烟头画的蜡笔小新的侧脸。

关于你的大学记忆有两个词组。

吃饭是其一。其实我们两个不算能吃到一起，我偏爱牛肉，冻海鲜，不吃活鱼、内脏；你只吃猪肉，吃牛羊肉会吐，喜欢淡水鱼，讨厌海鲜。但是竟然一直都在吃。学校西门的每一家店几乎都吃了一遍，还会坐很远的车走很远的路去吃你心里最正宗的重庆火锅。在食堂吃土豆粉，我愕然地看着你把一整瓶辣酱倒进碗里，顿时没有了食欲。

我还记得一起复习考研的那一年，我们的目标都是北大，只是专业选择不同，我是现当代，你是明清。可是我看完洪子诚的《当代文学史》，大事年表几乎就是一串死尸名单，我是哭着看完，又哭着把书撕掉的，说文学没希望了，不读了。那也许是我做过最矫情的事情。

我每天依旧是看书，写作，追《柯南》，中午在楼下的食堂门口等你从图书馆出来，一起吃午饭、聊天，我把新小说的构思告诉你，你点头或皱眉，偶尔也说说八卦。晚上我则是在西门等你，一起去固定的店里买寿司和木瓜西米龟苓膏，坐在校园某处固定的长椅上吃完，在学校里散步，围着路灯一圈圈地看影子由长变短再变长。

喝酒也是其一。没酒品的人我也见过，你算是其中的佼佼者。每一次你都抱着一瓶啤酒怯怯地说："我喝一瓶就会晕，我喝完酒会打人的，你确定要我喝吗？"但其实你每一次都自己喝得很开心。你从来都不会记得，平日里寡言内向话都说不连贯的你，会坐在地上喋喋不休地说上一个小时，我说蘑菇你起来不要坐在地上，你说蘑菇没有坐在地上。你会把自己锁在夜半黑灯瞎火的教学楼厕所里，哇哇哭上半小时，谁都不敢去把你拉出来，因为第一个冲上前的人一定会被你狠狠甩一巴掌留下一个星期的红手印。你会对着镜子使劲喊你喜欢的那个男人的名字把保安匆匆招来。

毕业之前，我们喝了整整一晚上，从烧烤摊，喝到理工楼消防楼梯，喝到关了灯的教室，喝到体育场，再喝到那个楼梯间。大概是二十罐蓝带吧，一直喝到凌晨五点。这个四方形天井里的小小天空，我们看了一千两百多个日夜，看过耀眼的太阳，也看过中秋的满月，还有冬日寂静的大雪。看着它一点点变成朦胧的灰蓝色，我给手机常用联系人群发了一条短信：真相只有一个，柯南喜欢小哀。有人回复了，有人忽略了。人在喝醉的时候，真的会做许多奇怪的事情。

后来，我们常去的那家火锅店关门了，喝不到免费的山城啤酒了。

你从泰国回来我们吃的第一顿饭是在朝北大悦城的豆捞，喝的也是啤酒，你说回国后对钱没有概念，几百块觉得好便宜。后来那里也关门了，现在成了需要等位很久的外婆家。

你第二次考研结束，我们去了学校附近新开的一家半自助火锅，还是喝啤酒。不知道它现在有没有也关门。

一想起来，都是火锅的味道和啤酒的泡沫，就像你和我。

关于爱的两件事。

一件是毕业照。那时候你已经同他第一次分手，也通过了去泰国支教的考试，为此买了单反，回学校来办最后的手续。我那时候忙于工作，以至于班级的集体毕业照没有参加，当时的情形是你后来告诉我的。你负责帮大家拍照，而他总是躲开你的镜头。你把相机交给与他关系不错的男生，请他帮忙多拍一些他，你要带去泰国。最后的大合照，站在他旁边的同学刻意空出一个位置给你，可当你站过去，他面无表情地就换到了其他同学身边，所以那张照片里，所有人都仰着脸在笑，只有你低着头，看不清楚表情。

一个人的切肤之痛永远无法传达给另一个人，围观的人一番感慨之后，伤口依然还在你的身上。在你回国之前，我和他因为讲座的事情回过学校，同老师一起吃饭。老师拍着他的肩膀说，当年蘑菇把你甩了，听说你哭了一个星期没有下床。我又是好气又是好笑地看着他，他说，蘑菇这个人，太执着了。我很想把酒瓶砸在他的脑袋上，后来想想，没意思。

另一件，是你告诉我，要来北京领证结婚。没错，念了研究生之后，你们又例行分了一次手。因为你无意中翻出了一张骑着单车的速写，他问了来历之后，同你吵了整整一周的架，而后放假回家，再也不理你。你说好无辜啊，怎么样都是自己不对，又回到了那样的状态，每天狂轰滥炸的电话和短信，都好像是发给了空气。我说你就当他死了，一边烧钱一边和他说话。

你说每天做梦都会梦到他，那么真实。梦到自己睡了很久很久，被他叫醒，拉着你的手说，我们去吃好吃的，你看你那么瘦。你说为什么带我吃好吃的，他说因为你是我的老婆呀。而后你就从梦里哭醒了。有时候我连你也很想一起打，但是我们明白，一切都只是因为你是真的喜欢他。

你央我帮你算一局塔罗，我把结果拍了照给你。是“力量”。圣母模样的天使温柔垂首，抚摸一只温驯的狮子。没错他是一直在作的狮子座，没错我已经看到了结局。

之后你有一个月没有和我联系，神婆的第六感让我觉得不太妙，于是给你发了短信，问你难道是已经和好了。你回我干脆利落的一句话，下周回北京结婚。你说就在你真的准备放弃，周围的朋友也都在指责他的时候，他说他在江南，雨过天晴，有彩虹，说“你来，我们见一面”。

你的吉他属于我的那两年。

第一年，是你去泰国的那一年。其实从大三开始你就不怎么弹吉他了。大三的暑假，我们常常凑在一起玩三国杀，两个人也能相爱相杀玩上很久，玩累了你就教我弹吉他，教得很细致，我也记了很厚的一本笔记。弹累了我就躺在你的床上，玩杂志上的百科填字和九宫格，你上网。电扇吹着凉凉的小风，谁也不说话。

去泰国之前，你把所有的书和不需要的衣服打包寄回重庆的家，吉他则留给了我。这是一把四百块的普通练习琴，没有换过弦，也时常走音，琴套也被弄丢了，可是我很喜欢它。《爱的罗曼史》我依然弹着弹着就忘掉了下面该怎么弹，最喜欢一边弹一边唱的还是《那些花儿》，你笑话我拨弦的手指奇怪，现在依然还是奇怪。其实我很想弹唱小野丽莎给你听，但是我真的太懒了。

第二年，我从海淀搬到了朝阳，吉他也跟着我一起搬了过来。为了鼓励自己勤于练习，我在附近的音乐教室报了名，交了学费，但是最终也只去过一次。要好的同事在公司附近的琴行也报了名，学尤克里里，教琴的老师很像李健，我也只是多看了他两眼，没有再陪同事去。

属于你的吉他，就这样一直被搁置在我精心开辟出来的咖啡角落，搁了很久很久。直到多多同学看不下去，在去年我生日的时候送了一把新的吉他给我，他以为这样就能督促我常常练习。

偶尔我会像曾经你教我弹琴一样去教他，但也真的，只是偶尔。

真对不起啊亲爱的蘑菇，我没有照顾好你的吉他，让它孤零零地在角落睡了快两年。或许我再也不会弹起它已经生锈的弦，音符就这样走失在了岁月里。

真的很开心啊亲爱的蘑菇，虽然你再也不可能回到你最怀念的大学时光，可是我知道，对你想要的未来，你已经勇敢地伸出了手。

在我拍过关于你的无数照片里，你咧开嘴大笑的样子最美。

图书在版编目（ＣＩＰ）数据

失眠症患者的夜晚 / 姚瑶著. — 北京：九州出版社，2015.7
ISBN 978-7-5108-3859-0

Ⅰ. ①失… Ⅱ. ①姚… Ⅲ. ①短篇小说－小说集－中国－当代 Ⅳ. ①I247.7

中国版本图书馆CIP数据核字（2015）第183931号

失眠症患者的夜晚

作　　者	姚瑶 著
出版发行	九州出版社
出 版 人	黄宪华
地　　址	北京市西城区阜外大街甲35号(100037)
发行电话	(010)68992190/3/5/6
网　　址	www.jiuzhoupress.com
电子邮箱	jiuzhou@jiuzhoupress.com
印　　刷	北京鹏润伟业印刷有限公司
开　　本	880毫米×1230毫米　32开
印　　张	8.5
字　　数	197千字
版　　次	2015年10月第1版
印　　次	2015年10月第1次印刷
书　　号	ISBN 978-7-5108-3859-0
定　　价	32.80元